U0562010

# 沉默之刃

SILENT BLADE

赵小赵 著

长江出版传媒 长江文艺出版社

世间最奇妙的是我头上的灿烂星空和内心的道德准则。

——康德

# 目录 CONTENTS

楔　子　盛夏如血 …………………………… 001

第一章　白鹤山反杀事件 …………………… 016

第二章　上帝之手 …………………………… 060

第三章　原罪 ………………………………… 113

第四章　一场下到灵魂里的雨 ……………… 152

第五章　黑暗中的诗意 ……………………… 186

第六章　地狱使者 …………………………… 214

第七章　诡画 ………………………………… 245

尾　声 ………………………………………… 263

## 楔子　盛夏如血

我从没想到会在这里遇见他,而且是以这样一种方式。

我们相处四年,阔别八年。往事如旷野的萤火忽隐忽现,很多人的面容被时光切割得支离破碎,但我一直清晰地记得他的样貌。在我的从警生涯中,他是一个里程碑式的人物。甚至在我的整个生命中,他都是一个神秘而特殊的存在。

我和陈野是政法大学的同学,上下铺的兄弟,都是学刑侦的。他不爱说话,经常翘课,大部分时间泡在图书馆里,要不就是宅在寝室里看犯罪片。偶尔去上课,他也是魂不守舍,经常望着窗外那棵姿势奇特的黄桷树,或者盯着墙上的某个地方看,其实那里什么都没有。我总搞不清楚,他那颗头发如芭茅般杂乱的脑袋里在想些什么。但他成绩永远是全系前三,这不得不说是个神迹。他还有个怪癖,隔三岔五就去画画。学刑侦的画画不奇怪,我们那时开了门比较冷门的选修课——模拟画像,绘画也算是专业范畴。怪的是他不在白天画,只在晚上画。他画嘉陵江边闪烁的灯火,画金刚碑笼罩在暮霭中的老式民居,画瓷器口凌晨寂静的巷子,画白鹤山午夜叫春的野猫……我从没见过如此另类的画风，基调都是黑色的阴沉的，光线只是可有可无的陪衬，仿佛整个世界陷入了末日般的仓皇，一种孤独悲伤的气息扑面而来。有时我觉得他就是从自己画里逃逸出来的一个人，也是黑色的，披着黑色的斗篷，手里攥着黑色的魔法石，像个扑朔迷离的寓言中的人物。

陈野在大学期间做过一件很牛的事。邻校发生了一起命案，一个外语系的女生跳江身亡，因为有遗书，一开始以为是自杀，尸检后才发现是他杀。根据调查推测，情杀的可能性很大。警方划定了六个嫌疑对象，都是跟被害人有过情感纠葛的，但找不到确凿证据，始终不能锁定真凶。死者家属天天在学校门口闹，校方和警方都非常头疼。

那封伪造的遗书是用A4纸打印的，看不出笔迹，上面也没有嫌疑人的指纹。那段时间，陈野天天往邻校跑，我一度以为他是恋爱了。每次回来，他都会在键盘上敲敲打打忙活半天，跟地下工作者发报似的。或者盯着几张乱七八糟的字纸看，仿佛那是达·芬奇的手稿，他琢磨着卖个什么价钱。

我记得那是大二下学期，雾都像个穿旗袍的少妇，在暮春雨水的浇灌下曲线毕露妖娆无比。某天清晨，在电脑前熬了一夜的他突然大叫一声：找到了！

寝室里所有弟兄都被陈野那一声大喝惊得从床上跳下来，这是汶川地震造成的条件反射。菜头准备拉开房门裸奔时，被陈野叫住了，他说不是地震，是他找到了校花被害案的凶手。当时除了我，大家都不相信——那么多刑侦专家都没破的案子，他凭什么能破？我看着这个神经质的室友——他血红的眼底，如同傍晚天空中的火凤凰。我感受到了一种神秘的力量，无法言说但又毋庸置疑。

那时国内刑侦领域还基本没有"语言指纹"的概念，这是一门很前沿并且充满争议的学科。所谓语言指纹，通俗点说，就是每个人的语言方式都是独特的，跟指纹一样。通过语言，能判断一个人的性别、职业、籍贯、性格、兴趣爱好、教育背景,甚至能描摹出对方的长相。陈野把这个概念应用到了实践,他从各种途径,找来了那六个嫌疑对象的微博、QQ日志、演讲稿、书信、论文,其中还有一个嫌疑对象发表在校报上的散文。

这些文字汇集在一起,成了一堆杂乱无章的密码,而陈野就是那个解密的疯子,一个天才的破译员。抽丝剥茧后,他在密码中找到了跟那封"遗书"相似的遣词造句的方式,至少有三处。

我们的刑侦学老师最初也不信,陈野当着他的面反复论证这个发现后,他才打电话告诉了自己的同学——刑侦支队重案队的曹队长。尽管警方同样抱着怀疑的态度,但还是马上着手调查陈野锁定的那个嫌疑人——被害人所在学校一个叫董鑫的青年教师,计算机系的。警方其实是抱着死马当活马医的态度进行调查的,反正没有别的有价值的线索。董鑫以前就查过,没有问题。这次警方加大了侦查力度,通过秘密走访,得知董鑫案发前曾到化学系维修过一台电脑,当时只有他一个人在。警方用技术手段恢复了这台电脑被格式化的硬盘数据,终于找到了证据,董鑫就是用这台电脑打印了那封"遗书"!

案子破获后,陈野成了学校里的风云人物。如果你去查那年暮春时节雾都的大小报纸,基本上都能看到有关这个案子的报道,能看到陈野的名字和照片。那时的他,白皙文弱,有些阴柔,像川剧里的小生。

陈野还没毕业,曹队就主动伸出橄榄枝,说重案队随时欢迎他加盟。寝室的弟兄都替他高兴,刚毕业的菜鸟一般都要到基层历练几年,能直接留在主城,到大名鼎鼎的重案队当一名刑警,需要八字很好才行。陈野对曹队的邀请却不置可否,他继续泡图书馆、翘课、走神、夜间作画,诡异得像只在幽暗中滑翔的蝙蝠。我们还都以为他志向高远,想要考研读博,然后留校从事学术研究。但我发现他看的大多是跟专业无关的书,连文史和动植物学之类的书都看。

大学期间，除了陈野，我们寝室的人都交了女朋友，连菜头都谈过两个。菜头真名叫齐勇，体重一百八，肥头大耳，一顿能吃十个馒头。刚入校时，陈野的孤僻古怪让女生对他敬而远之，尽管他五官还算英俊。校花被害案破获后，追求他的女生一夜之间如过江之鲫，其中一个还是我暗恋过的女神。但我从没看见陈野跟哪个女生暧昧过，菜头总骂他是资源浪费，可耻至极。

大三那年暑假，我和陈野去菜头老家巴山县的缉毒队实习，那是地处长江南岸的一座小县城，菜头他老爸是县公安局局长。一同在那实习的还有个川大新闻系的女生，叫鹿芳，长得有点像关之琳。那阵子我刚跟女朋友分手，处在空窗期，我对漂亮的鹿芳一见钟情。让我郁闷的是，一向不解风情的陈野似乎也对鹿芳动了心。他虽然没有像我这样赤裸裸地表现出来——经常给鹿芳买早点，请她吃宵夜、唱卡拉OK，但我从他的眼神里看出来了。他平常的眼神都是黯淡的、冰冷的，像雪夜里的一块石头。当他注视鹿芳的时候，眼神瞬间变亮了。怎么形容呢？对了，就好像是一道车灯突然照在夜间的彩色玻璃上，光芒四射。

我们四个人都住在菜头外婆家，那是一栋建于清末的老式阁楼，最初是当客栈用的，房子晦暗破旧得像深山里的古寺。鹿芳本来住姨妈家，她姨父在那座县城当检察长。我杜撰了那栋阁楼的历史，说里面住过许多名人。在我的游说下，鹿芳搬进了阁楼。鹿芳的专业跟刑侦没有任何关系，但她想采访一线的缉毒民警，就通过姨父的关系到缉毒队实习。我们四个年轻人实习之余，就在阁楼里打牌、唱歌、摆龙门阵，日子过得充实而惬意。

菜头经常开着一辆已经报废的警车，带我们几个去"考察"他家乡的大好河山。县城就在长江边上，沿岸有许多如同水墨画的吊脚楼，长长的麻石台阶一直延伸到江水中，那上面都是历史的印记。很多次，我们坐在麻石台阶上边喝啤酒边眺望江面，长江在这里拐了个急弯，颇有惊涛拍岸,卷起千堆雪的气势。我们三个学刑侦的经常观察过往行人,从表情、穿戴和言行举止判断他们所从事的职业,然后鹿芳故意上前套话,来验证我们的准确率。我能准确到百分之六十五,菜头百分之四十,陈野则达到了惊人的百分之九十以上!

有一次,我们看见一个中年男人,他戴着近视眼镜,衬衣和裤腰处有粉笔灰,他坐在台阶上不停地抽烟,屁股底下垫着一张报纸,似乎在等船。我和菜头都猜他是老师,陈野却不认可——那个男人身上的粉笔灰有白色的、红色的、黄色的、绿色的,老师很少用彩色粉笔。而且现在又是假期,老师怎么可能上课?他屁股底下垫的是一张《市场营销报》,这种报纸属于行业报,一般人不会去买,属于企业订阅,他一定是顺手把自己办公室的报纸带出来了。还有,他抽的是高档烟,但每支烟只抽半截就扔掉了,说明他不在乎烟钱,但从他的穿着打扮来看不像土豪。综上所述,他应该在卷烟厂宣传部门工作,刚画完黑板报出来,抽的是免费或低价处理的内部烟。

鹿芳上前搭讪,果然印证了陈野的分析,那个男人的确是卷烟厂的宣传干事,刚刚翘班出来,到码头接一个亲戚。

陈野的洞察力是如此之强,就像一盏刺进黑暗深处的射灯。

相对于公安局其他部门,缉毒队是最危险的,面对的是不惜以命相搏的毒贩,很多瘾君子还有艾滋病和梅毒。队长郭启龙的妻子就是被毒贩杀害的,尸体扔进了长江,至今没有寻获。巴山县是一条重要的贩毒通道,出过很多大案,缉毒队几乎每年都有民警伤残或牺牲。当初出于安全考虑,我并没打算到这里来实习,是陈野执意要来。恰逢那时我失恋了,脑神经一短路就跟着来了。

后来我经常想,如果那次我没去巴山县实习,就算陈野去了,那件惊天动地的事是不是就不会发生了?鹿芳说,肯定的!一只亚马逊雨林里的蝴蝶扇动翅膀,都能引起全球气候的变化。那个阳光灿烂的夏天,如果我不在巴山县,就不会怂恿菜头开车带我们去参加抓捕行动,陈野就没有机会跟毒贩丁老黑面对面……

都是因为那该死的蝴蝶效应,陈野的命运跟那条奔腾的大江一样,在巴山县拐了个急弯。很长一段时间,我害怕看见蝴蝶,仿佛那是一种食人昆虫,能钻进我的体内吞噬血肉和骨髓,乃至灵魂。

出事那天没有任何征兆,跟往日毫无两致——

太阳闪烁着黄金般的光泽,风是静止的,云像棉花糖。站在阁楼上,能听到遥远的江边传来的汽笛声。门前香椿树下的阴影里,一如既往地蜷缩着那只毛色灰白的老猫,这家伙似乎总也睡不醒。连对面茶馆里唱的川剧也没变,是《武松杀嫂》,都唱了一个礼拜了。我甚至觉得浮荡在空气中的茶香也是一样的,是峨眉竹叶青。

那天缉毒队得到线索,一个叫丁老黑的男子携带十公斤冰毒进入巴山县境内,郭队立即开始设卡布控。丁老黑非常狡猾,曾经在一次毒品交易中被湖北警方抓了现行,但他趁还没戴上手铐之际,把毒品扔进了长江里。销毁了证据,他就嘴硬起来,死不认罪,最后连牢都没坐。所以这次郭队强调要人赃并获,不能再让丁老黑钻法律空子。布控地点在云溪镇,周边的高速、国道、省道和乡道全都秘密设了卡子。

本来这次行动跟我们毫无关系,为了照顾实习生,郭队平常只让我们做一些边缘性的工作,大部分是内勤。眼看实习期就要结束了,还没参与过一次抓捕毒贩的行动,回校后太没有炫耀的资本了。更为重要的是,我想在鹿芳面前表现一番。我跟她吹过牛,我初中就开始练散打,是半个武林高手。

在我的怂恿下,菜头开来那辆破警车,瞒着郭队,带上我们几个来到云溪镇附近,远离布控路段,想着能不能捡个漏。事先我们已经通过协查通报掌握了丁老黑的基本信息,包括体貌特征和车牌号码。我们坐在车里守株待兔,我对大家说,等丁老黑出现了,菜头负责开车堵截对方车辆，我上前抓捕，陈野负责搜赃，鹿芳就留在车上拍照记录我们的这一壮举。我那种果敢、麻利、血气方刚的气度似乎感染了鹿芳，我察觉到她看我的眼神里有了些崇拜的意味。

阳光从刺目的金色渐渐变成了柔和的银白色，远山像一列巨大的绿皮火车沉默地偃卧在平原上。我们紧盯着窗外，时间如同一团橡皮泥，被激动和忐忑拉得格外之长。最初的兴奋过后，菜头打起了呼噜，鹿芳戴着耳机开始听王菲的歌。我和陈野也觉得无聊，就下车走到江边一艘驳船前抽烟。

山野的气息清新湿润，我问陈野，毕业后是不是到曹队手下当差？

他看着江面的漩涡说，还是先下基层吧。

这个回答让我大感意外，金窝银窝他不选，非选狗窝，是不是脑壳有包？

你啷个瓜兮兮的？我说，曹队是神探，能被他看中，你娃发达指日可待！

郭队也是神探，跟着他干几年能学到不少东西。

原来陈野想留在郭队身边，难怪这半年他跟菜头走得近。郭队是缉毒神探的确不假，据媒体报道，经他之手缉获的毒品总价值超过一亿。传闻黑道对他发出了追杀令，两百万买他的人头。

郭队在警界是个传说，年轻时做过卧底，破获了一起特大贩毒案，亲手把十几个贩毒分子送上了刑场。他多次遭到毒贩的暗杀，但每次都吉星高照安然无恙。遗憾的是，他当医生的妻子还是遭了毒手。没到巴山县实习前，我以为郭队是个身材魁梧、不苟言笑的硬汉。见了面才发现他像个知识分子，皮肤白净，身材单薄，性格也很开朗，经常做东请队里的弟兄吃宵夜、唱歌。而且他很有文艺细胞，会拉二胡，会唱川剧，听说还在报上发表过诗歌。郭队曾教导我们几个实习生，搞刑侦的，特别是缉毒警，穿上便服要让别人看不出身份。这样不仅能保护自己,也能麻痹犯罪分子。

鹿芳曾经找来郭队写的一首诗歌朗诵给我们听,是缅怀妻子的。在他的诗歌中,妻子是江上的白鸥、风中的蒲公英、窗前的马蹄莲、春天的玉兰树、夏天的梅雨,思念无处不在。看得出,郭队是个重情重义的男人。我突然意识到,陈野跟着郭队可能是想镀镀金,相对于其他部门,缉毒队立功的机会更多。

陈野似乎不想深入讨论这个问题,他把话题转移到了鹿芳身上:你好像对她有点意思。

难道你不是?我扔给他一支熊猫,笑道。

陈野望着远处的山峦,第一次看见她,就觉得在哪里见过,这种感觉不常有。

我没有认真想过自己为什么会喜欢鹿芳,单纯是因为她漂亮?似乎不仅如此。我很难形容她给我的感觉,人有时候会做一些莫名其妙的事,喜欢一个人也可能是莫名其妙的,无法解释。我说,那我们要竞争了。

竞争?没必要吧,她只是吸引了我,我还没打算追她。

陈野吐了口烟圈,轻描淡写地说。

那我就不客气了,你娃别后悔。陈野的态度让我的心里轻松了一些。

我要是后悔,就不会跟你到这儿来了。我是给你娃创造机会,晓不晓得?

我一头雾水,没明白他的意思,到这儿来,怎么成了给我创造机会?

他笑着解释说,你不是想在鹿芳面前表现个人英雄主义吗?这里是个合适的地方,既没有任何危险,又有抓捕的气氛,等回去后,你的形象就会在她心目中高大起来。

我说,你啷个晓得这里没有危险?

他说,到处设了卡子,丁老黑要冲破铁壁合围几乎是不可能的,我们在这里不可能有收获。

我承认他说得很对,在这里守株待兔,基本上是做个样子,是做给鹿芳看的。

他又说,如果我是丁老黑,感觉到了危险,我不会选择冲卡。

我问,那你会怎么做?

陈野没有直接回答,而是让我上车,然后叫醒菜头,让他把车开到两公里外的一片树林里。从这儿可以看见一条机耕道,路面很窄,如果是机动车,只有摩托车和手扶拖拉机能开过去。

我会丢弃汽车,带着毒品选择自行车、摩托车,或者步行,绕开交通要道,从不引人注意的小路逃走。陈野回答了我之前的那个问题。

来云溪镇的路上,陈野用手机查阅了地图,对当地的交通有了比较详尽的了解。情报显示,丁老黑是驾驶一辆黑色的福特轿车,缉毒队是在轿车可能经过的路口设卡,轿车无法通行的机耕道并没有布控。当然,警力也有限。云溪镇周边有许多条机耕道,陈野说,我们现在蹲点的这条是最隐蔽的一条。大部分路段都在树林中,从这里逃窜,很难被发现。他又补充了一句,这是唯一可能捡漏的地方。但陈野并不建议我们在这里蹲守,毒贩都会随身携带凶器。丁老黑一次携带十公斤冰毒,抓到了就是死刑,他身上肯定有枪。我们四个都赤手空拳,万一狭路相逢,危险性太大。不如回到刚才守株待兔的地方,凑凑热闹,感受下气氛。

我自然不想在鹿芳面前当逃兵,菜头也不愿意离开,他豪情万丈,说自己脂肪多,如果丁老黑有枪,他就第一个上,有脂肪保护,子弹不容易伤到内脏。表决时,鹿芳站在我和菜头这边,她说见势不妙我们就躲到车上,开车撞那个毒贩。陈野孤立无援地笑了笑,那就少数服从多数吧。

谈话间，一辆黑色轿车突然出现在我们的视野中，鹿芳下意识地尖叫了一声。我要她别慌，那辆车是从城区方向过来的，不可能是毒贩，而且车不是福特，是皇冠。菜头看出来了，是缉毒队的车辆，但挂的是民用车牌。他沮丧地说，糟了，抢地盘的来了，漏捡不成了。

皇冠车直接开进树林，停在破警车旁边。郭队摇下车窗，吃惊地看着我们四个，问道，你们躲在这干吗？我们扭扭捏捏下了车，我赔着笑给郭队递了一支熊猫，指着树上的鸟巢说，在这摸鸟蛋呢。菜头附和道，队里今天有行动，我们想摸些鸟蛋回去给各位师兄师姐加个菜，补充维生素。郭队当然知道我们是在扯淡，他说，你们学刑侦的，没学《野生动物保护法》？

我们面面相觑，无言以对。

谁叫你们到这来的？郭队的语气变得严厉起来。

我们只好把来这儿的经过陈述了一遍。

陈野站在车旁一直没有吭声，他不时瞟着那条机耕道，像一个眺望远方的诗人。必须承认，他做事比我沉着冷静，郭队的威严和呵斥并没有让他分心。

郭队下了车，打量着陈野。我以为他会责备陈野把我们引到这种危险的地方来，但他没有。他脸上的怒气如同海潮渐渐消退，露出了温和的笑容。他拍了拍陈野的肩膀，赞赏地说，小伙子，脑子挺灵光，跟我想到一块去了。

郭队告诉我们，他就是来堵这个漏的。警力全都派出去了，他只能一个人在此蹲守。我们意外加入，能帮他巩固这道防线。不过郭队再三提醒我们，原则上实习生是不允许参加这种危险行动的，没有他的命令，我们必须老老实实待在警车上，不许下来！我们一口答应，此刻，我热血沸腾，有郭队亲自坐镇指挥，意味着我们的行动就有了合法性，安全感也大大增强。我看见郭队佩在腰间的手枪，是把六四。太阳透过树叶缝隙照在黑色的枪把上,闪烁着一种奇异的光。

我们正要上车,突然听见陈野轻声说,他来了!

机耕道上出现了一辆摩托车,骑车的男子戴着头盔,完全看不清五官。

郭队叮嘱我们立刻上车,然后一个箭步蹿了出去,隐身在路口附近的一棵大樟树后面,拔出了手枪。

上车后,菜头问陈野,你唧个晓得就是那个毒贩?

陈野分析道,那个男人边骑车边东张西望,说明他心里有鬼。他的穿戴很时尚,脖子上好像还吊着大金链子,但骑的摩托车很破旧,是老式的型号,听发动机声就能听出来。这说明摩托车很可能是偷的,或者是临时买的二手货。而且,他似乎不习惯这种凹凸不平的机耕道,驾驶很小心,方向也有些不稳,这说明他不是当地人,很可能是第一次来,不熟悉地形。菜头听得心服口服,尽管我内心也认可陈野的推理,但嘴里没说,我不愿意在鹿芳面前赞美另外一个男人,尤其这个男人是我潜在的情敌。我不断安慰激动得浑身发抖的鹿芳,要她放松些,说有郭队在场,今天的抓捕没有任何危险和悬念。

摩托车快到路口时,郭队从樟树后闪身而出,表明身份后,他要对方熄火,摘掉头盔,下车接受检查。那个男子很配合,他不慌不忙地熄火,下了车,但很快就原形毕露,他把摘下的头盔猛然朝郭队掷去。

我们看得很清楚,就是协查通报上说的丁老黑!

郭队头一偏,头盔擦着耳朵根飞过,丁老黑扑上去,跟郭队扭打在一起。丁老黑身强力壮,人高马大,一出手就知道是练家子。搏斗中,郭队的手枪掉在了茂密的荆棘丛中。没有郭队的命令,我们不敢上前帮忙,只能坐在车上,眼睁睁地看着两人厮打。尽管身高和体重都不如丁老黑,但郭队格斗技术精湛,他渐渐占了上风,把丁老黑骑压在身下,他正要去拿手铐,丁老黑突然从后腰摸出一把匕首。鹿芳吓得尖叫起来,郭队迅速躲闪,但匕首还是刺中了他的右肩。丁老黑趁机跳起来,没命地朝摩托车奔去。

看见郭队受伤,我们再也按捺不住了,全都跳下了警车。刚要去追丁老黑,郭队跟跟跄跄地站起来,喝令我们站住,说丁老黑手上有凶器,危险!我们只好停下脚步,郭队捂着伤口去荆棘丛里找自己的枪,但荆棘太深太密,又都是刺,一时没能找到。眼看丁老黑已经发动摩托车,就要跑掉。郭队顾不上寻枪了,他冲上去,拦在了车头前。丁老黑跳下摩托车,打开后备箱,拿出一把仿制手枪和一个鼓鼓囊囊的黑色塑料袋,他朝郭队开了一枪,但子弹卡壳了,他撒腿就跑。郭队在后面穷追不舍,鲜血洒了一路。

我们冲上去,在荆棘丛里四处寻枪。几分钟后,陈野终于找到了。有了枪,就有了底气,我们决定跟上去助郭队一臂之力,至少可以把枪交给他。我们顺着郭队的血迹一路追踪,鹿芳边跑边哭,说郭队流了这么多血,疼都疼死了。

离机耕道大约五百多米远的地方就是一个废弃的码头,丁老黑和郭队已经站在了江边,我们呈扇形包抄过去。陈野把枪交给了郭队,这次,郭队没再叫我们回去,他朝天开了一枪,对丁老黑说,你跑不掉了,马上放下武器和毒品,争取宽大处理。

丁老黑突然笑了,他说,我哪有啥子枪和毒品?你们在这鸟不拉屎的地方查车,我啷个晓得是真警察还是假警察?我带把管制刀具是为了防身,就算误伤了警察,最多也就坐两三年牢。

郭队立即明白了丁老黑要做什么,他猛地扑过去,但丁老黑迅速往后一退,然后把那把仿制手枪和装有毒品的塑料袋都扔进了长江中。

我们全都傻眼了,这王八蛋竟然又故技重施!

郭队把手枪和手铐朝我们一扔,大喊道:看住他!

说完他就跳进了滚滚长江,奋力朝那个还没完全沉没的塑料袋游去。

我和菜头捡起手枪、手铐,冲上去铐住丁老黑,将他一顿暴揍。

当时正值汛期,江水湍急,无数漩涡重叠在一起,像是可怕的黑洞,把江面上能看见的所有东西都卷入江底。可能不到一分钟,也许更短,郭队和那个塑料袋就消失在了我们的视野中。陈野情绪失控,要跳江去救郭队,被我和菜头死死拽住。我们都知道,汛期的长江就是一条死亡之河,即使是奥运会游泳冠军,跳下去也不太可能活着回来。我们打电话求救,手机却没有信号。时间仿佛停滞了,我们失魂落魄地站在江边,目光不断搜寻着江面,幻想出现奇迹,能看见郭队浮出水面。鹿芳一遍遍地哭喊着郭队,回应她的只有涛声和水鸟的叫声。

五分钟过去了,十分钟过去了,奇迹始终没有出现。深红的残阳倒映在江面上,整条长江似乎成了一条恐怖的血河。我终于理解到了什么叫血流成河,这就是!我甚至闻到了一股血腥味,一丝一缕的,钻进了我的每个毛孔。时隔多年,我仍然记得这股血腥味,比我在任何血案现场闻到的血腥味都要浓烈。

陈野突然从我手中夺过郭队的枪,朝铐在一边的丁老黑冲去。

我大吼一声:陈野,你要干啥子?别乱来!

陈野目光怨毒,他双手举枪,对准了已经被揍得鼻青脸肿的丁老黑。我和菜头,还有鹿芳,都不敢上前拽他,害怕他手枪走火,伤到了犯罪嫌疑人,那可是了不得的大事!我们以为陈野是因为过于愤怒和悲伤,想吓唬一下丁老黑。菜头甚至说,丁老黑,你个狗日的,信不信我们一枪崩了你,扔到长江里鬼都不晓得!

丁老黑斜眼看着我们,胳膊上的狼头刺青龇牙咧嘴,他挑衅道,有种你们就开枪,不打死老子就是我孙子!

这时,远处传来警笛呼啸声,应该是听到枪声的缉毒警赶来增援了。

丁老黑的眼神像蝎子,他恶毒地盯着我们四个,继续挑衅:老子记住你们的样子了,等从牢里出来,老子挨个收拾你们。然后他的目光停留在鹿芳丰满的胸脯上,淫亵地说,这女娃儿长得不错,老子先奸后杀。

说完,丁老黑哈哈大笑起来。

我们气极,却无可奈何。丁老黑贩毒的证据已基本灭失,那把仿制手枪也不可能寻回来了,持刀袭警根本判不了他几年。如果他找了个巧舌如簧的律师,可能连牢都不会坐,因为他伤害的对象已经不在了,他完全可以否认。就在这时,枪响了,而且是连响三声,丁老黑的胸口一片血污,他倒在地上抽搐了几下就咽了气,但眼睛还圆睁着,似乎心有不甘。枪响的瞬间,我们还以为是增援而来的缉毒警开的枪,回头却发现他们还在几百米开外。

我这才意识到开枪的是陈野!

我们都惊呆了,万万没有想到陈野居然会枪杀丁老黑,这比郭队被江水吞没更让我们震惊。陈野的表情比我们平静得多,他的嘴角甚至还露出了一丝微笑,他放下枪,转身面对赶来的警察,伸出了双手。

两个月的实习期中,缉毒队的许多警察都成了我们的朋友,但陈野在众目睽睽之下枪杀已经被铐住的丁老黑,谁也不敢包庇他,只好给他戴上手铐。得知郭队跳江失踪后,缉毒队的警察立即沿江搜寻。但谁心里都明白,郭队根本没有生还的希望。很多年过去了,郭队的遗体一直没有寻获。我总是想,郭队会不会是跟他的妻子团圆去了?

陈野被押上车前跟我们仨告别。

他挤挤眼,朝我笑道,我说过了,不会跟你竞争的。

他对菜头说,减减肥吧,我刚才试过了,脂肪扛不住子弹的。

丁老黑膘肥体壮,身上的脂肪不比菜头少,一枪就撂倒了,另外两枪不过是让他死得更透一点。很显然,陈野根本就没打算让他活着。

他对鹿芳说,美女,把我写得正能量一点,拜托了。

我们三个上前紧紧拥抱了陈野,鹿芳哭得稀里哗啦。

我说,我回校找老师给你当律师。

菜头说,我跟我家老头子打声招呼,放心,不会有人难为你的。

鹿芳泣不成声地说,我会发动舆论声援你!

然而,我们仨都没有兑现诺言。陈野很快被异地关押。对已经失去反抗能力的犯罪嫌疑人连开三枪,明显是故意杀人。开枪的又是在缉毒队实习的刑侦专业学生,而且这个学生以前还帮警方破过大案。从正面典型蜕变为杀人凶手,影响太恶劣了。不过,考虑到案子的特殊情况,陈野是出于义愤杀人,法院从轻判决他十年有期徒刑,赔偿被害人家属五十万元。

毫不夸张地说,那个血色黄昏,陈野开的三枪,是我从警以来听到的最嘹亮的枪声,它惊痛了所有人的灵魂。

# 第一章  白鹤山反杀事件

　　2020年的秋天如同一部3D打印机,整个世界仿佛是被设计出来的,逼真而魔幻。漫步在雾都街头,我就像一个孤零零的稻草人,经常有种身处异乡原野的生疏感。这座以雾霾和潮热闻名于世的山城总是影影绰绰,生活在其中的人似乎都有些神秘兮兮,不显山不露水,内心深处隐藏着外人难以窥破的秘密,至少我有这种感觉。如果不太忙,我会坐在柏碚金刚碑一座叫"有风来"的茶馆里,喝喝茶,听听川剧,用一台CPU经常发烧的老式电脑写点什么。作为重案队副队长,每天被那些沉重的案件包围,精神容易抑郁,我必须找个宣泄口,比如文字。从我习惯坐的那个角落往外看,有一棵据说是梁实秋先生种下的黄桷树,孤独却蓬勃地矗立在盛世浮华中。再往远一点看,就是嘉陵江,总是在我的视野里闪烁着一种晦暗青白的柔光,就像太阳照耀在旧年的银器上。

　　这天下午,我在"有风来"点的康定藏茶还只喝了一小口,写作刚开了个头,就接到菜头的电话——洋槐公馆发生一起重大刑事案件。洋槐公馆在白鹤山上,是一栋很有历史和文化底蕴的老房子,传闻徐悲鸿、孔二小姐、蒋介石和宋美龄都在里面住过。因为门前有几棵大洋槐树，公馆由此得名。现在的房东是个在瓷器口开按摩店的小老板，叫刘二，据说是一位国民党中将的后人。洋槐公馆年久失修，背阳潮湿，交通也不是太方便，刘二并未住在里面，而是租给了三位住户，楼上一户，是个在刘二店里上班的女按摩师，叫周艳虹，她是本案的犯罪嫌疑人。楼下两户，其中一户的男主人是白鹤山下某大学化工学院的硕导，叫何万里，也是本案被害人，其妻是川剧名旦袁凤珠。

曹队这半年身体不好，重案队全由我负责。我不敢耽搁，立即开着我那辆猎豹Q6赶到现场。菜头说是周艳虹自己报的警，声称何万里闯进屋里想杀她，反抗中她拿起水果刀自卫，不小心把何万里给捅死了。周艳虹已经被带回局里，死者还没运走，老程他们正在勘查现场。菜头拉开警戒带，引领着我往楼上走，边走边抱怨，过了恁个久才来，到哪潇洒去了？你娃也不叫我！

别废话，何万里为啥子要杀周艳虹？

我边走边抬头张望，发现洋槐公馆没有装监控。

何万里以前侵犯过她，为了堵住她的口，说会在化工学院给她安排正式工作，但一直没兑现。她要去学校举报，何万里急眼了，就想杀她灭口，结果被她反杀了。哦，都是周艳虹自己说的，还没证实。

现场就在周艳虹租住的房子里，准确地说是在客厅，但客厅和卧室之间并没有墙，只是被一个简易电视柜隔开。何万里仰卧在地板上，衣服全被血染红了，地板的血迹还没有完全凝固。让我意外的是，何万里还戴着一双手套。法医程良说，他们比120先到，人已经死了，就没让医护人员进来，以免破坏现场。初步尸检表明，死者身中五刀，伤口全在胸腹部，至于是哪一刀造成了致命伤，需要解剖才知道。墙角有一把水果刀，刀刃沾满血迹，应该就是凶器。我注意到茶几上有个果盘，里面装着几个苹果，其中有一个已经削掉了半边皮。

地板上有一个砸碎的花盆,有两粒弹壳,有顶白色棒球帽和一只口罩,有一个黑色登山包。还有一支五连发,这种猎枪发射霰弹,威力巨大,是涉黑团伙的最爱。墙壁、家具和家用电器上有明显的射击痕迹,一块彩色窗玻璃还碎了,一些弹丸和玻璃碎碴散落在地。我问菜头,周艳虹是否受伤?他说没有,但她身上都是血,是何万里的。菜头还说,周艳虹杀人后就在现场等警察到来,他是第一个赶到的,发现周艳虹全身发抖,精神几近崩溃,站都站不稳了。

我有些可怜那个叫刘二的房东,发生了这起命案,估计房屋价值会大幅缩水。刑侦工作干久了,对"人生无常"这句话感悟特别深,众生皆如琉璃,太脆弱了,你永远不知道明天和意外哪个先来。下楼后,见习生陶笛向我报告,死者的妻子在江州演出,已经联系上了,正在赶回来的路上。

我就在这个时候看见了他。

一开始他戴着口罩,拉开警戒带就要往里面闯,说是一楼的住户。但被人拦住了,他被告知,现场发生命案,已经被封锁,住户暂时不能进去。

我认识你们赵队。他说,那个胖子也跟我熟。

菜头上前,瓮声瓮气地问,你谁啊?

他摘下口罩,嘴角带笑。

陈野!

我和菜头几乎是同时发出惊叫。

陈野上下打量着我们,调侃道,穿上警服都人模人样了,连门都不让我进了!

菜头当胸擂了陈野一拳,叫道,你娃不是判了十年吗?啷个就——

走,去喝杯咖啡。我打断菜头的话,这小子嘴上没个把门的,说话总是不注意场合。当众说陈野判过刑,这不是让他难堪吗?

行啊，我先回屋里放本书。陈野并没有表现出尴尬，他扬了扬手中的一本《现代主义美食》。

一本破书急个锤子，又不是金屋藏娇。我揽住陈野的肩膀，走吧，等勘查完现场再回去。

菜头已经发动了那辆猎豹，我把陈野往车里推，二十分钟后就到了瓷器口的"图兰朵"。一如名字，这是家很文艺的咖啡馆，卡座的隔断都是用古城墙的砖头砌成的，上面还有工匠名字和烧造年月，很有时光的沧桑感。

陈野说，他在监狱里表现良好，还检举揭发了一名同监犯人隐瞒的犯罪事实，因此获得了减刑，三个月前就出狱了。陈野以前在榆州监狱服刑，头几年我和菜头每年都会去探监，但他死活不见。我们尊重他的意愿，后来就不去了。原本打算等他出狱那天去迎接，没想到他提前出来了。

陈野告诉我们，他在白鹤山下的一所职业学院学烹饪，已经学了两个月，还有半年毕业，以后打算在瓷器口开个小饭馆。

我喝了口咖啡，说你这个刑侦专业的大才子就甘心当厨子？要不我介绍你去一家保险公司，那里有许多理赔的案子需要勘查，也算是专业半对口，能发挥你的特长。

菜头补充道，咱们班的耿子豪还记得吧？每次考试都有几门挂科的那个，毕业后先去了牛角沱的一家派出所，后来跳槽到保险公司，现在都开上了大奔，牛气烘烘的！

算了。陈野在咖啡里放了块方糖，他说，蹲了八年大牢，专业都废了，我就不去丢人现眼了。

我和菜头劝了一会儿，陈野还是听不进去，只好由他。

我突然想起陈野和被害人、犯罪嫌疑人都是邻居，就问他，案发时你有没有在洋槐公馆里？

从白鹤山下来的路上,我已经把基本案情告诉了他。

陈野用不锈钢小圆勺搅动着方糖,我早上七点就出门了,一直在上课,听说洋槐公馆发生了杀人案,我才赶回来。然后他笑道,我可没有作案时间。

菜头也笑了,你娃属于劳释人员,可是重点嫌疑对象。

我问他,你跟那两个租户熟吗?

点头之交吧。哦,对了,跟唱戏的那个女人稍微熟一点。

啥子情况?菜头插嘴道,人家可是有夫之妇。

"有夫之妇"这个词像根鱼刺在我心头猛然扎了一下,我想起了鹿芳,她现在已经是人妻了。那年夏天见习结束后,我和鹿芳就确立了恋爱关系,每个月我们至少见两次面,不是我去成都看她,就是她来雾都找我。毕业后,她到《雾都晨报》当了记者。我在碧山当了两年刑警,因为破了几个大案子,被调回了主城,在曹队手下当差,去年提了副队。菜头则是一毕业就进入了重案队,刑侦支队的副队长是他父亲的同学。我能调入重案队,菜头在曹队面前吹了不少风。

鹿芳的妹妹鹿慧以前也在雾都工作,学音乐的,在瓷器口一家叫"打火机"的酒吧当DJ,在圈子里小有名气。前年情人节的晚上,鹿慧嗨过头了,毒驾出了车祸,没抢救过来。鹿慧生前曾告诉鹿芳,自己是被一个绰号小木匠的男子拉下水的,K粉也是他提供的。我托缉毒队的老周查过这家伙底细——真名叫王宇凡,就住在白鹤山脚下,玩过两年摇滚,吸毒成瘾,被强制戒毒过。两次被拘留,一次是因为猥亵妇女,还有一次是到白鹤山非法捕鸟。这杂皮在瓷器口开了家寄卖行,经常帮人平烂账,但没找到他吸贩毒品的证据,所以没法动他。鹿芳咽不下这口气,雇了几个"棒棒"想揍王宇凡一顿,被我拦住了。鹿芳为此很不满,跟我拜拜了。这一事件只是压死爱情骆驼的最后一根稻草,我们分手还有其他原因。

鹿芳的老公是一个房地产商,据说是做保健品发家的,资产过亿。我见过,典型的暴发户形象,一身名牌,嘴上叼的一支哈瓦那雪茄抵得上我小半个月工资。菜头感叹,鹿芳嫁给他是一朵鲜花插在牛粪上。我说牛粪肥花,你娃懂个锤子!

陈野说,他可没有勾引有夫之妇,因为他和何万里的妻子都喜欢照顾流浪狗,所以打过几次交道,但不算深交。对了,鹿芳呢?他问。

这小子真是哪壶不开提哪壶!

我说,她嫁了个大老板,估计准备造富二代了。

菜头给我和陈野分发了一支娇子,在乌烟瘴气中,我把跟鹿芳的事简单地陈述了一遍。最后自我解嘲说,我一个月工资不够她买个包包的,养不起啊。

菜头说,我们俩都是假钻王老五,快上大街贴征婚启事了。

陈野吐了口烟圈,加上我,是三个。

我们哈哈大笑,笑声中有几分苦涩和无奈。我又把话题转移到案子上,作为犯罪嫌疑人和被害人的邻居,陈野是走访的重点对象,迟早要找他调查的。我问他,你觉得周艳虹和何万里的关系如何?

好像还可以吧。经常看见何老师上楼找周艳虹做推拿。我听何老师的妻子说,她老公有颈椎病。

老公找异性按摩,那女的不吃醋?菜头有些惊讶。

别想复杂了,异性按摩也有正规的。陈野说,何老师的妻子有时也会去找周艳虹做推拿,她腰有伤。

我深吸了几口烟,略微思索了一下,夫妻俩都上楼去做推拿,说明袁凤珠对周艳虹的人品和技术是认可的。

案发前,楼上楼下有没有啥子异常的动静?我问陈野。

没注意。他说。

我往嘴里塞了粒腰果,继续问,案发现场有支五连发,你见过吗?

没有,如果那支枪是何老师的,他肯定不会当着我的面拿出来。陈野摁灭烟头,我也没去过他家。

这时,我的手机响了,是陶笛打来的,说何万里的妻子回来了,非要去现场见丈夫的遗体,怎么办?我说肯定不行,她要是情绪失控,容易破坏现场,让她到我这里来吧,我先跟她聊聊。

陈野知趣地说,那你们忙,我先回去了。

我要陈野别急着回去,现场勘查还没结束。我让菜头带陈野去找家上档次的火锅店,两人先聊着,晚点儿我过来一块吃饭。两人走后,我给鹿芳发了条微信,告诉她陈野出狱了。抽完两支烟,她还没回复。分手后,她对我发的微信都很怠慢,迟回或不回都是常事,我已经习惯了。而以前,她基本上是秒回。我正在感叹,陶笛领着一个女人走过来:

师傅,这就是何老师的妻子袁凤珠。

我招呼她坐下,问道,喝点啥子?

柠檬茶吧。到底是唱戏的,袁凤珠的声音很好听,像是风从琵琶上吹过。

柠檬茶端上来后,袁凤珠小口小口地抿着,鼻子不断抽动着,眼圈通红,难抑悲伤。我想,古人说的梨花带雨应该就是这副模样吧。

我没有急着问话,我非常理解她的心情,枕边人突然阴阳两隔,任谁都难以接受,先等她平静下来再说。这是我第一次跟戏曲行业里的人打交道,还是个女人,这让我有点儿好奇。我点了支烟,近距离观察这位川剧名旦——身穿紫罗兰风衣,蛾眉皓齿,杏脸桃腮,皮肤白皙,体态婀娜,气质非常好。她比我想象的要年轻得多,何万里应该有四十多岁,她看上去也就三十出头。她眼角还残留着没有擦净的脂粉,应该是听到丈夫噩耗后,来不及洗尽铅华就匆匆赶回来了。

陶笛坐在旁边做好了做记录的准备,看见我和袁凤珠都迟迟没有开口,她有些不知所措。这女娃儿是四川警察学院毕业的,很青涩,也很理想主义。据说父母在浙江温州开家具厂,不差钱,想让她留在身边当乖乖女,坐享其成。但她偏要当警察,梦想成为中国的李昌钰,女版的。

鹿芳终于回微信了,发了个不可思议的表情符号,说找个时间她做东,请陈野吃饭。然后说自己正在洋槐公馆采访,并嗔怪道,这么有料的案子也不及时告诉她一声,幸好她消息灵通。鹿芳现在已经是记者部的主任了,事业有成,婚姻幸福,俨然人生赢家。想想我还是老光棍一条,欠了几十万房贷,肝和胃都不太好,觉得挺失败的。

袁凤珠起身去了趟洗手间,回来后脸上已经没有了泪痕,似乎还化了淡妆。我知道她已经调整好状态,可以问话了。

很抱歉,本来不应该在这个时候打扰你。我说,但我别无选择,我必须了解一些情况,这对查清你丈夫的案子会有帮助。

我晓得,你们是为了工作,我不介意。袁凤珠盯着茶杯,眼神有些空洞。

你们啥子时候住进洋槐公馆的,为啥子要在那里租房?

去年秋天住进来的。我们已经拿了加拿大的绿卡,家里的房子卖掉了,准备明年夏天就出国,我丈夫要把这一届研究生带完。袁凤珠说,洋槐公馆离我丈夫的学校近。所以就在那租了房。对了,我丈夫在洋槐公馆租房还有一个原因。

啥子原因?

我们住的房间下面有个地下室,可以改造成实验室。袁凤珠说,我丈夫是个工作狂,经常把在学校没完成的工作带回家里做。

那时候周艳虹住进去了吗?

还没有,她是今年端午节住进来的,我记得那天吃粽子。我家对面那户更晚,两个月前才搬过来住,是个单身汉,烹饪学校的学生。

你有没有觉得你丈夫跟周艳虹的关系不正常？我尽量让语气温和一些，以免袁凤珠反感。

我没觉得有啥子不对劲。她端起茶杯，只是湿润了一下嘴唇，但并没有喝。

周艳虹说你丈夫侵犯了她。我在烟雾中看着袁凤珠，你觉得你丈夫会做这种事吗？

不可能！袁凤珠斩钉截铁地回答，他是个有身份的人，享受政府特殊津贴，是著名的化学专家，哪个会看上一个按摩女苟合？退一万步讲，就算有，也不会是侵犯，只可能是对方勾引。

身份显赫并不意味着道德高尚，名人违法犯罪的情况屡见不鲜。但我没把这句话说出来，妻子维护丈夫是理所当然的，如果袁凤珠不这样回答，我反而会觉得奇怪。

你对周艳虹的印象如何？我特意强调了一下，我说的是以前。

她是从农村来的，比较单纯、老实，性格有点内向，不爱说话。

第一次去找周艳虹做推拿，是她主动提出的，还是你或者你丈夫主动提出的？

是我丈夫，他经常做实验，颈椎间盘突出。我腰也不好，练功时受过伤。

你们为啥子不去按摩店做推拿？

我和我丈夫平时工作都很忙，周艳虹就住楼上，找她做推拿比较方便。而且我丈夫心地善良，说一个农村小姑娘出来打工很不容易，找她做推拿，也算是照顾她的生意。

推拿都是在周艳虹住的地方做吗？我问。

袁凤珠点点头，有时也在我家里，但很少。

来"图兰朵"之前，袁凤珠已经从陶笛那里得知了周艳虹报案的说辞。当我问起她是否见过那支五连发猎枪时，她很坚决地回答，没有！

她说平常去超市,何万里都不买活鱼,因为他不敢杀生,他啷个可能杀人?袁凤珠还冷笑了一声,何万里是化学专家,智商很高,他要杀人,不至于愚蠢到用枪这种笨拙的方式。

袁凤珠的这句话引起了我的注意,她怎么会知道何万里有高智商的杀人手段?面对我的疑惑,袁凤珠解释说,有一次她和丈夫在家里看美剧,具体片名忘记了,剧情是讲一个变态杀人狂的。何万里当时就说,那个变态的作案手法漏洞百出,他要是杀人,肯定不会用这种低智商的方式。

他有说具体手段吗?我慢慢地咀嚼着一颗坚果。

袁凤珠摇摇头,她把喝剩的柠檬茶放在酒精炉上热了热:

我以为他是开玩笑,没当真。

从警这些年,我见过各种各样的谋杀手段。的确,智商越高的人,谋杀手段越高明。那种动刀动枪之类的谋杀都是普通人所为,基本上都能破案,只是时间早晚问题。而那些久拖未决的悬案,凶手大多心思缜密智力超群,社会地位也较高。就像当年那个校花被杀案,凶手就是大学计算机系老师。他们犯罪后,通常会伪造现场,清理痕迹,销毁作案工具,甚至毁尸灭迹。而且,这种人平常看上去毫无犯罪特征,道貌岸然,但一旦作案,必定是杀人之类的大案要案。

可以跟你打听一个隐私问题吗?我看着眼前这个像是从画里走出来的女人。

嗯,你问吧。袁凤珠喝了口刚加热的柠檬茶。

你丈夫对你忠诚吗?

袁凤珠点点头,虽然社会上有些关于他的风言风语,但我不相信。他在学术界很有权威,还是化工学院的副院长,树大招风,你们懂的。

我饶有兴趣:啥子风言风语,能说给我听听吗?

啷个说呢,就跟狗血电视剧一样——给学校寄举报信,在网上散布消息，说他潜规则女学生和女下属。有关部门调查过，都是无中生有的造谣。一开始我丈夫还挺生气，后来就无所谓了，身正不怕影子斜。

身边有这样一个美貌和气质俱佳的妻子，从逻辑上来说，男人应该心无旁骛才对。但生活经常混乱不堪，缺乏逻辑，热爱拯救失足妇女的男人，很多家里都有一个美娇娘。不过，此时此刻，不适合跟袁凤珠讨论这种人性的问题。

似乎是为了给自己的论断加注脚，袁凤珠说，我丈夫以前有过一段婚姻，她前妻是心脏病猝发去世的。我们在一起后，他很珍惜这段感情。为了照顾我的事业，他连孩子都没要，怕我怀孕后身材变形，唱不了戏。

我和陶笛对视了一眼，都有点意外。

又聊了半个小时，我看见袁凤珠有点累了，就让陶笛送她回去休息。这时，菜头也打电话来了，说在袍哥火锅，离我这里只有五百米远，菜都点好了。我要菜头给鹿芳发了个位置，说她也在洋槐公馆，叫她过来一块吃。

从"图兰朵"出来，我慢慢地往袍哥火锅店走，鹿芳还没来，我不必赶时间。天色还很亮，刚刚五点，踏着如同一张张书签的青石板，我在脑海里把案情粗略地梳理了一遍——洋槐公馆的三位租户是不同时间搬过来的，之前并不认识，是成了邻居后才有交往的。作为被害人的妻子，袁凤珠的叙述可能有不少主观成分。何万里的作风是否有问题，还需要调查。周艳虹说自己是正当防卫，失手杀人，这只是她的一面之词，是否另有隐情，也需要进一步核实。不过，根据以往的办案经验，女人杀死男人，以情杀居多。

刚走到袍哥火锅店门口，菜头的电话就响了，说鹿芳早就到了，你娃哪个还磨磨蹭蹭？进了包厢我才知道，菜头给鹿芳发位置的时候，她已经从白鹤山上下来。自从跟鹿芳分手后，我跟她就没有了默契。以前不管约在哪里见面,我们不是同时到,就是前后脚到。

鹿芳紧挨陈野坐着,对我的到来视而不见。她不断对陈野嘘寒问暖,抱怨他提前出来也不说一声,好让我们去接他。陈野很客气地说,知道我们都是大忙人,不想添麻烦。下到火锅里的菜已经煮熟,菜头吃得不亦乐乎,顾不上跟我搭话。我被晾在了一边,有点尴尬,只好也埋头吃喝。陈野出事后,鹿芳念叨他的次数比我提起他的次数还多。在她心目中,陈野是不折不扣的英雄。她觉得他那三枪惩罚了一个可能逃脱法律制裁的毒贩,打出了一个男人的血性,捍卫了警察的尊严。尽管那时陈野还不是警察,但在鹿芳眼里,他已经跟警察无异。

鹿芳的妹妹死后,陈野的血性跟我的"懦弱"更是成了鲜明的对比。我毫不怀疑,如果陈野没有入狱,鹿芳很可能会成为他的女朋友,乃至妻子。我现在这个副队长的位子,也很可能是他的。陈野很会察言观色,他撇开鹿芳,问我,何老师的妻子还好吧?

还算坚强。我边涮羊肉边说。

我见过许多被害人的家属,有号啕大哭的,有语无伦次的,有歇斯底里的,还有精神失常的。像袁凤珠这样能平静地坐下来跟我对话的,并不多见。

洋槐公馆成了凶宅,你要不要搬走?鹿芳剥了只基围虾,放在陈野的味碟里。

不用了。陈野说,我交了大半年房租,现在就搬走,租金退不回来,不划算。

我也不建议搬。我夹了块毛肚,袁凤珠还住在洋槐公馆,你搬走了,她一个女人更不敢住了。案发现场随时可能补充勘查,要是租户都搬走了,啥子人都可以进去,现场就破坏了。

别心疼那几个租金。鹿芳根本不把我的话当回事,她对陈野说,我帮你租个房,租金我出,条件保证比那个破房子好多了。

我有点悻悻然,但不好说什么,退不退租是陈野的自由,他也没有义务帮警方保护现场。

不全是租金的问题。陈野说。

还有啥子问题?鹿芳给陈野舀了几块鸭血。

山上空气也好,负离子多。陈野说,我有过敏性鼻炎,空气不好容易发作。

菜头终于吃到半饱,他擦着满头的汗水,大大咧咧地说,陈野怕啥子凶宅,他还亲手杀过——

我瞪了菜头一眼,这厮把后面的字吞了回去,改口道,陈野在号子里蹲了八年,里面啥子牛鬼蛇神没有,胆子早练出来了,他还怕个锤子!

我帮腔道,最近雾都雾霾严重,住山上也好,清肺。

鹿芳这才放弃让陈野搬家的念头,她开始回忆在巴山县的实习生活。我们也被她的话带回了那个阳光闪耀的夏天,追忆在阁楼里唱歌、打牌、嬉闹的日子,还有坐在麻石台阶上眺望长江的闲适时光。但我们都刻意避免提起那个血色黄昏,那是我们四个人的伤疤,是青春岁月里最深的痛。

中途鹿芳借口上洗手间,悄悄买了单。自从嫁了土豪后,每次我们几个吃饭,她都抢着买单。菜头觉得天经地义,说这叫打土豪,劫富济贫。我心里却有些不是滋味,觉得不是在打土豪,而是被鹿芳打了脸。吃完火锅,我们仨跟陈野互加了微信,交换了手机号码。鹿芳一再交代陈野,有事就跟她联系,似乎她比我和菜头更靠谱。鹿芳要赶回报社写稿,我要菜头回去给周艳虹做个笔录,案发好几个小时了,她应该已经平静下来了。

我开车送陈野回洋槐公馆,现场勘查已经结束,周艳虹租的房子贴上了封条。陈野住的房间就在案发现场楼下,结构也差不多,卧室和客厅之间没有墙,被电视柜隔开。屋内陈设很简单,没有色彩也没有生气,一看就是单身。墙角立着一个画夹,上面大概有十几幅画,画的全是夜景。我说,你娃这毛病还没改呢。

陈野笑道,改不了,一个礼拜不画几笔,就觉得手痒,各种毛病都来了。

大学期间,我曾经问过陈野为什么喜欢晚上画画？他说夜晚的世界更真实,白天很多人和事物都是虚幻的,有一层面纱,夜晚才会现出原形。他甚至说夜晚的颜色比白天更丰富,是五彩缤纷的。那时我无法理解他的话,觉得他要么神经短路,要么故作高深,像那些朦胧诗人一样,故意把一些不知所云的词汇组合在一起,糊弄读者。从警后,我对这个世界的理解在悄悄发生改变。强光之下,很多事物扭曲变形,失去了本来的面目。人亦如此,在光天化日之下容易循规蹈矩。到了夜晚,在阴暗的角落里才会揭开伪装暴露本性,所以夜晚的犯罪率要比白天高得多。从这个角度来说,夜色中的世界的确要更真实一些。在白天,我们容易看到假象。陈野总是先知先觉,让我自愧不如。认识这么多年,我发现我其实从没看透陈野,就像我从来看不懂他的那些画一样。我不知道他到底是白天还是夜晚更真实一些。

暮色深浓,袁凤珠住的房间门窗紧闭,亮起了灯。今晚对她来说一定是个失眠之夜,我不忍心去打扰她。我和陈野在白鹤山上散步,沿着一条鹅卵石铺砌的小路。从这里俯瞰,瓷器口万家灯火,比白天更显璀璨和妖娆,空气里似乎都有一股荷尔蒙的味道,被风一直吹到了白鹤山上。此刻,四周寂静无人,谈话不用设防。我问起陈野在监狱里是怎么熬过来的,漫长的八年啊,抵得上本硕博连读了。他说基本上靠看书打发时间,狱方给了他一些特殊照顾,没怎么让他参加劳动改造,还让他当了普法小组组长,给犯人讲法律。我递给他一支熊猫,问他后不后悔开那三枪。他似乎没听见,望着远处渔火闪烁的嘉陵江,沉默地抽着烟。

我说我后悔当初胆子不够大，没有在郭队和丁老黑搏斗时上去帮忙。要是早点出手，郭队不会殉职，他也不会有牢狱之灾。还是因为太年轻，缺乏临场经验，我们都被郭队的口头命令给束缚住了，没有见机行事。但人不能穿越到过去，历史不可能改写。我经常拿这件事教导下属，不要拘泥于程序和命令，要掌握临场处置的技巧，宁愿犯错，也不能后悔。错误也许可以弥补，但世上从来没有后悔药吃。陈野没有附和我的话，他似乎不愿意提起那些过往。我完全能够理解，那起枪击事件对他造成的冲击波是核爆炸式的，他比我们当中任何一个人更想遗忘。

我们找了块平整的山石坐下来，陈野问我怎么舍得把"那头可爱的小鹿"放走了，我说不是我要放她走，是我驾驭不了她。我说了我跟鹿芳的那些恩恩怨怨，陈野说，曾经拥有也不错，鹿芳把最美好的青春奉献给了你，你娃就知足吧。然后又说，那个见习生好像对你有意思。

我一愣，陈野跟陶笛也就一面之交，好像还没搭过话，他怎么看出来的？没错，我的确感觉到这女娃儿对我有那么点暧昧，天气变化的时候，她会发微信提醒我注意加减衣服。我有慢性咽喉炎，她经常偷偷在我的茶杯里放些枸杞、胖大海和西洋参。立秋那天，她送给我一个银色的Zippo打火机。正是我喜欢的款式，上面镌刻着一只飞鹰，要大几百，我一直没舍得买。一开始，我以为这女娃儿会来事，是在讨好我这个副队长。有一次，抓捕涉黑头目，我被那王八蛋一枪打中胸口，当即倒在地上。陶笛以为我光荣了，放声大哭。她不知道我穿了防弹衣，只是被子弹巨大的作用力震倒了。我忍着肋骨错位的剧痛，一枪将那个涉黑头目送进了医院ICU。自那以后，不光我，全队都知道这女娃儿在暗恋我。

陈野只跟陶笛打了个照面就洞悉了这个秘密，眼力够毒的，他没能当上警察，真是警界的一大损失！陈野的这种禀赋似乎来自天赋，他是丰都人,出身单亲家庭,母亲是中学美术老师。我从没听他提起过父亲,也许是亡故了,也有可能是离异。上大学时,我们的老师说过,刑侦其实也是一门艺术,跟所有的艺术门类一样,后天的学习固然重要,但天赋更为重要。破案是需要灵感的,就像搞文艺创作,有时苦思冥想得不到一行佳句,一片雪花掉在头上就可能出口成章。陈野的绘画才能倒是得益于母亲的言传身教,她母亲喜欢宗教和神话传说之类的绘画题材。我看过她母亲的一幅画,画的是人的因果轮回,充满了神秘气息。陈野的画风跟母亲一脉相承,沉郁悲凉,压抑晦暗。

我送陈野回洋槐公馆,交代了他几句,案发现场还需要保护,不要让无关人员进入。陈野说尽力而为吧,他每天都要去烹饪学校上课,在公馆里待的时间并不是很多。临走时,我抬头看了一眼楼上周艳虹住的房子,月光照在爬满青藤的窗台上,屋内寂然无声,好像什么都没有发生过。

回到我在柏磜的家,正要上床睡觉,收到了陶笛的微信:

师傅,明天有小雨,出门记得带伞,别淋雨,换季容易感冒。

我回了条微信:

快十一点了,哪个还不睡?不会是被今天的现场吓到了吧?

她发了本书的封面过来,是一本叫《生花妙手》的书,日本人写的,她说,我没那么玻璃心,我在看这个,一会儿就睡,先道晚安了。

晚安,小笛子。

"小笛子"是我对她的昵称,她很喜欢。刚来重案队的时候,陶笛每次看到血案现场都会狂吐,能把胆汁都吐出来。现在好多了,能坐在尸体旁吃盒饭。除了破案,她热爱插花,是个很有生活情趣的女娃儿。她长相和身材也是上等,配我绰绰有余。但我对她并不怎么来电,也许,我那块爱情电路板的电量已经被耗光了,还处在一个缓慢的充电过程中。

第二天果然有雨，我却忘了陶笛的叮嘱，没有带伞。不过雨很小，大部分时间我都在车内，没怎么淋雨。但湿度很大，空气凉飕飕的，体感很不舒服。在案情讨论会上发言前，我习惯性地先喝水，揭开保温杯盖子，发现里面放了生姜和红糖。陶笛朝我调皮地笑了笑，茶还没喝，我就感觉到心底有一股暖意。

我把昨天从陈野和袁凤珠那里了解到的情况说了一遍，菜头陈述了周艳虹的口供——昨天她休假，没去按摩店上班。中午一点左右，她正在家里削苹果，准备做个水果沙拉，突然听到敲门声。她问是谁，对方说是查燃气表的。她没有疑心，就打开门，一个男子闪身进来，他身穿灰白色的运动服，脚穿旅游鞋，头戴白色棒球帽，脸上戴着口罩。更奇怪的是，他还背着登山包，戴了双手套，手上拿着一支枪。那男的要她脱光衣服。她以为碰到劫色的了，就把钱全掏出来，要对方放过她。但对方不肯。她突然觉得男的声音有点熟悉，像何万里，于是趁他不备，把他的口罩扯下来，果然是何万里！她问何万里想干什么，何万里说想让她死。她马上明白了，何万里是怕她去举报，想杀人灭口。她苦苦哀求何万里放过她，但何万里不为所动，朝她开了两枪。可能是因为紧张，两枪都没打中。慌乱中，她先是拿起花盆砸何万里，然后抓起茶几上的水果刀一通乱刺，接着就看见何万里倒下了，至于刺了多少刀她已经不记得了⋯⋯

程良说，致命伤在左胸，锐器致左肺上、下叶破裂，引起失血性休克死亡。尸检表明，死者身上的所有创口都是由现场遗留的那把水果刀所致，刀上只检验出了周艳虹的指纹。

我问，现场还有别人的指纹吗？

程良说，现场有三个人的指纹，何万里夫妇和周艳虹的。何万里夫妇的指纹是在一张按摩床上提取到的，应该是以前做推拿留下的。除此之外，现场没有第四个人的指纹。对了，那支五连发的枪膛里还剩三颗子弹，可能是因为何万里戴了手套的缘故，枪上面没有检验出任何指纹。

我又问，硝烟反应做了吗？

程良点点头，他说在何万里的衣服、手套和鞋帽上都检验出了射击残留物，开枪的应该就是他。

我喝了口热乎乎的生姜红糖茶，继续问，死亡时间呢？

程良说，下午两点左右，误差不超过一个小时，跟周艳虹说的时间基本吻合。

参与勘查的孟凯说，何万里在现场穿的那双耐克运动鞋有六成新，鞋码四十四，比何万里的实际鞋码要大两个码子。在现场遗留的那个黑色登山包里发现了几样东西——一套银灰色的西服和西裤、一双棕黑色的皮鞋，都是意大利品牌，价值不菲。西服口袋里有一串钥匙、一包没开封的"龙凤呈祥"香烟和一个一次性打火机。登山包里还有一个装五连发用的枪套、一部半旧的华为手机，机主不是何万里，但手机上检测出了何万里的指纹。我问孟凯机主是谁，他说叫廖志强，成都人，号也是成都的。除了手机自带的 APP 以外，手机里没有安装任何别的 APP，也没有任何信息、通话记录和联系人，极有可能是被删除了。最蹊跷的是，在登山包里还发现了十二块青砖，总共有二十三斤重。

孟凯最后这句话引起一阵骚动，纷纷猜测登山包里放这么多青砖的用意。

菜头脑洞大开地说，不会是从古墓里盗掘出来的砖块吧？大家可别小看了古代的砖头，有的墓砖上面雕刻了各种图案，跟壁画一样，很有历史文化研究价值。听说故宫室内的地砖，叫苏州御窑金砖，要经过二十九道工序才能制作完成，一块砖就能卖几十万呢！

杨磊说，何万里是化学专家，还不至于落魄到去盗墓。

孟凯也说，那些青砖都很普通，到处可以捡到，不像文物。

我点了支熊猫,说何万里把青砖装在登山包里是想增加体重,跟他故意穿大两码子的鞋一样,是企图让警方误判凶手的体貌特征。对了,何万里抽烟吗?

陶笛说,我问过袁凤珠了,她丈夫爱喝酒,但从不抽烟。

程良补充道,在那包香烟和那个打火机上,都检测出了何万里的指纹。

这么说,香烟也是为了伪造现场准备的。我扫视了一眼与会者,我们姑且认为何万里是持枪行凶的犯罪嫌疑人,如果他犯罪得逞,很可能会在现场留下烟灰,或者一个无法检验出DNA的烟头,来干扰我们的侦查视线。

孟凯打着哈欠,看来昨晚加班到很晚。他说,在洋槐公馆后面采集到了几个新鲜的鞋印,已经做了比对,跟何万里脚上穿的那双旅游鞋完全吻合。

程良说,袁凤珠回来后,我们到她家里做了勘查,没有找到那双旅游鞋留下的鞋印。经袁凤珠辨认,何万里在案发现场穿的那身行头,包括登山包、华为手机,以前都没见过,何万里用的是苹果手机。但登山包里的衣服和皮鞋,还有钥匙,都是何万里的。

听袁凤珠说,她家里有个地下室被何万里改造成了实验室,勘查过了吗?我问。

程良点点头,袁凤珠说这个实验室没运转多久,今年四月就停用了。我们勘查过了,实验器材早已经搬空,恢复了地下室的原貌。

我弹了弹烟灰,为啥子停用?

程良回答道,袁凤珠说地下室通风效果不好,家里经常有股难闻的气味,她抱怨过几次,何万里就把实验室撤了。

那部华为手机有没有可能不是何万里的?我又问。

已经给这部手机的信号定过位了,最近一直在白鹤山附近活动。

孟凯说,这部华为手机可能是何万里瞒着妻子买的。

我觉得案情已经很清楚了。菜头说,何万里为了防止周艳虹举报,就乔装打扮,想伪造强奸杀人的现场。当然,他肯定不会真的在案发现场强奸周艳虹,这样会留下证据。他的目的只有一个,就是杀人灭口。没想到人算不如天算,被周艳虹反杀了。

陶笛同意菜头的意见,她说,何万里没有用自己的化学知识,而是用一种最愚笨的手段杀人,就是为了在案发后洗刷自己的作案嫌疑。他原本打算作案后,找个地方换下在案发现场穿的那身行头。所以,他预先把自己的衣服和鞋子放在了登山包里。

大家纷纷表示赞同,这女娃儿来重案队见习不久,进步倒挺快。

杨磊问,赵队,周艳虹反杀何万里,算正当防卫吧?

菜头抢在我前面回答,当然算!他持枪闯入周艳虹家里,开了两枪,这就是故意杀人!周艳虹的生命安全受到了严重威胁,她拿起水果刀奋起反击,完全是合法的,也是必要的!

我没有像菜头那样肯定地回答杨磊,现在做结论还为时过早。虽然,菜头说的很可能是对的。又讨论了一会儿案情后,我给大家分配了接下来的任务——把那些青砖和那支五连发的来源搞清楚;何万里在案发现场穿的那身行头,包括那个登山包,是在哪里买的,啥子时候买的,都要查个一清二楚;还有,那部华为手机要重点查,要尽快恢复已被清除的数据;要尽快找到那个叫廖志强的机主,协助警方调查;周艳虹上班的那家按摩店有必要查一查,看看是否有色情服务;还要查周艳虹的底细,重点了解她的人品和社会关系;何万里和周艳虹的手机、电脑都要查,看看他们之前是否有过跟本案有关的聊天记录;要调取监控,掌握何万里和周艳虹在案发前的活动情况……

我和陶笛驱车去了何万里所在大学的化工学院。

去之前,我已经调看了何万里的开房记录,有上百条之多,开房的酒店大部分在本市，其中有七成是钟点房。当然，开钟点房并不一定意味着乱搞男女关系，但一个已婚男人在本市有家不回，非要开钟点房，确实让人浮想联翩。我还看了网上有关何万里的一些负面帖子，全是控诉他利用职权搞潜规则的，但都是传闻，并无实锤。陶笛说，基本可以肯定何万里是个伪君子，道德败坏，这种男人就应该化学阉割，免得祸害妇女同胞！

在童家桥路口等绿灯时，陶笛问我，听说昨天去洋槐公馆采访的那个鹿记者是你前女朋友，长得不错嘛。但我觉得她不适合你，她身上有股傲气，你也有。两个太有棱角的人在一起，会刺伤彼此的，你应该找个线条柔和一点的。

我没有搭腔，我看着不断摇摆的雨刮，从警后，我对爱情，包括整个世界的认知，就像雨雾中的这块挡风玻璃，忽而清晰，忽而模糊。

敲开化工学院办公室的门，接待我们的是一位女秘书。

她说何副院长前天上午还在给学生讲课，没想到下午就出事了。她带我去校保卫部看了监控，何万里是前天上午十一点零五分驱车离开学校的。

他昨天有课吗？我打量着这个身上香水气味浓烈的中年女人。

没有。女秘书说。

他的生活作风怎么样？我问。

女秘书圆滑地说，领导都到洋槐公馆慰问何副院长的妻子去了，关于何副院长的隐私，我不了解，也不方便透露，需要先请示领导。不过，何副院长在学校的口碑还是很不错的，特别是学术方面。他的不幸离世，不仅是学校的重大损失，也是化工领域的一大损失。

我们不是来给他开追悼会的。陶笛有点不悦。

我晓得。女秘书继续打太极，何副院长的作风肯定没得问题，我们学校很注重师德师风建设的，他又是领导，当然要做表率噻。

我知道问不出什么了,拉着陶笛就走。走到一间阶梯教室门口,我对陶笛说,你不用回去了,就在学校找个招待所住下,把警服脱了,客串几天学生,把何万里的那些隐私给我打听清楚。

陶笛调皮地冲我敬了个礼,是,师傅!

我拉开车门,正要坐进驾驶室,一个高高瘦瘦的男生走过来,问道:您是来调查何老师的案子吗?

我意识到这个男生有话要跟我说,我点点头,让他上车,然后把猎豹开到几百米开外的一棵香樟树下,远离女秘书的视线。那个男生说,他叫孙晓东,昨天中午十二点半,何老师给他发了条信息,要他下午两点半来洋槐公馆谈论文的选题。我看了孙晓东的手机,何万里确实给他发了这条信息。孙晓东说,他两点二十五分来到何老师家门口,敲了很久门,都没有人开,打何老师的电话也没人接。他以为何老师临时有事,就走了。昨天傍晚听说何老师出事了,他非常震惊。看到网上说何老师有杀人灭口嫌疑,他很气愤,觉得这不可能。如果何老师昨天下午蓄意杀人,怎么可能在杀人的同时段约他到洋槐公馆谈论文选题?

孙晓东反映的这个情况很重要,我查了周艳虹的报警记录,是两点四十八分打的报警电话。菜头说,周艳虹反杀后,因为害怕,在现场发呆了一个小时左右。

你啥子时候离开洋槐公馆的?我问孙晓东。

两点三十八!走之前我给何老师发了条信息,说我先回去了。

孙晓东把手机短信调阅给我看,的确是两点三十八分。

你没发现洋槐公馆有异常吗?

没有。听说何老师是在楼上被杀的,他家在楼下,我没上楼。

孙晓东走后,我坐在车里琢磨了一会儿。何万里在案发的同时段约孙学生去家里谈论文选题,确实有些蹊跷。何万里是一点半左右进入周艳虹家的,杀人、伪造现场、逃跑、销毁作案工具、换装、回家,这个过程至少也得半小时。刚杀完人就在家里跟学生谈论文,这心理素质也太强大了吧?

我驱车上了白鹤山,离洋槐公馆还有一段距离时,我把车停下来,以洋槐公馆为圆心,在附近走了一圈。雨已经停了,水滴凝结在常绿乔木的叶子上,在太阳的照射下闪烁着珍珠般的荧光。草地里蹿出了许多小蘑菇,一些不知名的野花透出阵阵幽香。如果没有发生昨天的那起血案,这里倒是个休闲的好去处。洋槐公馆位置比较偏僻,只有一条路通往白鹤山下,四周都是茂密的树林。如果公馆里面有什么动静,哪怕是开枪,外界都很难听见。如果闯入周艳虹家的不是何万里,而是一个流窜犯,他作案后确实可以从容逃逸,而且不会被人发现行踪。树林中并没有安装监控探头,这是一个治安死角。

洋槐公馆前停着两辆轿车,一辆奥迪 A8,一辆宝马 X5,奥迪 A8 昨天就停在这里了,是何万里的车,宝马 X5 应该是袁凤珠的。楼道里有一辆电瓶车和一辆自行车,昨天陈野跟我说过,他每天骑自行车去上学,看来电瓶车是周艳虹的。自行车的轮胎沾满了泥,陈野应该刚回来。

敲开门,陈野对我的到访一点都不意外,他正在下方便面当午餐,我说给我也来一包。公馆后面的树林里雾气氤氲,屋内弥漫着一股方便面的气味,我们就着老干妈,边吃面边闲聊,好像又回到了无忧无虑的青葱岁月。

听我说了孙晓东反映的情况后,陈野说,如果周艳虹的口供没有问题,那何万里昨天约孙晓东到他家里谈论文选题一定有深意。

啥子深意?我问。

如果周艳虹被杀,同住洋槐公馆的我和何万里都会是警方的嫌疑对象。陈野喝了口面汤,说,要想摆脱作案嫌疑,我们最好是提供不在场证明。案发时我在上课,我当然可以提供。

何万里约学生到他家里来，恰恰证明了案发时他就在洋槐公馆。我说，这不是故意给自己找麻烦吗？

他不是自找麻烦，而是给自己找证人，不在场的证明。

可是孙晓东来洋槐公馆的时候，案子已经发生了。难道何万里想串通孙晓东做伪证？我觉得不可思议，这也太冒险了吧？他就不怕孙晓东举报？

陈野用纸巾擦了擦嘴，笑道，他好歹是大学教授，当然不会恁个脑残。

你娃就别绕弯子了，直说行吗？我被他绕得有些毛焦火辣。

如果伪造作案时间呢？陈野反问。

我看着陈野，还是不解其意。

我们假设一下，昨天下午两点半，孙晓东准时来到何万里家，两人见了面，正在谈论文选题。这个时候，楼上突然发出某种动静，比如说尖叫声、枪声、凶手下楼的脚步声，那孙晓东就可以证明案发时何万里不在现场，作案者另有其人。

那必须有人配合才行。我说，除非何万里有同伙。

也不一定吧。陈野点着了我扔给他的一支熊猫，我以前看过一个纪录片，朝鲜战争期间，美军飞机经常投掷一种炸弹，当场不爆炸，而是几个小时后才会爆炸，让志愿军防不胜防。朝鲜战争都过去了好几十年，这种延时技术应该不是啥子高科技了。会不会有这样一种设备，预先把案发现场的声音录下来，然后延时播放，不知情的人听了，会误以为这才是案发时间？

我恍然大悟！延时技术的应用现在已经很广泛了，闹钟、空调、电视、电脑、照相机等，都有这种延时功能，录音设备肯定也有。如果何万里把录有现场声音的设备放在周艳虹家里，延时到两点四十，或者三点整再播放，然后他让孙晓东在楼下等待，自己一个人上楼，以查看动静为由把录音设备藏好。那孙晓东对何万里来说,就是一个完美的人证,可以证明他案发时根本就不在现场。

  为了求证我和陈野的猜想,我敲开对面房门,袁凤珠眼睛红肿,显然刚刚哭过。她很讶异我和陈野认识,陈野笑着说何止认识,读大学的时候,我们的衣服还换着穿呢,就差合穿一条裤子了。袁凤珠连忙打感情牌,赵队长,我和陈先生是邻居,也是朋友,我丈夫死得太冤了,网上很多暴民都往他身上泼脏水,你们一定要还他一个清白!我敷衍了几句,说我们肯定会查明真相,不会冤枉好人。你放心,舆情不会影响我们的侦查。

  我让陈野陪袁凤珠聊天,我以查看老公馆的装修风格为由,在各个房间转悠了一下。这套房子比陈野和周艳虹住的房子都大,是三室两厅,还带一个书房,装修风格充满了浓浓的民国范。在书房里,我看见电脑旁放着一个类似遥控器的东西,是 SONY 产品,上面有播放、停止、回放、定时等按键。我用手机查了一下,这个叫数码录音播放器,有定时播放功能。我按下播放键,一开始没有任何声音,过了几秒钟,里面突然传出两声枪响。

  听到声音,陈野和袁凤珠都跑进了书房。袁凤珠一脸蒙地问我手里拿的是啥子,刚才的声音是从哪里来的。

  我看着她,这是在你家发现的,你不认识吗?

  袁凤珠摇摇头,她说除了打扫卫生,她一般不进丈夫的书房,以前也没见过这个东西。

  我感觉袁凤珠没有撒谎,如果她知道这是数码录音播放器,里面有对她丈夫十分不利的证据,她应该把播放器藏匿或者销毁。我拿着播放器上楼,站在周艳虹家门口,按下播放键,然后问坐在何万里家的陈野,是否能听清楚枪声。他说能听到,但声音有点小,如果不注意听,很容易忽略。

我记起何万里的电脑旁有一对小音箱,我取了音箱重新上楼,把音量调到最大,又试验了一次。这回陈野说枪声听得非常清楚,甚至有现场感。我对袁凤珠说,这个数码录音播放器和这对音箱都是本案的物证,我需要带走。袁凤珠点了点头,她眼神绝望,脸色苍白得像张纸。

从何万里家出来,我发现洋槐树下蜷缩着一条黄毛小狗,身上脏乱不堪,还粘了好多带刺的苍耳子。看见陈野,那条狗站起来摇了摇尾巴。陈野把狗毛上的苍耳子一一摘除,说这是条流浪狗,他和袁凤珠经常给它喂吃的,还给它取了个名字叫麦兜。我记起上大学时,陈野是很讨厌宠物的,有一次菜头抱了只流浪猫回来,陈野差点跟他绝交,菜头把猫抱走两人才和好。我有点意外,陈野在牢里天天"与狼共舞",不仅没有沾染上戾气,反而越来越有慈悲心了。

陈野送我到停车的地方,我拍了拍他的肩膀,你不是说坐牢让你的专业都荒废了吗?我看一点都没废,金子就是金子,任何时候都会发光。陈野说,他不过是受那部纪录片启发,有了点小灵感,根本不是啥金子,就是块破铜烂铁。

陈野出狱后,我发现他很多方面都没变,包括长相,似乎还停留在大学时代,清清秀秀的。不像我和菜头,一身油腻,整个人都长变形了。但有一点他跟以前迥异,那就是低调。当年的陈野,在专业上是相当狂妄的,他不止一次跟我们说,只要给他足够的时间,没有他破不了的案子。对了,他还有一点也变了,竟然喜欢小动物了。

我去了趟看守所,当着周艳虹的面打开了数码录音播放器。听到枪声,她吓得尖叫起来,表情十分惊恐,看来昨天那惊魂一幕在她心里留下了浓重的阴影。但周艳虹说,这不是现场录音。何万里开第一枪没打中她,她拿起窗台上的一盆花朝他砸过去,何万里躲开了,然后才开的第二枪。录音里的枪声却是连续的,没有间隔,也没有花盆砸碎的声音。

我并不奇怪,音频有时间,是案发三天前的上午十点二十分。我查了下相关路口的监控,这个时间何万里的确在白鹤山上,并不在学校或者别的地方。何万里事先录好枪声。也许是担心在现场录音会把自己的声音录进去。回到局里,我把这个播放器送去检测,果然在上面提取到了何万里的指纹。经过鉴定,音频里的枪声的确是五连发猎枪的射击声。

第二天开案情讨论会,我当众播放了这段音频。

大家都说,这应该是何万里蓄谋杀人的铁证了!

菜头说,他找到了那部华为手机的机主廖志强,巧的是,他正在雾都出差,是个医药代表。廖志强说他不认识何万里,以前也有人盗用他的身份证办了手机卡,还欠费了,移动公司催他还钱。

廖志强能提供不在场证明吗?我问。

能!我初步核实了一下,案发当天他在乐山出差,昨天下午才到雾都。跟他一块出差的还有个女的,也可以做证。

毫无疑问,周艳虹口供的可信度越来越高了。

开完会,我意外地接到了鹿芳的电话,问我有没有空,中午能不能一块吃个饭。我感觉她语气低沉,似乎有心事,于是答应了。我约她到瓷器口的"图兰朵"吃西餐,那里环境清幽,谈话方便。鹿芳比我先到,坐在最偏的一个卡座里。她点了两杯咖啡,一杯是给我的,加了糖。其实我喝咖啡从不放糖,她似乎已经忘了。她神情忧伤,还有黑眼圈,昨晚应该没休息好。平常总戴在无名指上的钻戒也不见了,这让我有些惊讶,我知道那枚钻戒是她丈夫送的,据说花了好几十万。看我注意到了这个细节,她惨淡一笑,我离婚了。我惊愕得说不出话来,差点被一口咖啡呛到。她补充了一句,刚刚办完手续,容我当回祥林嫂,行吗?

我点点头,说吧,到底出啥子状况了?

鹿芳说,她嫁给那个土豪并不快乐,幸福感都是装出来的。土豪的文化素养差,连泰戈尔是干啥的都不晓得,还以为是泰森的弟弟。两人根本没有共同语言。其实结婚前,她已经看出来两人不合适,但女人都有虚荣心理,她也不能免俗。而且,她很自信能在婚后改造他,把他变成自己喜欢的那种男人。所以,她还是义无反顾地嫁给了他。然而,她的改造不仅没有奏效,他的劣根性反而暴露得更彻底了,因为结婚后,他不需要像婚前那样掩饰了。最让她愤怒的是,他竟然在外面找小姐。后来还发展到包养情人。她忍无可忍,提出了离婚。但她爱面子,一直没跟任何人说这些,包括自己的父母。离婚官司打了半年多,今天尘埃落定,她自由了,也得到了她应得的补偿。让她感觉庆幸的是,她有先见之明,一直没要孩子。

我万万没有想到,她看似华美如缎的婚姻竟然千疮百孔。我也很惭愧,身为警察,自诩神探,居然对她的不堪生活毫无察觉。她掏出一支薄荷烟点上,动作娴熟,我很吃惊,我从没见她抽过烟。她自我解嘲,我烟龄都一年了,晓得你不喜欢女人抽烟,所以我从不当着你的面抽。今天我不装绿茶,自毁形象算了。

我安慰鹿芳,这个时代最不缺的就是土豪。每天都有成百上千的人暴富,站在时代广场的楼上,扔十个苹果下去,能砸中五个土豪,三个CEO,还有两个是一夜赚了上千万的股神。我的调侃并没有让鹿芳释怀,她反而嘤嘤哭了起来,说你当初要是有点血性就好了。言下之意,她现在所受的伤害我难辞其咎。

这是我第二次见到她哭,第一次是她妹妹去世时。

跟我分手那天,她一滴眼泪都没有。

吃西餐时,我笑着说,旧的不去新的不来,张开你热情的双臂迎接新生活吧。

她叉起一块牛排问我,那个见习生是你女朋友吧?

我差点被一块披萨噎住,她怎么也看出来了那女娃儿对我有意思?

是直觉,她看出了我心里的疑惑。

我不置可否,我不知道她想要表达什么。

她喝了口蘑菇汤,要是能回到从前该多好。

说完,她看着我,眼睛多情得像我在藏区见到的海子。

哦,还想吃点啥子?我避开她的视线,这家店的提拉米苏不错,要不要尝尝?

鹿芳眼里的海子渐渐暗淡无光,如同这座经常云遮雾罩的山城。

她放下刀叉,不用了,我饱了。

我默默地吃着披萨,不知道说什么好。

案件有进展吗?她又点了支烟。

有,但还在侦查阶段,不方便透露。我唯一能告诉你的,就是现在的证据对何万里很不利。我扫光了盘子,吃得有点撑了。

这个案子没有悬念。她很优雅地吐了个烟圈。

我突然发现女人抽烟的样子并没有我想象的那么粗鄙。

根据我的采访经验,一个女人去杀一个男人,大多是被逼得走投无路。女人是食草动物,男人是食肉动物,食草动物只有在保护幼崽,或者逃生的时候才会奋起反击。那个王八蛋对我实施过家暴,当时我也有杀死他的念头,但理智还是战胜了冲动。为了一个渣男去坐牢,甚至抵命,太不值得了。鹿芳喝了口橙汁,我真想去采访一下何万里的老婆。

我喝着已经变凉的咖啡,这个时候最好别去打扰人家,她很伤心。

她有啥子好伤心的?别人替她除掉了身边的渣男,财产都是她自己的了,要是我,高兴还来不及呢!

鹿芳如此痛恨渣男,看来是真的被那桩婚姻伤透了心。

我调侃道,你可以休个长假,出去散散心,说不定旅途中有艳遇。

话刚出口,我就后悔了,我怎么又绕回去了?

她弹了弹烟灰,老成地说,艳遇是一首摇滚,适合小青年玩。我这个年龄的女人,还是喜欢抒情点的。

我想给陈野凑点钱。我再次岔开话题。

陈野入狱没多久,他母亲就去世了,虽然是因病,但陈野这件事肯定加速了他母亲病情的恶化。陈野出狱后,并无生活来源,现在花的应该是母亲留给他的积蓄。一个教师能有多少遗产?陈野的人生要重新开始,该花钱的地方很多,手头肯定拮据。

多少合适?鹿芳问我。

两三万吧。主要是我房贷还没还完,也不宽裕,菜头也刚买房。

你们那点死工资还是留着娶老婆吧,这钱我出。鹿芳叉起一块芒果,细细地咀嚼着,我拿三万。

这不行!不能让你一个人出。

离婚前,我偷偷收集了那个王八蛋一些见不得光的证据,离婚时狠狠宰了他一笔,这也是他应该付出的代价。说实话,我就算不工作,这辈子的钱也够花了。三万块也就相当于我做几次高档点的美容的钱,这两天我就把钱给陈野。

晓得你不差钱,但陈野也是我和菜头的朋友,我们应该表示点心意。

表示心意有很多种方式,以后你和菜头多去看看他。他不是要在瓷器口开小饭馆吗?你们罩着他,别让他被那些杂皮欺负了。

话说到这个份上,我也只好由她去了,否则会显得我矫情。

能不能开个后门,让我去看守所采访一下周艳虹?

再等等吧,何万里是知名人士,还是大成集团股份有限公司的股东,这个案子影响很大。现在舆论已经很沸腾了,不能再推波助澜。否则,别人会质疑警方对案件的定性是顺应舆论,而非出自公平正义。

鹿芳没有勉强,那等案子定性了,记得第一时间告诉我。

应该快了。我说。

三天后,再次召开案情讨论会。除了陶笛还在化工学院卧底,各种调查都有了反馈。孟凯说,查了何万里的苹果手机,他和周艳虹并没有互加微信,也没有互留电话号码,两个人也都不用QQ,所以他们之间没有任何互动记录。何万里的个人电脑也查了,包括家用的和办公室的,没有跟本案有关的线索。但在他的家用电脑里发现了许多淫秽小视频,全部是从色情网站下载的。浏览记录显示,他经常登录这种网站。他的手机也不干净,有他跟一些女人的暧昧聊天记录。粗略统计了一下,跟他暧昧的女人至少有十二个。他喜欢吃窝边草,这些女人大部分是他的学生和下属。其中有个化工学院的女秘书,跟他的聊天内容特别露骨,简直毁三观。

果然是叫兽!警花宋卉说。

我想起了那个动不动就谈师风师德建设的女秘书,觉得有些滑稽。

负责走访调查按摩店的杨磊说,那家店的口碑还不错,没有色情服务,店里都是正儿八经的技师。刘二是按摩店的老板,也是洋槐公馆的房东,他说周艳虹很老实,上班下班,两点一线。她不爱逛街,舍不得花钱,连男朋友都没有。平常她也不跟男顾客开玩笑,单纯得很。

孟凯补充道,周艳虹的微信上有几个男性朋友,但很少聊天,她的情感世界应该还是一片空白。杨磊说,周艳虹的老家在黔江山区,父母已经不在了,她有个哥哥在法国留学,已经知道她出事了,但因为疫情原因,一时赶不回来。她哥哥的学费,都是她打工赚的钱。

负责调取监控的钟杰说,案发当天周艳虹在休假,没在任何监控里出现,她应该就待在洋槐公馆里。案发头天晚上,八点十三分,何万里开着奥迪从白鹤山上下来,去了龙溪镇武陵路的一条背街。

能确定是他开的车吗?我问。

驾驶人穿了一件连帽风衣,戴了口罩和眼镜,看不清脸。钟杰说,我把监控截图发给了袁凤珠,她说不能确定,何万里平常不戴眼镜,也很少戴口罩,但那身连帽风衣何万里确实穿过。我觉得这应该是他故意伪装。

他去龙溪镇干啥子?

不知道。钟杰说,那里监控设施不完善,只拍到他停车的画面。从车上下来后,他就消失在监控中。大概过了二十分钟,他回到了车上,然后一路没有停留,直接开回了白鹤山。

案发当天呢,何万里有没有离开过洋槐公馆?我问。

不确定,白鹤山上很多地方都没有监控。钟杰说,可以确定的是,他本人和他的车,都没有出现在任何监控中。

宋卉说,何万里的网购记录中,没有他在案发现场穿的那身灰白色运动装和旅游鞋,也没有那个黑色登山包和白色棒球帽,应该是在商店买的。运动装、旅游鞋和棒球帽都是班尼路,登山包是美特斯邦威,都是大众品牌,到处都有销售。因为不知道哪天买的,查找起来难度比较大。一周之内的监控已经查过了,没有发现何万里有购买行为,正在扩大查找范围。

那个登山包里的青砖呢,找到来源了吗?我问负责调查的卢浩。

没有。卢浩说,我问了好几个砖厂老板,这种青砖至少是三十年前的产品,早就不烧制了。我怀疑是何万里在拆迁工地上捡的,正在查相关监控,看何万里是否在这些地方出入过。

菜头说,何万里是通过啥子方式购买的手机黑卡,暂时还不清楚,但手机数据恢复了,用户在网上搜索过"杀手"的关键字符,还进入过一个"杀手吧",可能觉得那里面都是骗子,没多久就退出来了。

用户有联系人吗?我塞了粒口香糖在嘴里,这几天烟抽得比较多,我觉得口里有些苦涩。口香糖是陶笛送我的,是我喜欢的草莓味。

没有电话联系人,只有一个微信好友,但已经被用户删除了。

是啥子人？

微信名叫彬哥，用户半个月前主动加了彬哥的微信，说是朋友推荐的，问彬哥可不可以卖枪给他。两人沟通了几次，最后成交。彬哥以六千元的价格卖给用户一支盾牌五连发猎枪，应该就是案发现场的那支，还送二十颗子弹。交易的时候两人相约不见面，彬哥把枪和子弹藏在一个废弃的配电房里。用户拿到枪弹后，把现金放在藏枪弹的地方。交易完成后，两人互相删除对方。

遗留在案发现场的那支五连发里有三颗子弹，除掉已经射出去的两颗，以及何万里录制音频用掉的两颗，还有十三颗子弹下落不明。

剩下的子弹肯定被何万里藏起来了，要不要再到他家搜查一下？菜头问。

我把玩着Zippo打火机，先找到那个配电房再说，位置在哪？

在白鹤山烈士陵园后面，是华为手机用户选的地方，还没来得及去勘查。对了，彬哥这个微信号捆绑的手机号已经打不通了，机主叫孔勤，一个七十三岁的老人，两年前就去世了。菜头说，彬哥应该是盗用孔勤的身份证办的黑卡。

我点燃一支烟，尽快找到彬哥！

下午三点多钟，我带人在白鹤山烈士陵园后面找到了那个废弃的配电房。

四周荒草萋萋，连条路都没有，也看不见一个活人，除了坟堆。

程良和孟凯进配电房勘查，我和菜头站在外面闲谈。我观察了一下地形，说如果不是对周边环境非常熟悉，很难找到这里。菜头说，那部华为手机的用户告诉彬哥，配电房就建在一块形似乌龟的大石头上，很远就能看到。我这才注意到，我们站在"龟头"的位置。何万里住在白鹤山上，他知道这个地方完全有可能。

勘查很快结束了，程良说没有找到子弹。

我要程良和孟凯先回去,我和菜头去龙溪镇查访一下。

龙溪镇曾经黄赌毒泛滥,是市区治安的重点防控地带。在武陵路的那条背街,我们找到了何万里案发前一晚停车的地方,发现这一带正在拆迁,除了几家经营麻辣烫的小饭店,其他店子都关门了。

到饭点了,我和菜头找了家还算干净的店子开吃。

菜头把鸡翅在香油碟里蘸了蘸,嘟囔着,难道何万里是来这里吃麻辣烫?

不可能!我嚼着魔芋,要吃麻辣烫,瓷器口就有几家老字号,正宗得很,他没必要舍近求远来这里。

我一下没了头绪,就转移了话题,我把鹿芳离婚的事告诉了菜头。

菜头兴奋地说,好事啊,你娃可以傍富婆了!

老子又不是吃软饭的小白脸!

晓得你娃是条硬汉子,全身哪里都硬,行了吧?菜头一脸坏笑。

除了办案,这厮狗嘴里吐不出象牙。我埋头吃着海白菜,懒得跟他讨论软和硬的问题,不然,他一张嘴全是荤的。

菜头吃得油光满面,他唾沫飞溅地说,找个富婆包养,是我一生的梦想!

我家楼下贴了张富婆重金求子的小广告,要不要我打个电话,隆重推荐你?我嚼着一块鹅肝,目光无意间落在了店门外的马路牙子上。

华灯初上,街道两旁摆了许多地摊。

我突然想到了什么,起身就走。

菜头在后面喊,做啥子,老子还没吃完呢,说好你娃买单的,啷个跑了?

我找了一家卖衣服的地摊,卖的全是那种价格低廉的大众品牌,而且都是旧的,显然是回收的二手货。好几个民工在挑挑拣拣。摊主还卖包包,就挂在旁边一棵低矮的黄桷树上。我看见了一个美特斯邦威的黑色登山包，跟案发现场的那个包款式很相似。

没费多大劲，我又在这个地摊上找到了班尼路的棒球帽、运动装和旅游鞋。毫无疑问，何万里案发前来这里不是吃麻辣烫，而是购买行凶时穿戴的行头。我甚至找到了一双手套，也跟何万里在案发现场戴的手套相似。

我亮明身份，从手机里调出何万里的照片，问摊主前天晚上有没有见过这个人。摊主说那个人戴了帽子、眼镜和口罩，没看到长相，不能确定是不是同一个人。但有一点他印象深刻——那个人要买双四十四码的旅游鞋。摊主说他的脚穿四十二码就够了，但他还是买了四十四码的。

我刚采购齐全，菜头就叼着牙签过来了，一看我手里的东西，他立马明白了。他扑哧一声吐掉牙签，一说话满口蒜蓉味，龟儿子，死得还真不冤！

两天后，配电房的勘查报告出来了。现场发现很多动物粪便，可能是因为山上小动物多，跑进了配电房，破坏了现场，没有提取到鞋印。但在一个配电箱上提取到了几枚指纹，经过比对，指纹都是何万里的。

我把在地摊上买的六件套跟何万里案发时的穿戴做了仔细比对，无论品牌、质地、颜色、款式，都完全一样。

卢浩和宋卉那边也有了新发现。在白鹤山下一个已经停工的拆迁工地上，卢浩找到了一种青砖，跟案发现场留下的青砖完全相同！但工地上没有监控，还不能证明何万里来过。宋卉在追查监控时，发现二十天前，何万里出现在一个公厕附近，把一沓钞票交给了一个骑电瓶车的男子，很奇怪，两人一句话都没说，给钱就走人。而那个公厕，离卢浩发现青砖的拆迁工地不远，不到四百米。宋卉根据电瓶车的牌照追踪到了驾驶人，将他带回来了，他承认自己是卖手机黑卡的。

我在讯问室见到了这个叫姜大鹏的男人，二十八岁，本市人，家住野猫溪。他对二十天前的那次交易记忆犹新,因为买黑卡的人比他还谨慎,要把卡装在一部旧的华为手机里,放在白鹤山脚下的一座公厕后面,那地方臭兮兮的,到处是绿头苍蝇。买卡人说会在远处用望远镜观察,确认他把手机放在指定位置后才会给钱。他大概等了十五分钟,买卡人过来了,给了他两千块钱就一声不吭地走了。

我记起何万里的书房中有个带三脚架的望远镜。

我把何万里的照片混在一大堆照片中,他一眼就找出了何万里。

就是他!姜大鹏说,跟接头似的,那龟儿子是不是谍战片看多了?!他是哪个联系上你的?

他打电话问我,有没有黑卡,最好是跟手机打包卖。

通话记录还在吗?

应该在,我记得我没删除。

我把姜大鹏的手机拿过来,他在菜单里翻找了一下,喏,就是这个号码。

我一看是个座机号,问他,你确定?

确定!那天是我老婆生日,接到那龟儿子的电话我还高兴了一阵,有生意做了,可以给老婆送件像样的生日礼物。

我要菜头马上去查这个号码。

他哪个晓得你的电话号码?我审视着他。

我哪个晓得嘛,现在是卖方市场,都是客户找我。

我嗤笑了一声,你娃以为自己是世界企业五百强,不做广告就有客户找上门?

广告肯定是要做的,信息社会嘛,要懂得推销自己。

广告都打在哪了?

网上网下,到处都有。做我们这行的,都是大面积撒网,能不能捞到啥子就看运气了。

有没有在白鹤山这一带贴广告？

这个不好说，我都是雇人干这活，他们把广告贴哪里，我真不晓得。

谁帮你贴的小广告？

在路边找的，就是那种发小传单的，前前后后可能有二三十来个，干完活就拿钱走人，姓啥子我都不晓得。

我知道从这家伙嘴里掏不出什么来了，就给治安大队打了电话，叫他们把人带走，另案处理。从讯问室出来，我有点疑惑，何万里行事那么谨慎，怎么会选择在有监控的公厕附近跟卖黑卡的交易？我和宋卉驱车去了那个公厕，位置很偏僻，旁边就是嘉陵江，过往车辆和行人都很少。监控探头设置在一棵枝叶茂密的榕树上，不仔细观察的话，很难发现。宋卉说，这个探头很隐蔽，何万里没有察觉，所以才百密一疏，在监控中现出了原形。

刚刚结束实地勘察，菜头就打电话过来，说那个号码查过了，是公用电话，就在白鹤山白公馆附近，但正好处在监控盲区。菜头还告诉我，看守所打来电话，说周艳虹想见我，要补充交代。

我立马驱车来到看守所，提审了周艳虹。

这是一个长相秀丽的姑娘，二十四岁，她的那种美是天然的，未经任何雕饰，如同出水芙蓉。她身上还有一种跟她职业不符的书卷气，从眼角眉梢散发出来的。在案发现场勘查时，我注意到她房里有个书架，上面摆着许多文艺类的书籍，其中有本诗集《野鸢尾》，是今年诺贝尔文学奖得主露易丝·格丽克的作品。但诗集的封皮比较旧了，应该是周艳虹在作者获奖前买的，这说明她看书还挺有品位。

周艳虹说，她曾经在何万里的车上悄悄放了一个微型录音笔，录下了他和别的女人车震的证据。我很诧异，她竟然搞了这种小动作。看来她并非我想象的那样单纯，颇有些小心机。很多从农村出来的女娃儿可能都不知道录音笔是什么，更不要说用来收集证据了。我上网搜索了一下她说的那种录音笔——体积很小,只有一块口香糖那么大,能放在车内任何一个不引人注意的角落,比如储物格、扶手箱、座位底下;可以强磁吸附,待机时间长达一周;隐蔽性强,能伪装成打火机,让人毫无察觉。这种高科技电子产品处于监管的灰色地带,既方便随身携带,又能当窃听器使用刺探他人隐私。

周艳虹满脸怨气,他欺负了我,说给我安排正式工作,但一直没兑现。我想举报他,但又没有证据。有好几次,我看见他趁老婆不在家,把不同的女人带回来。我就想收集他乱搞男女关系的证据,再来要挟他。

你啥子时候在他车上放的录音笔?

一个多月前吧,具体日子不记得了。

录音笔在哪买的?

在地摊上。

哪个地摊?我点了支烟,在烟雾中观察着她的表情。

她想了想,金蓉巷到桥头观音的那条石板路上。有人摆地摊,卖各种电子产品,其中就有这种录音笔。

大学刚毕业时,我在瓷器口租房住了四年多,对那里的环境很熟悉。周艳虹说的这个地方我去过,坡陡路窄,平常走的人不多,基本上都是监控死角。即使监控能看到,过去了一个多月,数据也被覆盖了,查找的意义不大。

何万里后来晓得你在他车上放了录音笔吗?

晓得。

哪个晓得的?

我主动告诉他的,他说我卑鄙。周艳虹冷笑了一声,我告诉他,卑鄙是卑鄙者的通行证,高尚是高尚者的墓志铭。

我想,她果然是看了不少书的,连北岛的这两句名诗都知道。

她用一种胜利者的口吻说,我把他乱搞男女关系的录音下载到U盘里,然后把录音笔扔到了嘉陵江中,我用录音要挟他写了一份保证书。

啥子保证书?

保证给我安排一个正式工作,如果不能兑现,就给我五十万。对了,我还要他把侵犯我的事实写在上面,以免他翻脸不认账。

我有点激动,这可是一个非常重要的证据!

那天他朝我开枪前,问我把那份保证书放在啥子地方,我骗他说藏在花盆里。他要我拿出来,我就搬起花盆砸他。

我迫不及待地问,U盘和保证书在啥子地方?

我不敢放在家里,怕他偷走,就装在一个铁皮盒子里,埋在洋槐公馆西侧的一棵法国梧桐树下。那里就一棵法国梧桐,很好找。

这件事你以前为啥子不说?我紧盯着她的反应。

她避开我的视线,低头看着地板,显得有些不自在,声音也小了下去:

我,我怕你们说我敲诈勒索。

那现在为啥子又要主动交代?我咄咄逼人地问。

过了这么多天,你们还没有放我。我担心你们不相信我是正当防卫,所以,就想证明给你们看,何万里就是一个衣冠禽兽!

这个说法合情合理。

我突然话锋一转,何万里当初是啷个侵犯你的?

我不是已经说过了吗?她抬头看着我,似乎有些不悦。

我确实在口供里看过她对这件事的叙述,我之所以再问,是想判断她现在的说法跟之前有无出入,如果有,甚至前后矛盾,就不能排除是撒谎,毕竟死无对证。当然,我也理解她的心情,没有人愿意把伤疤反复揭开,露出血淋淋的伤口。

这是程序,你需要把他侵犯你的经过复述一遍。

她没再抗拒,说道:

那是三个月前。有天中午,何万里的老婆不在家,我正在午休,他敲门进来,说颈椎病犯了,想做个推拿。虽然我很困,但还是答应了。每次做完推拿,何万里给的钱跟按摩店里的挂牌价是一样的,但老板不会提成,所以很划算。

然后呢?

我铺开按摩床,让他躺在上面。推拿的时候,他对我动手动脚。

我注意到了她说的是"又",问道,以前他也有过类似行为吗?

她点点头,几乎每次都这样。但那之前,我都以为他是不小心。他比我大那么多,又是教授,德高望重,我没往坏处想。

他有没有言语上的骚扰?

他经常说我很漂亮、性感,要是他年轻二十岁,一定找我做女朋友。

你没有表示反感吗?

没有,做我们这行的,肯定不能得罪客人。我以为他是开玩笑,就一笑置之。

你接着说。

给他做完推拿后,他突然抱住了我,说喜欢我,还强行亲我。我吓坏了,拼命推开他,但他力气很大,把我推倒在按摩床上。

她脸上呈现出痛苦的表情。身子微微发抖,像风中颤抖的芦苇。很显然,这段经历对她来说是一场梦魇。

我于心不忍,但还是觉得有必要问下去,你呼救了吗?

她点点头,我嗓子都喊哑了,但那个时候洋槐公馆里只有我和何万里在,不可能有人听见。

我完全能想象那个绝望的画面——那是一头狮子对羚羊的狩猎。

羚羊除了哀鸣,除了迎接被吞噬的悲惨命运,完全无力反抗。

你保留他侵犯你的证据了吗？我继续问。

她摇头，我完全蒙了，不断地哭。被他侵犯了，以后还啷个嫁人？过了好一阵子我才想起要报警，但他说不会有人信的，谁会相信一个大学教授会强奸一个按摩女？我打了他一个耳光，说那就告诉他老婆。他开始说软话，说可以在化工学院给我找一份正式工作，有编制的那种。

你答应了？

她点点头，我不是贪图这份工作，而是觉得事情曝光后对我没有任何好处，名声全毁了。但他一直不兑现诺言，总是找各种借口搪塞。后来他干脆不认账了，我咽不下这口气，才想到收集证据，抓他的把柄。

她的讲述跟她之前的口供毫无出入。

我看着她的眼睛，清澈得像两潭不含丝毫杂质的水。我突然想到了当年陈野锒铛入狱那件事，他跟周艳虹一样，也是忍无可忍杀了一个人渣。不同的是，周艳虹被越来越多的证据证明是正当防卫，可能过不了几天，她就会无罪释放。而陈野却付出了沉重的代价，蹲了八年大牢。而且，他失去的不仅仅是自由，还有许多，包括学历、工作、梦想、爱情、金钱，甚至母亲。

两个小时后，我和菜头找到了周艳虹说的那棵法国梧桐树。

离洋槐公馆大约三百多米，在一个陡坡下面。

我们用工兵铲挖出了那个锈迹斑斑的铁皮盒子，是装饼干用的，里面果然有一个U盘和一份保证书。保证书写在一张A4纸上，是手写的，内容跟周艳虹说的一样，末端有何万里的签字和他按的手印。我要菜头把铁盒子里的东西带回去鉴定，他问我去哪？我说去看看陈野，把案件的进展告诉他。

菜头立马就洞悉了我的心思，你觉得他听了会开心，对吧？

老实说，我就是这么想的。陈野肯定希望周艳虹能无罪释放，不要重蹈他当年的覆辙。因为他深切地感受过人生被逆转的痛苦,知道自由有多可贵。

你娃还是没有释然。菜头说。

你放下了吗?

好像也没有,日他个仙人板板,老子经常在梦里被那三枪惊醒,都快神经衰弱了。菜头长舒了一口气,老子以前窝囊,保护不了陈野,现在能保护这个女娃儿,也算是一种补偿。

说完,菜头扛着工兵铲朝猎豹走去,像扛着一把AK47。

我从来没发现他这么帅气,有点像《英雄本色》里的小马哥。

菜头上车后,我双手插在裤兜里,转身朝洋槐公馆走去。这天的阳光就像八年前的那个夏天一样,明晃晃的,山河沉静,粉蝶纷飞。我浑身通透,脚步无比轻快,我甚至感觉衣摆飘飘,有种电影里慢镜头的意味。

走到洋槐公馆前面时,我又看见了那只叫麦兜的流浪狗,依旧无精打采地蜷缩在树下。看见我,麦兜只是翻了一下眼皮,动都没动。在它的狗生中,我只是一个无关紧要的人类。也许它看我,就跟我看它一样,心里都是怜悯。

那辆奥迪A8和宝马X5都停在远处,袁凤珠应该没有外出。我没打算惊扰她,我给陈野带去的是好消息,对她来说,则是坏消息。我不想看到一个女人的痛苦和泪水,在这个案子里,最不幸的人是她。但我知道,自己迟早得再次面对这个女人的悲伤。那剩下的十三颗子弹还没找到,我开出了搜查证,何万里的办公室和实验室已经搜过了,一无所获。也许明天,我就会带人进她家搜查。

陈野的自行车不在楼道里,他应该还没回来。我坐在麦兜旁边,很悠闲地抽烟。很快就要结案了,我在琢磨着请手下的弟兄们到哪里撮一顿,既要吃好,又不能太贵,我还欠着房贷呢。我就在这个时候接到了陶笛的电话,我这才想起她还在化工学院卧底。案子进展到这个地步,她卧底调查其实已经不重要了。

陶笛的声音从手机里传来:

师傅,我听说了何万里的很多传闻,哎呀,这家伙简直就是个西门大官人,让他教书,太误人子弟了。

我"哦"了一声,对这个兴趣不大,我脑袋里还在想聚餐的地方。

他以前带过一个叫郭雨晴的女研究生,后来这女生得精神分裂了,再后来,跳楼了。

为啥子疯,又为啥子跳楼?我的注意力回到电话中。

有人说何万里想潜规则她,女生精神受到了刺激。

日他先人,这龟儿子造了不少孽!我忍不住骂了一句。

我查过了,那个郭雨晴的老家就是您以前实习过的那个县城,她父亲还是个警察,但很多年前因公殉职了。

我的心脏突然抽搐了一下,就好像发生了早搏。

说不定您还认识她父亲呢,是缉毒队的队长。

我的脑海里似乎钻进了一股飓风,在里面盘旋着,呼啸着,我的人生全都摇晃起来。

她父亲叫郭启龙,您有印象吗?

我的眼泪流了下来,手机哐当一声掉在了地上。

我听到话筒里不断传来陶笛的声音:

师傅,师傅,您在听吗?您怎么不说话?您没事吧?别吓我啊,您在哪?快告诉我!

我的眼前又浮现出那悲壮的一幕——郭队纵身跳进滚滚长江,打捞那个装满冰毒的黑色塑料袋,一个浪打来,他消失在了被残阳染红的江面上。

当初为了替郭队报仇,陈野不惜在深牢大狱里坐了八年。然而,住在他对门的那个男人,却又一手摧毁了郭队女儿的人生。如果陈野知道这个残酷的事实,如果何万里还活着,也许,陈野会报复,就像他当年打出那惊天动地的三枪一样。想到这里,我浑身打了个激灵。陈野住进洋槐公馆,与害死郭队女儿的何万里为邻,难道仅仅是个巧合吗?

秋日的暖阳温柔地照在我身上,我却不寒而栗。

## 第二章  上帝之手

从树上悬挂的铭牌来看,公馆前这几棵洋槐树都有两百多年的历史,遍体都是岁月的痕迹。远远看上去,就像一柄柄巨大而威武的金色华盖,很有王者气度。但于我而言,这些在风中瑟瑟发抖的黄叶并无诗意,而是像极了被当成冥府买路钱的纸币,充满死亡的意味。也许,这种心理感受跟我的从警经历有关。我见多了死亡。我经常看见死者家属抛撒那种黄表纸做的冥币,跟黄叶很相似,连飞舞的姿势也大同小异,都是盘旋着,起起伏伏,有种迟迟不愿落地的悲伤。

我扔了一地的烟头,终于看见陈野骑着自行车回来了。隔着很远,他就跟我打招呼。洋槐公馆前是一条有些陡峭的上坡路,他骑车时弓着身子,吃力地蹬着脚踏,头发被风吹得凌乱。如同一条洄游的三文鱼,竭力挥舞着双鳍,逆流而上。

一见面,陈野就问我案子是不是碰到什么棘手的情况了。这家伙鬼精鬼精的,肯定是看见满地的烟头,猜到我心情郁闷。我话里有话地说,确实,越来越扑朔迷离了。我们没有进屋,就坐在洋槐树下抽烟。我把案件的进展和郭雨晴的事都告诉了陈野,他听了非常惊讶,然后是愤怒,说何万里真是死有余辜!

我认真观察陈野的表情,无论惊讶还是愤怒,他的反应是自然而然的,没有任何刻意的成分,至少我没有看出来。我一度为自己的认真感到滑稽可笑,陈野住进洋槐公馆也许是命运冥冥中的安排,而非有什么特殊目的。或许他和我,还有菜头和鹿芳,都是被一双看不见的上帝之手所指引,聚集到洋槐公馆,通过周艳虹反杀案,来揭开郭雨晴跳楼的真相,以慰郭队在天之灵。

但现在就下结论,说郭雨晴是被何万里害死的还为时过早,我需要证据。

你准备调查郭雨晴的死亡事件吗?陈野一边给麦兜喂香肠一边问我。

我说,必须的,不然对不起郭队。

也许是觉得这个话题太沉重,陈野谈起了鹿芳,说她昨天下午来过了,两人聊了一会儿。鹿芳说自己离婚了,临走时还塞给他三万块钱,他不要,她坚持要给,说这是她和我,还有菜头三个人的一点心意。

陈野笑着说,这笔钱就当是我借的创业基金好了,以后再连本带息还你们。

我没有说钱是鹿芳一个人掏的,那样的话陈野会更不好意思。我说别恁个见外,等你开饭馆赚了钱再说。

我们回到屋里煮方便面,刚吃完,袁凤珠就推门进来。见到我,她有些意外。陈野问她有什么事?袁凤珠说她昏睡了一个下午,起来后在书房里打扫卫生,擦拭望远镜时,在保护镜头的塑料套里发现了一些不明圆柱物体,她想让陈野看看是什么东西。我和陈野来到袁凤珠家的书房,那些圆柱物体横七竖八地放在书桌上。我一看就知道是霰弹,正好十三颗!霰弹旁边还有一副眼镜,我问袁凤珠,何万里平常不是不戴眼镜吗?她闪烁其词地说,这副眼镜也是在保护镜头的塑料套里发现的。我拿起眼镜戴了一下,是平光的。

看来不必大张旗鼓地进屋搜查了,物证已经齐全。

我把那些霰弹和那副眼镜都放回保护镜头的塑料套里,说这些东西我要带回去鉴定。袁凤珠没有任何态度,也许,沉默就是她的态度,她似乎已渐渐接受了丈夫蓄谋杀人的残酷事实。

我故意对那架很像迫击炮的望远镜表现出浓厚的兴趣,我问袁凤珠,这个是不是用来看星星的?袁凤珠说不是,她丈夫闲暇时喜欢用望远镜观赏鸟类活动。我把望远镜放到洋槐公馆附近一个视野开阔的位置,扫描着白鹤山脚下。夕阳正好,整个瓷器口笼罩在一层淡青色的暮霭中。

姜大鹏交代说,买卡人声称自己会在远处用望远镜观察,确认他把手机放在指定位置后才会给钱。我在镜头里找到了那座公厕,调整焦距,公厕周边的一举一动尽收眼底,连路过的汽车的车牌号码都能看清楚。我还看见了烈士陵园后面那座废弃的配电房,孤独地突兀在那块形似乌龟的山石上。

我把望远镜还给袁凤珠,她要开车送我下山。我婉拒了,说自己徒步欣赏这种向晚的景致也别有风味。陈野说徒步走下山要四十分钟,走不动了就打个滴滴。在瓷器口租房住的时候,白鹤山我来过多次,对这里的风景很熟悉。徒步观光不过是句托词,但我不知道自己为什么要一个人走下山。人总是有些无来由的情绪,说不清道不明。就像这座遍地坡坡坎坎的城市,经常莫名其妙地发烧和流泪。

走到半山腰的时候,我歇了会儿脚。晚风送来空灵的鼓声和木鱼声,夕照中的宝通寺半明半暗,就像一个隐喻。我突然看见一个女人气喘吁吁地往山上跑,离我只有几十米远。是陶笛!她穿着一身运动套装,像个大学生。她也发现了我,停下了脚步,呆呆地看着我,似乎耗尽了全身的力气。我迎上前去,看着她因呼吸急促而显得绯红的脸,她的衣服被汗水濡湿了,像是刚淋了一场雨。

你啷个到这来了?

你怎么突然挂我电话?发信息你也不回!

我这才想起,陶笛告诉我郭雨晴的事情时,我因为震惊,手机掉在了地上,后来我把电话挂了,调成了静音,想安静地整理一下纷乱的思绪。陶笛以为我突然出了什么状况,她打菜头电话。但那时菜头正开车回局里,车上放着摇滚乐,没有听见手机响。陶笛就打车回到局里,刚好看见菜头在停车,问了他才知道我在白鹤山。她开了辆警车一路鸣笛朝白鹤山方向疾驰,快到山脚时碰到堵车,她干脆弃车飞奔上山。

你真坏,你把我吓死了!她扑到我怀里哭了起来。

我有些感动,没想到她如此在意我。而我从没这么在意过她,就好像她只是我身边的一只茶杯,或者,一本闲时才会翻阅的书。我搂着她的腰肢往山下走,这是我第一次跟她如此亲密,我把八年前那个夏天发生的事原原本本地告诉了她,我说郭雨晴就是郭队的女儿,我必须把这起跳楼事件调查清楚。对我来说,这甚至比周艳虹反杀何万里的案子更重要。

她说她打听过了,郭雨晴的男朋友叫吕修伟,在西南大学读博。

从白鹤山上下来,我们找了家小饭馆吃了两碗挞挞面。回到局里,我把从袁凤珠家里提取到的霰弹和平光眼镜交给了正在加班的程良,然后驱车直奔柏碚。

吕修伟读博的西南大学就在柏碚,跟我住的小区只有一街之隔,我决定去找他了解一下情况。这是一座非常有年代感的高等学府,很多民国老建筑掩映在参天的古木中,随便一座老房子就是一部传奇的中国近现代史。空气中浮荡着桂花香,丝丝缕缕,像是从遥远的时空里飘过来的。陶笛的前期工作做得很好,我们很快就找到了吕修伟——一个高高瘦瘦、书卷气十足的大男生,他正在黄桷树下烧纸。他说最近忙着写论文,没关注新闻,今天下午才在网上得知何万里被杀,他特意去买了一些纸,要把这个好消息告诉郭雨晴。

我开车把吕修伟带到金刚碑的"有风来"茶馆,找了个僻静的位子,点了壶峨眉竹叶青和一碟葵花籽。陶笛在旁边记录谈话内容,她皮肤本来就白,月光透过窗口流泻在她身上,更像是镀了一层白银。吕修伟说郭雨晴跳楼是今年三月二十二日下午四点零五分,这个时间对他来说刻骨铭心,所以他记得非常清楚。

我嗑着瓜子,先从她得精神分裂说起吧,她啷个得病的?

吕修伟说,得病是去年秋天的事,那时候她在准备论文,但何万里老是对她的论文吹毛求疵,她压力很大。

是压力大导致的精神问题?

我觉得不是。

他近视眼镜后面的目光变得阴郁。

那是为啥子?我问。

雨晴跟我说,何万里经常用一些充满性暗示的话骚扰她,她不理会,所以就给她穿小鞋。

陶笛插话道,她为什么不向学校举报?

何万里是她的导师,得罪了他,可能就毕不了业。再说了,何万里骚扰她的那些话模棱两可,很难当作证据。

后来呢?我继续问。

有一天雨晴告诉我,她发现了何万里的一个秘密!

他刚才还阴郁的目光一下子变得闪亮起来,像漆黑的旷野里突然点了根火把。

啥子秘密?我有点好奇。

她说何万里制毒!

我和陶笛对视了一眼,非常吃惊。这的确是个天大的秘密,也是个天大的新闻——教授制毒,那是美剧《绝命毒师》里的情节。

她发现这个秘密是在患病前还是患病后?

我问话的意图显而易见,如果是患病后,郭雨晴的说法就很难让人相信,精神分裂症患者经常会产生各种幻觉。

患病前,那时她神志非常清楚,她还做家教,给高三学生补习数学。

到底是博士,他思维敏捷,马上洞悉了我的意图。

她是啷个发现这个秘密的?

她说何万里有间实验室,从来不让别人进去。有天晚上,小偷把那间实验室的锁给撬了。是她第一个发现的,当时她在另外一间实验室做实验。她出来后,小偷就跑了。她打电话把这件事告诉何万里,何万里显得很紧张,叮嘱雨晴不要报警,说实验室里没什么可偷的,报警影响不好。何万里还交代她别让任何人进那间实验室,他马上过来。雨晴很好奇,就进去看了一下,结果在里面发现了毒品。

啥子毒品?我点了支烟。

甲卡西酮。他扶了一下眼镜框。

丧尸药!陶笛惊呼一声,惹得茶客纷纷朝她这边张望。

幸好我穿着警服,没人把我们当成瘾君子或者毒贩。甲卡西酮也叫丧尸药、浴盐,它还有个浪漫的名字,叫"香草的天空"。吸食后,能导致精神亢奋、性欲增强,但会造成不可逆的脑损伤,甚至猝死。

我有点疑惑,她啷个晓得那是甲卡西酮?

她当时并不知道,是觉得何万里的反应很奇怪,所以就偷偷从那间实验室里拿了些晶体状的东西,到自己的实验室里化验,化验后才知道是甲卡西酮。

我更奇怪了,晓得是毒品,她为啥子不报警?

吕修伟喝了口茶,然后说,雨晴拿到化验结果已经是几天后,何万里那几天一直在清理自己的实验室,雨晴怀疑他在销毁证据。她担心报警后警方找不到证据,她还会被何万里反咬一口,说她论文不过关,怀恨在心,故意诬陷导师。她想找到证据后再举报。

何万里晓得郭雨晴发现了他制毒的秘密吗?

肯定!雨晴说,她后来发现何万里的那间实验室装有监控,肯定拍到了她从实验室拿走甲卡西酮的画面。这之后没多久,雨晴就得病了。

吕修伟眼镜后面的亮光又暗淡下去,像是一盏电量不足的灯。

她到底啷个得病的,能说得具体点吗?

她上课时突然发病,胡言乱语,手舞足蹈,送到医院被诊断为精神分裂。校方说她是因为论文不达标,精神压力过大。但我不相信,雨晴不是那种脆弱的人。她父母早就去世了,父亲还是烈士。这些年她跟外婆相依为命,外婆走了后,她自己照顾自己,很坚强的。

你觉得她是啷个得病的?

何万里是化学专家,熟悉各种有毒的化学物质,雨晴肯定是被他下了毒。

他的拳头不由自主地握紧了。

有证据吗?

他把目光投向窗外的夜色,一脸无奈:没有。

她的病一直没治好吗?

有段时间差不多好了,就出院回到了学校,还能正常上课、做实验。但后来复发了,而且比以前更严重。学校准备把她送去住院的头天下午,她突然跳楼了。

在哪里跳楼的?

化工学院的实验楼,十三楼。

他的目光从窗外收回,嘴唇抽搐了几下,好像被什么东西咬了一口。

她跳楼时,你在哪儿?

在寝室看书。

有人看见她跳楼吗？

好几个学生都看见了，但没来得及拉住她。听说她当时精神恍惚，像中邪了似的，翻过走廊的护栏，直接跳了下去，一点犹豫都没有。

学校报案了吗？

报案了，警方去了现场，一看是精神病患者自杀，就说这事他们管不了。

你有没有向学校举报何万里的事？

举报过了，我还报了案，校方和警方都查了一阵子，然后说没有证据，这事就不了了之。

吕修伟眼里的阴郁似乎比窗外的夜色还要深浓。

送吕修伟回学校后，我把陶笛送回她在砂瓶坝的住处。

她在车上就睡着了，到了砂瓶坝，我没有马上叫醒她，坐在车里抽了几支烟。这一天发生了很多事，我脑子有点晕，就像电脑出了故障，跳出来的全是乱码。我现在什么都不愿意想，只想在这迷离的夜色中发发呆。

陶笛睡在我身边，好像也是夜色的一部分，如此温柔如此恬静。我有一种亲吻这片夜色的冲动，但我忍住了，我怕堕入夜的沼泽中不能自拔，而我是一个刚刚泅渡上岸的幸存者，我害怕再次沦陷。一包烟抽到最后一根时，她醒了，羞涩地笑了笑，问我要不要去她租住的公寓里坐一坐，看看她的插花作品。在暧昧的深夜里，她的邀请是一种暗示，我犹豫了几秒钟，还是逃避了，说有点困，要回家睡觉。

这一夜我睡得不是很沉，凌晨五点半就醒了。我推开窗户呼吸负氧离子，整座城市一如既往地陷入蒙蒙雾气中。我泡了一杯速溶咖啡，站在阳台上。我住在十三楼，正好是郭雨晴跳楼的高度。十三这个数字有点不吉利，但这层楼的房价相对其他楼层更便宜。我想，到底是什么样的遭遇让郭雨晴有勇气飞身一跃？她发现的那个秘密到底是否属实，是否跟她离奇的患病和自杀有关联？这些问题纠缠在一起，像一道深奥的数学题，让我茫然不知所措。但我必须解开这道题，这是我从警以来最想破译的一个谜团。如同天体物理学家收到了一束从外太空发来的神秘的无线电波，破译了它就破译了宇宙起源之谜。

一到局里，菜头就交给我一份从程良那里拿来的鉴定报告。

在那份保证书、十三颗霰弹和平光眼镜上，都提取到了何万里的指纹。

保证书上的字迹、签名经过鉴定，的确是何万里的笔迹。

菜头还鬼头鬼脑地问我，要不要听车里的录音很火爆！

这厮大学时代就很重口味，在电脑里下载了许多情色片和犯罪片，还美其名曰研究犯罪心理和作案手段。我没心情听菜头剧透，进了办公室，我把郭雨晴的事告诉了他。听完后，他嘴巴大张着，像是被一根鱼刺突然卡住了喉咙。

良久，他才叹了口气，郭队一家也算是团圆了。

我倒了杯水，你去"一精"（雾都市第一精神病医院）查查，郭雨晴在那里住过半个月。还有时间的话，就去趟化工学院，找校方了解一下当时的情况。

他点点头，脸上露出少有的认真。

菜头刚走，蒋副局长打来电话，问我周艳虹的案子进展如何。我说证据链已很完整，基本可以认定是正当防卫。但还有一个涉案人员没有抓获，是卖枪给何万里的彬哥，正在追捕中。蒋副局长督促我加大抓捕力度，早点结案，以便平息反杀案的舆论。我立了军令状，说最多三天逮住那龟儿子。

沉默地抽了支烟，我给缉毒队的老周打了个电话，问他在哪里为人民服务。

老子正在缉毒现场,你娃有话就说有屁就放,别拐弯抹角!

靠!我说我隔着话筒都能闻到你瓜娃子嘴里冒出的臭气。

又想让老子给你介绍女娃儿嗦?上次你娃相亲还是老子买的单!

缉毒队有三朵金花,老周都给我介绍过了。有一朵没看上我,有两朵表示可以跟我发展一下。但微信上聊了没几天就"熄火"了,我不擅长打字聊天,总是找不到深入交谈的话题。一朵警花跟老周抱怨,我聊天就跟系统回复一样,太程式化了,没有情趣。曾几何时,我不是这样的,那时候的我妙语连珠,鹿芳说我的嘴巴能哄死白骨精。变化好像是从鹿芳嫁给那个土豪后开始的,我的身体,包括语言,一下子苍白干枯起来。

我问老周有没有何万里制贩毒品的线索,他说收到过两次举报,其中一个举报人是何万里的一个女学生的男朋友,举报内容查无实据。还有一个是匿名举报,就在何万里死后的第二天,说何万里任股东的大成集团在鹤川秘密生产毒品。我派人查了,生产的是抗抑郁症药物帕罗西汀。估计是同行恶意举报,搞不正当竞争。老周还说,大成集团旗下的一家制药厂确实生产精神类管制药品,但都有合法手续。

挂了老周电话,我发了会儿呆,通过缉毒队找线索的希望破灭了,看来得另辟蹊径。我打电话问负责抓捕彬哥的熊飞,有没有那家伙的下落。熊飞说,已经通过线人掌握了彬哥的一些基本情况,他应该在桔园坝一带活动。我要熊飞抓捕时小心,那龟儿子身上肯定有枪,务必零伤亡。熊飞笑道,放心吧老大,我一定当好护花使者!陶笛申请参加了抓捕小组,熊飞可能以为我担心她的安全。我无声地笑了笑,没做任何解释,装了一回傻。

上午十一点,菜头打来电话,说"一精"和化工学院都去过了,没啥子收获。"一精"说郭雨晴是突发性精神分裂,幻听、幻视、幻嗅,有被害妄想。这种精神障碍的发病机制一直没搞清楚,是困惑全世界医学家的难题,所以他们不能对郭雨晴的发病原因妄下结论。化工学院那边则强调,郭雨晴发病就是因为论文不过关,心理素质差。以前也有过类似学生,但病情没有郭雨晴这么严重。当年跟郭雨晴同寝室的三个女生也联系上了,她们的说辞跟校方一致,应该早就统一了口径。调查陷入了僵局,我问菜头在哪里,他说还在化工学院打望美女。我要他半小时后在瓷器口的"老江湖"等我,把陈野叫上。这厮第一句话就是:

哪个买单?

当然是你龟儿!我挂了电话。

驾车行驶在这座著名的雾都,快到中午了,似乎还有一层白色的水汽沉浮在一栋栋高楼大厦间。我总觉得雾都像个闷骚的女人,看上去羞羞答答犹抱琵琶半遮面,实则内心炽热欲望汹涌,连方言都是潮湿多汁的。据说来了雾都的男人都恨结婚太早,确实如此,正是这种闷骚让男人欲罢不能,愿意把身体和灵魂都安放于此。到了"老江湖",菜头和陈野已经面对面坐在那摆龙门阵。

一共点了四个菜,一个凉菜、一个小白菜、一个麻婆豆腐和一个农家小炒肉。我问菜头是打算减肥还是准备吃斋,他大言不惭地说是为了响应国家号召厉行节约。我把服务员叫来,加了酱爆鸭子和石锅牛蛙,又要了三罐王老吉。菜头在一旁肉疼,嘟囔着说人到中年了,要吃清淡点,小心三高。我说别人买单时你娃吃得那个欢,啷个就不怕三高了?他厚颜无耻地说,那是给别人面子,我不多吃点,别人以为菜没点好。

在我来之前,菜头已经把他调查郭雨晴的事告诉了陈野。事实上,我也是因为这件事来找陈野的,我想听听他的意见。出乎意料的是,陈野表示自己无能为力。他说两位当事人都已经死亡,即使在何万里的实验室,以及他入股的大成集团发现毒品,也无法证明就是他亲手制造的。陈野甚至说,就算郭雨晴是被害死的,但何万里已经死了,再探究真相没有任何必要。从法律意义上来说,何万里也是免于追责的。陈野吃完一只酱爆鸭脚板,吮着手指说,总不能把一个死人挫骨扬灰吧?

我说,我只想给郭雨晴一个说法,给郭队一个交代。

陈野不以为然,郭家人都不在了,有了说法又有啥子意义?跟谁去交代?

陈野的反应让我有些意外,昨天听我说郭雨晴可能是被何万里害死的,他还义愤填膺,今天却很漠然。陈野看出了我的心思,他说,我也很愤怒,但我止于愤怒,冲动是要付出代价的。

我说,死人也是有尊严的!

活人的尊严更重要。

啥子意思?

如果何万里确实制贩毒品,那肯定不是一个人,是一个组织。如果你执意调查,特别是在没有确凿证据的情况下,很可能会给自己带来麻烦。

我点了支熊猫,阴晴不定地看着他。

菜头只顾狼吞虎咽。

这也不是你的工作,是缉毒队的事。陈野说,而且郭雨晴这件事已有结论,你重新翻出来,会让很多相关人员不舒服,你的调查,就是对他们的否定。

不得不承认,在任何事情上,陈野都比我看得深入,我的确没考虑这么多。我只是单纯地想解开围绕在郭雨晴身上的谜团,让郭家三口在九泉之下安息。

还是罢手吧,不要走我的老路。一时的痛快有可能带来一世的烦恼。

陈野从我放在桌上的烟盒里抽出一支烟,叼在嘴上。

我不甘心地说,难道让郭雨晴白死?难道让郭队在地底下骂我们仨是窝囊废?

活人的看法比死人更重要。陈野抽着烟,淡淡地说。

我郁闷地吃着菜,我原本是想让陈野给我出主意的,他却泼了我一瓢冷水。此时我才知道,对于当年那震撼许多人灵魂的三枪,陈野是后悔的,八年牢狱已经消磨了他的血性。我有些悲哀,却无力反驳——当初我连开枪的念头都没有。

菜头终于填满了他那个巨大的胃,他举着王老吉,都别扯淡了,清清火。

这厮有个天赋异能,不管是闷头吃喝,还是打呼噜,别人在旁边说什么,都能一字不漏地钻进他那对招风大耳里。

一罐王老吉下肚,我的心好像也凉了半截。

菜头去买单时,鹿芳发来微信:

下午有空吗?

啥子事?我回了条微信。

见面再聊,方便不?

方便,我在瓷器口,刚吃完饭,你来"图兰朵"吧。

我也在瓷器口,在"响马",还是你来我这吧。

"响马"是瓷器口的一家客栈,由吊脚楼改造,就在嘉陵江边,风光无限,价格堪比五星级。老板很有创意,把客栈打造成江湖黑店的样子,男服务员都是土匪打扮,女服务员都像孙二娘,一见客人就端上一海碗掺了"蒙汗药"的米汤。当然,所谓"蒙汗药"只是个噱头,这种米汤是中草药熬制的,味道有点怪而已。

你啷个在哪里?我问。

这几天我都住"响马",想离开家换个心情。

她发来一张嘉陵江风光的照片,在客栈拍的。

还没调整好状态吗?我犹豫着去不去。

你到底来不来？她显得有些不耐烦。

我要菜头开车把陈野送回烹饪学校,然后去桔园坝协助抓捕枪贩子。二十分钟后,我到了"响马"。喝了一碗"蒙汗药",我被一个化装成独眼龙的服务员领上了楼。敲开门,鹿芳一身汉服,裙裾飘飘,让我眼前一亮。我们站在露台上,晒着慵懒的阳光,凭栏临风。在这里能看见江上往来的拖船,还能听见从宝通寺传来的木鱼声。诗意和禅意交织,是种别样的体验。

她手里握着一只青瓷茶杯,问我,周艳虹的案子进展如何了？

前几天不是问过了吗？我抽着熊猫,迎着潮湿的江风吐了口烟圈。

听说卖手机黑卡给何万里的犯罪嫌疑人被抓了,何万里强奸周艳虹后写下的保证书也找到了,还在他家里搜查到了子弹,证据确凿,啷个还不定案？

你啷个晓得这些的？

话一出口,我就发现这是句废话。鹿芳在雾都媒体圈里打拼了这么多年,人脉很广,各行各业都有她的线人,按媒体的说法叫通讯员。特别是公检法部门,是媒体重点"渗透"的对象。

我有我的消息来源渠道。她撩了撩被风吹乱的长发,这又不是保密案件,没必要搞得神秘兮兮吧？一个很简单的案子,迟迟不定性,社会上容易滋生阴谋论。

能有啥子阴谋论？这又不是调查蜥蜴人,一个普通的刑事案件而已。

周艳虹只是个打工妹,何万里是社会名流。有人说他的家族背景强大,给办案人员施加压力,要给他脱罪。

何家有四个兄弟姐妹,何万里是老二。另外三个都是公务员,颇有些实权。但实话实说,我办这个案子并没有遇到阻力。

不存在。我说,谣言止于智者。

网上很多人声援周艳虹,一些律师准备组团免费帮她辩护,再不定性,你们会背上骂名的。

我很不环保地把烟头弹到江水里,笑道,这个案子没有任何人给我施压,除了你。

她也笑了,转身面向江面,好吧,我不给你压力了,谈点别的吧。

芦花在江面翩翩飞舞,像晴天里下了一场小雪。我看着一只在芦苇荡里觅食的白鹭,久久无言。是从什么时候起,我和她开始找不到话题?搜肠刮肚了一会,我突然想起了郭雨晴的事,于是告诉了她。

她感慨:难怪有点面熟,她长得像郭队!

你见过她?我很诧异。

上半年我到化工学院采访过一起女生跳楼事件,见过当事人的照片。她说,我以为是普通的自杀,高校每年都有这么几起,要么是为情所困,要么是毕业压力大,所以我没有深挖。早晓得是郭队的女儿,我肯定会深度介入。

我没有回应她的话,我的目光被江边一对男女吸引住了——男的拿着手机,正以芦花为背景给女的拍照。当我看清两人的五官时,眼睛瞪大了,男的竟然是陈野,而女的是袁凤珠。我记得吃饭时陈野说他今天下午有课,怎么跟袁凤珠出现在这里?鹿芳顺着我的视线望过去,也发现了两人,但她没有我那么惊诧:

何万里的老婆心情不好,陈野可能是陪她出来散心。

我说,看上去更像一对情侣。

她轻笑道,现在流行找男闺蜜。

他们不会好上了吧?但我马上否定了自己,这太不科学了,陈野住进洋槐公馆才两个月。何万里被杀也没几天。

感情这玩意儿最不讲科学。鹿芳甩了甩长发,两个人要是对上眼了,时间和空间都不是问题。

我承认鹿芳说得有道理,第一次看见她,我就有触电的感觉。我甚至听见了电流在体内通过的吱吱声,还看见了闪耀的火花。我敢肯定不是幻听,也不是幻视,而是事实,这种现象完全无法用科学来解释。但我还是觉得陈野和袁凤珠不可能好上,一个是屌丝,一个是梨园行里的名角,身份悬殊太大了,而且袁凤珠已经准备出国。

好上不一定要结婚呀。她把玩着青花瓷茶杯,每个人都有寒冷的时候,可能他们就是彼此温暖的那种类型,并不是互相占有。

陈野刚出狱,袁凤珠刚丧夫,的确,他们俩都走在人生的冬天里。但我还是无法想象,至少我在经历爱情的冰川期时,没有寻找过这种取暖方式。

都晒出一身臭汗了,我去冲个澡。鹿芳说完就进了浴室。

浴室面向席梦思的那一面是落地毛玻璃,人在里头洗澡,外面看不真切,但能分辨出裸体的轮廓,这种朦朦胧胧的感觉更具诱惑力,我有点心猿意马。

菜头找对象了吗?她的声音随着哗哗的水响传过来,我那个部门来了几个见习生,要不要给他介绍一下?都是名牌大学毕业的,长得也乖。

找个锤子,他现在的眼光越来越高了,偶像是韩国当红女星尹恩惠。我心不在焉地说,女娃儿长得没有尹恩惠漂亮,他宁愿孤独终老。

他自己长得像二师兄还要找尹恩惠,他是不是脑壳有包?她乐不可支。

我想,这就是生活的悖论。我们每个人的一生都在这种悖论中挣扎,或为爱情,或为理想,或为别的什么。

你想过我吗?她隔着玻璃甩过来这么一句。

我沉默着,不知该怎么回答,虽然答案是肯定的。

你啷个不说话嗫?她问。

都过去的事了。我看了一眼江边的芦苇荡,陈野和袁凤珠不知什么时候已经走了。

你真的过去了吗?她的声音好像都是湿漉漉的,我没过去!

我岔开话题,你打算在这住几天?

忘了拿内衣了,你帮我拿一下,在行李箱里。

我看见电视机旁有个黄色拉杆行李箱,我的心脏狂跳起来,浑身燥热,小腹膨胀,我知道接下来会发生什么。

找到了没有?她催我。

我看见她的影子叠映在毛玻璃上,山峦起伏。

我撒了个谎:刚接到消息,局里叫我去开会,半小时必须到,我先走了。

没等她回话,我就逃也似的出了门,就好像一只受了惊的浣熊。

我坐在车上,看着人头攒动的瓷器口,突然不知道该去哪里。那就瞎转悠吧,我驱车前行,遇弯转弯,红灯停绿灯行。下午三点半的雾都,又开始雾气蒸腾。我去过很多城市,比较起来,还是最喜欢雾都。不只是因为这里有数不清的美食和美女,还因为这座城市的气质——阴柔、性感、悠闲、火爆、江湖气,我总能找到跟自己心情契合的那个角落。比如说,开心的时候我可以逛时代广场,孤独的时候我可以来瓷器口,怀旧的时候我可以爬十九梯,矫情的时候我可以去黄桷坪。发呆的时候,我可以在金刚碑坐一个下午。

路过清凉寺时,菜头打来电话,说彬哥抓到了,人是他亲手摁住的,已经带回局里。裤兜里揣了把"黑星",子弹都上膛了。菜头吹嘘道,幸好老子反应快,没给龟儿子拔枪的机会。

"黑星"就是五四手枪,因为枪把上有个五角星而得名。

这段时间大家辛苦了,晚上我请客,去观音桥珮姐老火锅。

我现在就订包厢!菜头一听有好吃的就来劲。

我突然想起什么,你旁边有人没?

没得,我坐在马桶上方便呢。隔壁女厕所可能有人,要不我去看看?

小笛子没事吧?

你说啥子,我没听清楚。

你娃耳朵塞猪毛了,小笛子没事吧?我重复了一遍。

还是没听清楚,厕所信号不好。

小笛子她还好吧?我几乎吼了起来。

好得很,一根头发丝都没掉,赵队请放心!

菜头话音刚落,电话那头一阵哄笑,就像是全场观众刚听到相声演员抖了个大包袱。我马上明白着了这厮的道,他并不在厕所,是在办公室,而且故意开了免提。在重案队,也只有菜头敢这么捉弄我,还让我没脾气。

狗日的!我悻悻地挂了电话。

彬哥的全名叫魏彬,三十三岁,碧山人。有前科,五年前因为抢劫被判刑,今年春节前才刑满释放。他个头和体形都跟菜头差不多。到了讯问室,我没有急着开审。我点了支熊猫,很有耐心地看着他。从某种角度来说,这种沉默的注视也是一种审讯,不是语言的,而是心理的。犯罪嫌疑人的心理会在这种审视中剧烈挣扎,他不知道警方抓住了他多少把柄。他会找一个平衡点,既能应付警方,又能最大程度地保全自己。

一个惯犯永远不会把自己所知道的彻底交代出来,他会有所保留,这是一种本能的自我保护意识,是人性使然。警方在审讯时要做的,就是尽可能让犯罪嫌疑人多交代,少保留。幻想罪犯毫无保留地交代,只是一种良好的愿望。

陶笛在旁边做记录。

据说这次抓捕她表现得很勇敢。她第一个发现魏彬,在一条狭窄阴暗的小巷里。当时魏彬正准备驾驶摩托车离开,车子都已经发动了。他的位置离她最近,其他同事都在一两百米外。如果等同事赶来再抓捕,魏彬肯定逃之夭夭了。她没有任何犹豫就冲上去,在魏彬还没反应过来时就拔掉了摩托车钥匙,扔到远处。她身穿便衣,但魏彬立即意识到她是警察,撒腿就跑。她没拦住,但给菜头飞身上前争取了时间。她的脸到现在都是红的,因为我那句问候,她被同事笑了半个下午。

晓得为啥子抓你吗?我看着魏彬,他肥硕的脑门上闪烁着猪油一样的光泽。

晓得,上午在南坪耍了个小姐。

刚耍完就带把枪?我冷笑道,是怕人来追杀你嗦?

枪不是我的,是捡的。他说。

新鲜!听说过捡钱包的,捡破烂的,捡漏的,老子还是头回听见可以捡到枪。说说,在哪里捡的,我也去捡一把。

江边,弹子石那块。

果然是老手,知道江边没有监控,可以瞎编。我说,捡了枪不上交,你想做啥子?杀人吗?

我晕血,啷个敢杀人?我打算在兄弟伙面前显摆几天,再把枪上交政府。

哟,没看出你还是个守法公民。

那必须的!我犯过错误,政府给了我改造的机会,我肯定要重新做人。

他一点都不慌乱,回答得有条不紊,抓捕回来的路上肯定打好了腹稿。

我报了个手机号,这是你的号码吧?想清楚,不要说不是,也不要说不记得了,我们有充足的证据证明你用过这个手机号。

好像是。他摇晃着灯泡一样的大脑门,我欠了一些风流债,怕那些女娃儿老打电话骚扰我,就换了个号。

我揶揄道,你娃能有点自知之明吗?

长相不重要,关键看气质。

这是几任女朋友都对我说过的话,包括鹿芳。我是个颜值只能算及格的男人,走在时代广场不会有任何美女多看我一眼。没办法,这是爹妈给的脸蛋,我改变不了,我总不至于去做整容吧?但我女人缘并不差,跟鹿芳好上前谈过三任女朋友。她们都说我身上有一种气质,鹿芳是这样形容的,像个黑洞,能把光线都吸过去,而且无法逃逸。我一度自鸣得意,但后来发现只是自我感觉良好。每一任女朋友都是主动跟我说拜拜。到后来,我发现自己才是一道光线,被吞噬进了生活的黑洞中。我经常体验到巨大的迷惘和虚无,身体和灵魂似乎被什么东西揉碎了,成了一个个分子,甚至原子,而且丧失了疼痛感。我想逃离这种状态,但总是无能为力。我懒得跟那家伙兜圈子了,吼了一声:

你认识"海盗船长"吗?

这是何万里在那部华为手机上使用的微信名。

"海盗船长"?他皱了皱眉头,假装在回忆。也许他确实需要思考一下,作为枪贩子,不会刻意去记一个客户的名字,而且是一锤子买卖的客户。这种买卖,基本上不会有回头客。

以前微信上好像有这么个人,聊过几句,不熟。

你们聊啥子了?别告诉我是谈人生,谈理想。

我卖了支五连发给他。魏彬脑袋耷拉了下去,明显老实了许多,但仍然在狡辩,我以前喜欢打野鸭子,私藏了支猎枪,就处理给他了。

处理?你娃还真会用词,跟卖破烂似的。据我们掌握的线索,今年你娃从牢里出来,就干上这行了。你卖了多少枪支我们心里都有数,不然不会抓你。

他的脑门开始冒汗,头发像是一把刚从湖里捞出来的水草。

找我要了支烟,抽到一半后,他坦白了他跟"海盗船长"的交易过程,是"海盗船长"主动加他的微信,但整个交易中对方都没露面。他不知道对方要枪干啥子,也没打听过对方的底细。在道上混,舌头太长命就会短。

这些天何万里的案子被炒得沸沸扬扬,当我告诉魏彬,白鹤山上被杀的那个教授就是从他手里买枪的"海盗船长"时,魏彬惊呆了,他急忙甩锅说,买主是被刀杀死的,跟他卖的枪没关系。

为了得到宽大处理,魏彬主动交代,他一共卖过四支枪,三支五连发,都成交了。一支仿五四,还没成交,就是今天揣身上的这支。本来打算去牛角沱交给买主,刚出门就被我们逮住了。他还交代了进货渠道,是从贵州安顺进的货,上线是他在榆州监狱服刑时认识的一个狱友,外号钻山猴。

他交代的情况很重要,但并非本案的重点。就反杀案而言,我最想知道的是何万里怎么知道他手上有枪。

我那个微信号绑定了手机,肯定是熟人介绍的。他说,做我们这行的,从不公开叫卖,不然,就是找死。至于何万里是通过哪个熟人联系上他的,他不清楚,也不会去打听,这是行规。

你一个手机号用多久才会换?我问他。

两三个月。他懊恼地说,上次那个手机号的尾号是14,我觉得不吉利,只用了一个月就换了,但还是遭了!

晓得你那个手机号的人,应该不多,你好好想想,给我们列个嫌疑人名单。

再给我一支烟行吗?

我点了一支熊猫递到他嘴上。他吧嗒着抽了几口,然后抬起头,眼睛空洞地望向天花板,像一棵向日葵。他说,还有一种可能。

啥子可能？

晓得我住在哪里的人。我住我大舅家，他七十多了，有点老糊涂。但亲戚里，就他对我最好，比爹妈都亲。有时朋友来找我，我不在，他就会把我的手机号告诉人家。

这些人都是做啥子的？

都是道上混的兄弟伙。

有多少人晓得你住在你大舅家？

不多，七八个吧。

我要陶笛把纸笔递给魏彬，要他写下所有可能泄露他那个手机号码的人。他写下了一串名字，字迹龙飞凤舞，比他的人好看多了。

我扫了一眼名单，突然愣住了，上面竟然有陈野的名字！

陶笛吃惊地看了我一眼，低声说，不会是同名吧？

这个陈野是做啥子的？我不动声色地问。

牢里认识的，政法大学的高才生，能掐会算！前年榆州监狱家属区发生了一起盗窃案，他听别人说了现场，就晓得是谁干的。警察开始不信，一查果然是，真神了！

看来并非重名，但这些事我没听陈野说过，他到底还有多少事是我不知道的。

陈野啷个晓得你住的地方？

我跟他住一个牢房，没事就摆龙门阵，关系很铁。我比他先出去几个月，给他留了地址，要他出来后到桔园坝找我。

他来找过你吗？

没有。我前阵子还在想，他出来后啷个没跟我联系，不会是发大财去了吧？牢里有几个黑老大，说出去后要请他做法律顾问，年薪不少于一百万！

他晓得你做这个买卖吗？我把玩着Zippo，心绪像火苗一样飘忽不定。

不晓得。对了，你们哪个老问他呢？他不可能是给那个啥子教授牵线的，他是个文化人，道上的那些事他都不关心，只晓得读书。再说了，他应该不在雾都，他要是在雾都，不会不来找我，我和他虽然不是一条道上的，但关系好得很。在牢里的时候，一根烟两个人抽，他抽一半我抽一半。

例行盘问，没别的意思。对了，在牢里，你听他提起过一个叫郭雨晴的女娃儿吗？

郭雨晴？他摇头，没听他说起过。在牢里，我们都喜欢谈女娃儿，就他不谈。除了读书看报，他最喜欢做的事情就是玩杀人游戏。他脑瓜子灵光，不管是扮好人还是扮杀手，每次都是他赢，从来没输过。

从讯问室出来，已经到饭点了，我和陶笛驱车直奔观音桥珮姐老火锅。菜头他们早就到了，一见我和陶笛进来就开起了玩笑。

赵队，来恁个晚，是不是执行啥子特殊任务去了？钟杰说。

你娃经常开的那辆猎豹，半年补了两次胎。菜头拍了拍我的肩膀，悠着点儿，影响不好。

杨磊说，赵队，要不把我那辆本田换给你，才跑了两千公里，哪个折腾都没事。

你娃那车是日货，不皮实。卢浩眉飞色舞地说，赵队是老司机，喜欢油耗大、底盘沉的。

陶笛窘得连脖子都红了。

我打着哈哈，任他们逗乐。这帮家伙平时工作压力山大，就靠满嘴跑火车放松放松。席间，我埋头吃喝，没怎么说话，脑海里还充斥着审讯魏彬的画面。这家伙跟陈野是狱友，会不会是陈野把他的手机号告诉了何万里？但我很快否定了自己的猜想，陈野和何万里认识才两个月，交情很浅，他没有理由这么做。何万里也不太可能找知道自己底细的邻居帮这种忙,太冒险了。而且魏彬说,陈野出狱后并没有去找过他,应该不知道他的手机号。但我还是觉得这个案子有些地方不对劲,从陈野出现在洋槐公馆门口起,我就有这种感觉,至于到底是哪里不对劲,我一时也说不清楚,可能就是一种直觉。

聚完餐,我叫上菜头,开车去了朝圣门码头。吹着江风,我把从魏彬嘴里掏出来的话告诉了他,问他有什么看法。

你娃想多了!菜头打着饱嗝,陈野在烹饪学校上课,学校就在白鹤山脚下,离洋槐公馆近,房租也便宜,他住那里再正常不过了。

魏彬跟何万里的生活圈子完全不同,他们唯一的交集点就是陈野,你不觉得太巧了吗?

世上巧合的事多了去了!还记得去年办的那个强奸案吗?菜头问。

8.15强奸案?

是噻。

那个案子我当然记得,不是因为案情有多重大,而是太离奇。去年八月十五,一个叫李炯的男子去锦云山上的绍龙观烧香,下山时天已经黑了。半山腰停着一辆轿车,车体摇晃,里面传出不可描述的动静。李炯发现附近没有监控,就谎称便衣警察,骗开车门,用石头把车内那个男的砸昏,然后强奸了那个女的,并抢走了两人身上的现金。女子报案,警方一查,案犯竟然是她丈夫,而她丈夫也不知道强奸、抢劫的是自己的老婆。

案发前几个小时,夫妻俩都去了理发店,丈夫把平头剃成了光头,妻子把直发烫成了卷发,但两人互不知情。山上黑灯瞎火的,车内也没开灯,加上两人又都很紧张,都没看清楚对方长相。实施犯罪时,丈夫故意伪装口音。而妻子因为害怕,全程都不敢吭声,也没回头。

更离奇的还在后头。

警方觉得这男子的作案手法老到,不像是初犯。经过DNA检测,发现他是另外一桩强奸案的嫌疑人。三年前,他用同样手法在鸿恩寺森林公园强奸了一名来上香的女游客。那个女游客的丈夫,就是跟嫌疑人老婆在锦云山偷情的男子!

按照佛教的说法,这叫因果报应。从科学层面来理解,这就是巧合,一个概率极小的事件。当时还有家影视公司想把这个案子拍成电影,投资人转弯抹角地托关系请我吃饭,要我透露一些没有公开的细节。听说我偶尔也写点东西,投资人还怂恿我亲自操刀写剧本,并开出了一个顶得上我几年工资的编剧费,我还真有点动心。但后来拍电影的事不了了之,可能因为情节太狗血,立项没通过。

别疑神疑鬼了!菜头说,陈野好歹是学过刑侦的,唰个会介绍何万里去找魏彬买枪?姓何的又不是他亲姐夫。

我只是觉得奇怪。

奇怪个锤子!菜头扔给我一支娇子,他要是帮何万里杀周艳虹,现场会留下恁个多线索?早清理干净了!

夜色中的朝圣门被灯光装饰得绚烂多彩,但失去了老码头的韵味。我还是喜欢以前的朝圣门,那是老雾都的缩影,虽然颓败,但每一级台阶、每一条老船都有故事。

他在牢里,会不会听说了郭雨晴跳楼的事?

你怀疑陈野住到洋槐公馆,是想找到何万里解开郭雨晴跳楼的谜团?

我抽着烟,沉默地看着江上火树银花的游船。

一会儿怀疑陈野介绍何万里买枪,一会儿又怀疑陈野接近何万里别有用心,你娃到底啥子意思?菜头有点不满。

我没别的意思,就是摆摆龙门阵,瞎扯。

我们都是刚刚晓得郭雨晴是郭队的闺女,陈野这几年都在大牢里,他啷个晓得嘁？就算他看了报纸晓得有这回事，也不晓得那女娃儿跟郭队有关。他再神，也没恁个神通。

也许他之前就认识郭雨晴。

实习的时候我们整天在一起，都没见过郭队的女儿，他啷个认识？

我也觉得这的确说不通，我听着涛声，一时有些无语。

想了想，我又问，会不会是陈野出狱后，听说了郭雨晴的事，所以才住进洋槐公馆？

如果陈野想调查郭雨晴跳楼这件事，他完全可以暗中调查，没必要住进洋槐公馆，走得太近，反而容易暴露自己。

菜头说的确实有道理。

再说了，你忘了中午吃饭时陈野跟你讲的那些话了，他劝你不要查郭雨晴的事，免得自寻烦恼。他都不让你查，自己啷个会去查吗？

我完全无法反驳。

一对恋人牵着手从我们身边走过，我想起了中午在吊脚楼上看到的那一幕，就告诉了菜头。这厮立即来了兴趣，笑嘻嘻地说，陈野住进洋槐公馆会不会是为了那个女人？

我取笑他，好歹也是个人民警察，就不能高尚点？

饮食男女，人类生存繁衍的基础，啷个不高尚了？菜头振振有词。

陈野刚从牢里出来，跟袁凤珠没有感情基础，至少在住进洋槐公馆前是没有的。就算陈野想勾引，袁凤珠也不太可能上钩，她是知名演员，会考虑到自己的身份，啷个可能跟一个劳释人员偷情？

菜头没有纠结这个问题，他话锋一转，问我，他们躲着亲热，你啷个看见的？

我脱口而出，我当时在"响马"，和鹿芳谈点事。

她问我案情进展情况，我们没做别的。

谈案子哪里不能谈，非要去酒店，你娃这不是侮辱我这个人民警察的高智商吗？一个离异，一个未婚，开房很正常嘛，你洗白个锤子！

格老子的，你说滚床单了就滚床单了，你娃脑壳里就男女间那点事！

急眼了吧。菜头一脸坏笑，看你娃那德行，做贼心虚。

我开门上车，耍嘴皮子，我一直不是他对手。

菜头跟上来，坐进副驾驶，他说，你龟儿子想清楚，别脚踏两只船。

我说我连一只船都没有！

别嘴硬了！小笛子暗恋你，地球人都晓得，我就不信你娃没动心。我告诉你，局里追她的男娃儿多的是，个个比你帅，比你嫩！她看上你这个老男人，也不晓得是哪根神经搭错了。

我愤愤地说，你龟儿子再搞人身攻击，我把你撂高架桥上！

真是不识好歹，老子给你娃提个醒，不要伤了一颗纯洁的少女心。

你龟儿有没有搞错，都是女人伤老子的心！

我默不作声，我从没想过这个问题，也许是不在意，也许是故意逃避。

这种事我也不能帮你做主，鹿芳是我朋友，小笛子是我同事。菜头哈欠连天地说，要不你抛硬币决定吧，或者到宝通寺求个签。

半个小时后，我把菜头送回了家，车上一下子清净了，连空气都要新鲜许多。前往柏碛的路上，我打开天窗，夜好像成了一种可以流动的液体，从天窗里灌注进来，我感觉身体慢慢地失重。过观音峡隧道时，那种迷惘和虚无又笼罩了我，似乎我开进的是一个无边无际的黑洞。我的身体越来越轻，如同一片羽毛飘了起来，悬浮在半空中。我看着那个驾车的男人，胡子拉碴，面容憔悴，眼睑充血，仿佛那不是我，而是一具没有灵魂的躯壳。我害怕自己就这样飘到无垠的宇宙中，被黑洞撕成碎片，我迫切想逃离，想回到肉身中。我下意识地猛踩刹车，后面一辆红色卡宴差点跟我追尾。我打了个激灵，脑子瞬间清醒了。开出隧道后,我靠边停车,抽了支烟,失重的感觉渐渐消失了,我的灵魂和身体又合二为一。

这天晚上,我梦见了八年前的那条血色河流,而我就掉在河中,差点被漩涡吞没。被血水呛醒后,我决定第二天去趟榆州监狱,了解一下魏彬在狱内的服刑情况。但我真正关注的,其实是陈野,我对他在里面的情况一无所知。

榆州监狱在江北区铁杉坪公园下面,形容一个人五毒俱全作恶多端,雾都人会骂"龟儿子迟早去铁杉坪"。我有个政法大学的同学余海波,外号菠菜,就在狱内侦查科当干警,儿子都四岁了。

他在办公室接待了我和陶笛,倒了两杯绿茶,说陈野、魏彬和钻山猴都睡一个通铺,钻山猴去年这个时候出狱的。

钻山猴犯了啥子事进来的?我喝了口绿茶,感觉水不烫,茶叶都没泡开。

拐卖妇女,判了六年!这狗日的真是有长进,从贩卖人口升级到贩枪了,还把魏彬也给拉下水。龟儿子再进来,牢底就要坐穿了。

魏彬在里面表现如何?

还算老实,没受过罚也没得过奖励,刑期不多一天不少一天。说实话,跟陈野一个监舍的犯人表现都还可以。陈野在狱里是名人,跟狱警关系都不错,还是我同班同学,犯人在他面前都不敢太放肆。

他在学校也是名人。我说。

余海波笑着说,我觉得他在这里跟在学校没多大区别,除了不能离开监狱。他想看的书都有,没有的话,只要他列个书单,我都会给他去买。

我也笑了,照你的说法,陈野在这里不是劳动改造,而是读书深造。他比我们埋头学习的时间都长得多,至少是个博士。可能还不止,应该是教授级别了。

从某种意义上来说,确实是这样,他看的好多书我都看不懂,太艰深了。

他就不怕寂寞?陶笛插了一句话。

新来的吧?余海波没有直接回答。

陶笛点点头,我还在见习期,每天跟着师傅,学到了不少东西。你们都是老前辈,见多识广,以后要多多指教我这个菜鸟。

师傅调教得不错嘛。余海波看着我笑,言下之意是陶笛很会说话。

你娃能不能不要用"调教"这个词?我递给他一支熊猫。

他哈哈大笑,没接我的熊猫,从桌上拿起一包天子壹号甩给我,抽这个。

这家伙看来在这里混得风生水起,我还在抽三十块一包的熊猫,他都抽上天子壹号了,一根就要五块钱,这真叫钱多了烧的。

这里最不怕的是寂寞。他开始回答陶笛的问题,上千名犯人,个个都是带着乱七八糟的故事进来的,天天摆龙门阵,哪个会寂寞?

我问起陈野在监狱里帮警方破获的那个盗窃案,到底是怎么回事,是不是真的跟魏彬说的那么神乎其神。

哪个说呢,要说神也不神,主要是陈野眼光独到。有时候我觉得他应该去当个诗人,想象力太丰富了。

确实,陈野玉树临风,无论从外表和气质,都更像诗人,而不是一个神探。

是这样——我们监狱的家属区里有对小两口,都是做珠宝生意的。男的父母以前都在监狱工作,已经过世了。小两口都在外面上班,但还住着父母的房子。

我对陶笛笑道,余警官指导你的机会来了,好好听听这个案子。

陶笛一脸认真地点头,还打开了手机的录音键。

有一天,丈夫取了十万现金回家。他妻子认识的一个老顾客,手里有对祖传的玉镯子想变卖。这男的懂行,看了这对镯子,晓得至少值二十万。

为什么不通过银行卡转账,要取现金?陶笛问。

我分析道,应该是这个老人不习惯用银行卡,拿到现金后心里才踏实,然后再去银行存款。

没错,妻子就是这样跟丈夫说的。取钱回来当天,有点晚了,双方约定第二天上午交易。丈夫把钱放在床头柜里,家里没别人,也就没锁。但第二天早上起来,发现钱不翼而飞,他赶紧报了案。

门窗有破坏的痕迹吗?陶笛问。

没有,门窗完好无损!刑警过来勘查现场,连个指纹和鞋印都没有提取到。小两口家里养了一条狗,如果有生人进来,狗肯定会叫,但小两口都没听到狗叫。

肯定是监守自盗,丈夫或者妻子悄悄把钱拿走了!陶笛下了结论。

家属区有监控,取款回来后,夫妻俩都没有出过大门,而且他们都可以为彼此做证,对方没有私吞这笔钱。

那就是熟人作案,那个贼偷偷配了失主家的钥匙,半夜开门进来。失主家的狗认识他,所以才没叫。陶笛换了条思路。

警方也是恁个认为的,但查了两个多月,毫无线索。

难道是失主家地板下有地道?陶笛脑洞大开。

余海波笑了,失主住在三楼,有地道也爬不上来啊。

这就奇怪了,如果不是熟人作案,钱是怎么被偷的?陶笛一头雾水。

余海波看着我,老同学,你觉得呢?

从余海波说这个案子起,我就在琢磨怎么破案。这种密室犯罪的案子我没有遇到过,确实很烧脑。我说我更倾向于是熟人作案,这个人应该就住在监狱家属区内,而且晓得失主当天取了一笔大额现金回来。

我们都是被惯性思维束缚了。余海波说,陈野跟我们的区别就在这里。案发两个月后,我在监区阅览室跟他摆龙门阵,聊起了整件事。他很有兴趣,叫我等他一支烟的工夫,让他想想这个案子问题出在哪里。我当时根本不相信他有啥子妙招,他连现场都没去,哪个破案?

我和陶笛的胃口都被吊起来了,期待着他揭开谜底。

他却不紧不慢地点了支天子壹号,就跟陈野在抽似的,抽到一半时才说,问题出在那条狗身上。

那又不是狗粮,狗怎么会把十万块现金都吃下去?陶笛觉得不可思议。

不是狗吃掉了钞票,是狗把钱带出了小两口的家。他说,陈野刚抽完一支烟就告诉我,查那条狗的监控,还有查那个女人和卖主一家的关系!

我恍然大悟,十万块现金的体量不算很大,把钞票绑在狗肚子上,用不了几次就可以带出去,而且神不知鬼不觉。

对,钱就是这样被转移走的!失主家的狗很普通,家属区里有好几条同样品种的狗,所以尽管在监控里发现了有狗频繁出入,但没人想到就是失主家的那条狗,更没有想到狗肚子上绑着钞票。

狗把钱送到哪里去了?陶笛问。

在家属区外面有人接应,在一个监控盲区。

那条狗也太听话了吧,它又不是人,怎么会心甘情愿地当这个搬运工?陶笛还是迷惑不解。

应该是经过训练的,如果事先用食物引诱这条狗,模拟这种搬运过程,狗就会形成条件反射。我说,这不是难事,警犬就是这样训练出来的。

难道是早有预谋?陶笛问。

我说，那个女人让丈夫取现金，然后等到第二天才交易，这很可能是个圈套。

陈野也恁个认为。余海波说，他怀疑那女的跟卖主勾结，私吞这笔钱。动机是想离婚，女人的相好不太可能是那个老人，最有可能是老人的儿子，而且职业跟宠物有关，至少有多年的宠物驯养经验。

后来呢？陶笛急不可耐，她完全被这个案子迷住了。

我把陈野提供的思路告诉了刑警队的老彭，他负责侦办这个案子。老彭认为是天方夜谭，但当时没有别的线索，只好死马当活马医。没想到顺着这条思路就查出问题了！案发当晚，零点左右，小两口家的那条狗多次往返家属区，去了一个监控盲区。尽管没有发现有人从狗身上取走现金，但在家属区围墙外发现了一辆可疑车辆，一查，是卖主家儿子的车！通过技术手段调取了他的手机数据，发现他跟买家的那个女人有私情，两人在微信聊天记录里谈到了啷个私吞这笔钱，然后女的跟丈夫离婚，跟卖主儿子结婚。

陶笛听得啧啧称奇，说那女人真有心机。

余海波打了个喷嚏，那女的跟丈夫关系一直不好，她是在推销珠宝的时候跟卖主的儿子认识的。那男的离异，开了家宠物店，懂得驯狗。一来二去，两人就勾搭上了。

现在让我觉得讶异的，不是这个案子有多离奇，而是陈野为什么没有向我和菜头透露关于这个案子的半点信息？他有必要隐瞒吗？要是换了菜头，这光辉事迹够他吹上三年的。也许，陈野是不喜欢张扬吧，他确实比入狱前内敛了许多。

蹲在这里真是埋没了他的天才。余海波感叹道，要是没有八年前那件事，他搞刑侦，绝对能成大器。啥子叫一失足成千古恨，这就是！枪是能随便开的吗？何况他那时还不是警察，真是个铜脑壳，还是生锈的！

我也唏嘘不已，我这个位子，本来是他的。

我和余海波谈起了青葱岁月里的一些往事，那时候他暗恋一位女生，抱着吉他到女生楼下唱朴树的情歌，结果被当头浇了一脸盆水。他后来老分辩说，那是一盆清水，但菜头坚持说是洗脚水，因为闻到他身上有股怪味。

陶笛在旁边掩嘴窃笑。

格老子的，早不玩吉他了。余海波笑了笑，然后问，陈野跟那个女娃儿啷个了？

哪个女娃儿？我怔了一下。

你娃还不晓得嗦？余海波给我和陶笛的茶杯里续了点水，他在这里的时候，经常有个女娃儿来看他。每个月都会来，都是我安排的。问他跟那个女娃儿啥子关系，他不说，但我猜是女朋友。你们关系恁个好，我还以为你晓得。

我说，这事我还真不晓得，他出来后我也没听他说过。他在大牢里，啷个会有女朋友？会不会是亲戚？

肯定不是亲戚！每次看到那个女娃儿，你不晓得，他那个样子就跟相亲似的，手脚都不晓得放哪里好。女娃儿长得很乖，一看就是个大学生，每次见到他就哭。我觉得，至少他对女娃儿是有意思的。但从去年秋天开始，那女娃儿就没来过了。我问他是不是分手了，他说没恋爱，分啥子手？问烦了，他就说那女娃儿到外地读研去了，也不晓得是真是假，这家伙老让人捉摸不透。

去年秋天？这个时间节点像道闪电在我脑海里掠过。

那女娃儿长得蛮乖，白白净净的，个头也高，跟这位美女差不多。余海波看了陶笛一眼，但有点像林黛玉，来了老哭哭啼啼的。我笑陈野是烂桃花，女娃儿都追到牢里来了。他非不承认，说是朋友，鬼才信！

那女娃儿叫啥子名字？我感觉自己的声音有点颤抖。

余海波想了想,好像姓郭。

仿佛有一股电流从我的脚底冲上脑门,我立即从手机里调出郭雨晴的照片,这是我找她男朋友要的。

我把照片给余海波看,是她吗?

他只看了一眼,就肯定地说,就是她!你不是说不晓得这件事吗,你啷个有这女娃儿的照片?

我浑身的神经末梢都在放电,我语无伦次地敷衍了几句就匆匆告辞了。

往停车场走时,陶笛说,郭雨晴跳楼的事上过报纸,监狱里能看到,陈野肯定早就知道郭雨晴死了。

我让陶笛开车,我坐在副驾驶上,打开车窗,吹着仿佛是从银河系刮过来的生冷的风。我要陶笛开快点,再快一点,她说再快就超速了。风像鞭子一样抽打在我脸上,但我感觉不到疼。我突然发现自己并不了解陈野这个人。郭雨晴突然跳楼,陈野出狱后肯定调查过原因。他很可能去西南大学找过郭雨晴的男朋友吕修伟,知道这事跟何万里有关,但吕修伟没跟我说陈野跟他有过接触。

可能是陈野不让吕修伟告诉我们。陶笛说。

我想,这应该是可能性最大的一个解释。

郭队出事后,我们本来想去看看他女儿,但她被她外婆接到眉江去了。菜头他老爸说,这个时候还是不去打扰那个孩子比较好。那时郭雨晴刚上高中,正是青春期,敏感脆弱。我们就放弃了去看望她的念头,后来凑了一些钱,让菜头老爸转给了她。陈野在那之前并不认识郭雨晴,两人接触应该是在他被抓后。但他们到底是怎么认识的?是什么关系?我一概不知。

在我和菜头面前,陈野居然对他跟郭雨晴的交往守口如瓶,这出于一种什么心理?还有,他劝阻我调查郭雨晴跳楼的真相,又是什么心态?我现在根本不相信,他与何万里为邻,只是一个巧合。

有些巧合是可以设计的。

以陈野的智商,设计一些巧合轻而易举,但他这样做的目的何在?他不让我给郭雨晴讨还公道,自己却费尽心思接近何万里,他到底想干什么?太多的谜团缠绕在我脑海里,像一只章鱼张牙舞爪。我迫切想解开谜团,但我能解开吗?在榆州监狱里,陈野不用看现场就帮警方破获了一桩悬案,他天才的推理能力让我自愧不如。

你可能需要去一趟眉江。我对陶笛说。

今天吗?

我点点头,越快越好。

我把我的想法告诉了她,如果调查有困难,就去眉江公安局找我一个姓蒯的大学同学。眉江离雾都并不远,坐高铁一小时就到了,跟我下班开车回柏碥的时间差不多。这是陶笛第一次独立执行任务,而且是在异地,虽然没有任何危险性,但也很考验她的能力。她调皮地朝我敬了个礼,说保证完成任务!

把陶笛送到西站,直到她过了安检,我才想起到饭点了,应该让她吃了午饭再出发。我站在人潮汹涌的大厅里给她发了条微信,记得在车上买个盒饭吃,别饿着。她回复说,遵命。又说,师傅,你越来越温柔了。

这是第一次有人说我温柔,鹿芳都没有说过。我打开车内化妆镜,看着里面的自己,头发油腻,面色蜡黄,毫无温柔可言。我在西站外面找了家小面馆,点了小面,味道还算巴适。正吃着,蒋副局长打来电话,说周艳虹反杀案的最后一名涉案人员已经抓获,什么时候结案。

我说,再给我一个星期。

啥子,还要一星期?你娃没看新闻嗦,今天的报纸、网络,火力全开,说我们迟迟不放人是因为受到了某种压力。再拖下去,局里的牌子都会让人给摘了!

隔着话筒,我都能想象到蒋副局长发飙的样子。我说,我需要再查查。

还有啥子没查清的?他问。你不是跟我说证据链已经很完整,可以认定周艳虹是正当防卫吗?

还有些细枝末节的问题需要核实一下。我说。

再给你小子三天时间,查不出啥子就给我放人!

没等我回答,蒋副局长就扣了电话。

我边吃面边刷手机,看到了网上关于周艳虹反杀案的新闻铺天盖地,其中以鹿芳写的特别报道最为犀利,洋洋洒洒数千字。

去柏碚的路上,我给吕修伟打了个电话,问他下午有没有空,我想再跟他谈谈。他说要三点半以后,两点多还有一节课。

我在金刚碑"有风来"等吕修伟,时间还早,我找了个掏耳朵的,边打瞌睡边享受服务。茶馆里在唱川剧,并非戏班子,而是一帮票友自娱自乐。这种古老的唱腔能让心灵慢慢沉静,这也是我喜欢来这里喝茶的原因之一。我很享受掏耳朵的感觉,非常安逸。这是一门技术活,鹅毛棒、夹子、扒子、马尾……十几种工具在耳朵里进进出出,如同螺蛳壳里做道场。没有三五年的功底,根本不敢下手。陈野就像采耳师,能在方寸之间做大文章。他的秘密都藏在一个隐秘的角落里——如同耳朵,外人总是无法窥破。

我快睡着时,迷迷糊糊听到有人在叫我,睁开眼一看,吕修伟已经坐在对面。我给采耳师结了账,点了一壶沱茶,那种带有山野气息的茶香让我迅速从恍惚状态中清醒。

晓得我为啥子又找你吗?我给他倒了杯茶。

不知道。他没看我,看着金黄色的茶水。

我直视着这个男生,他比上次显得拘谨,可能因为这次是白天,人在晚上总是会放松一些。

我冷不丁地问道,陈野啥子时候来找你的?

他反问道,陈野是谁?

他镜片后的眼睛闪烁着真诚,看不出有任何掩饰的成分。但我现在已经不太相信自己的洞察力了,我的眼睛经常产生错觉,至少这段时间是如此。我是不是该去看看眼科医生,还必须挂个专家号?我又问他:

郭雨晴去榆州监狱看望陈野的事,你晓得不?

他摇头,没听她说过这个人。

自己的女朋友经常去看望另外一个男人,他竟然毫不知情。如果不是郭雨晴掩饰得太好,就是他感觉神经麻痹,或者,在撒谎。

陈野到底是谁?他一脸蒙地问我。

我把那个夏天发生的事告诉了他,边说边看着他的反应。他很吃惊,似乎是第一次听说这个故事。

我只知道她父亲是抓毒贩牺牲的,没想到里面还有这么多隐情。

吕修伟不是犯罪嫌疑人,我的那些审讯技巧无法用在他身上。发现问不出什么,我只好让他回去。看着他的背影,我有一种强烈的挫败感。但这种挫败感不是吕修伟给我的,而是陈野。我慢慢地把一壶沱茶喝完,摊开笔记本电脑,想写点什么。但脑子里乱得跟玉米糊似的,什么都写不出来。

回到家天已经黑了,我点了个外卖,刚吃了两口就接到陈野的电话,问我现在有没有空。

我说,正吃饭呢,啥子事?

袁凤珠出了一点事。你要不要过来看看?

我心里一咯噔,她不会是看了新闻后心理压力大,想不开吧?

她没有想不开,是这样——陈野说,今天傍晚她在山上吊嗓子,一个男的突然从树林里蹿出来,想强奸她,但未遂,那个男的已经跑了。

这完全出乎我的意料!我把筷子一扔,抓起车钥匙就出了门。

我边下楼边问陈野,报警了没有?注意保护现场!

已经报警了。他说。

在车上我给菜头打了个电话,问他在干啥子,他说在看《挪威的森林》。

这厮就是喜欢装文艺,自诩警界里的徐志摩。如果非上班期间问他在做什么,他不是说在听理查德·克莱德曼的《给爱德琳的诗》,就是说在读欧·亨利的《最后一片叶子》。他有个很大的书柜,装满了文艺类的书籍,但几乎都是新的,有的连塑封都没有拆开。

我说读个锤子读,赶紧去洋槐公馆!

去干啥子?

袁凤珠出事了!

上吊还是割腕?

他的第一反应跟我一样。

是强奸,未遂。

我马上过去。

半小时后,到你家小区门口站着,别要老子等!

这厮喜欢磨磨蹭蹭,又是喷发胶,又是擦皮鞋,还要把下巴刮得寸草不生,出个门比大姑娘上轿还难,每次都让我等得毛焦火燥。但这次他罕见地没有迟到,倒是我比预定的时间晚了十分钟。一上车这厮就叽叽歪歪,说本来可以多看一会儿书。

我说,你看那些破书有啥用?

哪个没用呢,晓得你为啥子比我庸俗吗?就是因为读书比我少!

你刚才看的啥子书来着?

《挪威的森林》。

讲的啥子？我故意问。

说了你娃也不懂！

哪个写的？

我想想，好像是……川端康成，对，就是他，日本的！

我一口老血差点喷到挡风玻璃上，但我懒得纠正他，这厮把作者名搞混是常有的事。他跟我争论过多次，《唐璜》是雪莱写的，《解放了的普罗米修斯》是拜伦的手笔。我把今天去榆州监狱调查的情况告诉了他，说陈野早就认识郭雨晴。我以为他会很吃惊，没想到他出奇地淡然：

很正常嘛。

他一直瞒着我们，你还觉得正常，你娃是不是脑子不正常？

郭雨晴去探监，你能理解吗？他拔掉下巴上一根没有剃干净的胡子，反问我。

这个当然可以理解，陈野是因为郭队坐牢的。从某种意义上来说，他替郭雨晴报了杀父之仇，郭雨晴肯定感激他。

世上本没有路，走的人多了就成了路。他文拽拽地说。

你的意思是说，郭雨晴经常去探监，所以陈野慢慢喜欢上了她？

对头，还能啷个嘛。他说，陈野喜欢郭雨晴，但郭雨晴未必喜欢他，而且她有男朋友。郭雨晴跳楼后，陈野肯定很伤心。他不愿意再提起那个女娃儿，那是他的痛。所以，他不告诉我们这件事很正常。换了你，你也不会说！你娃会跟别人说你和鹿芳的那些事吗？还不是藏着掖着，憋在心里自己慢慢消化。再说了，他可能也是怕我们误会才隐瞒这件事。当初我们去探监，他死活不见。郭雨晴去探监，他却屁颠屁颠地跑去见面。他怕我们说他重色轻友。其实我是完全能够理解的，他不见我们，是因为晓得我们就要当警察了，老去看一个犯人，影响不好，他心理也可能有些不平衡。他肯见郭雨晴，是因为那女娃儿是郭队的亲生闺女,他不见说不过去。要我说啊,他想多了,你也想多了。恁个简单的一件事,被你们搞复杂了。

以陈野的性格,他晓得郭雨晴不明不白地自杀后,会啷个做?

肯定会查,但查不出个所以然就会放弃。就算他怀疑何万里是害死郭雨晴的凶手,他也不会报复。八年的大牢不是白蹲的,他应该长了记性了。他不让你去查,也是这个原因。他查过了,啥子都没查到。他不想你做无用功,还得罪人。

既然他晓得郭雨晴的死可能跟何万里有关,那他为啥子还要跟何万里做邻居?天天跟那龟儿子抬头不见低头见,他就没有心理阴影面积?格老子的,他还跟袁凤珠打得火热,他就不怕郭雨晴在梦里掐他脖子?

菜头突然一拍大腿,晓得了!

我手一抖,方向走偏,猎豹差点撞上路边护栏。

我说你娃能不能别一惊一乍的?晓得老子为啥半年补三次胎了,好好的车胎,都是被你龟儿子吓破了胆。

菜头没理会我的揶揄,他眉飞色舞地说,我晓得陈野为啥子要跟何万里做邻居了!他的确是想报复何万里,但又不敢做违法的事,怕再次坐牢。所以,他就住进洋槐公馆,想当隔壁老王!何万里害了他喜欢的女人,他也要害何万里的女人。

我突然觉得这是最合理的解释。

我和菜头甚至饶有兴趣地讨论起了陈野的这个复仇计划,他真是脑洞大开,不按常理出牌,竟然想到用这样的损招来羞辱何万里,给郭雨晴出气。

菜头说,这就叫以其人之道还治其人之身。

突然揭开谜底,我反而有些失望。就好像耗费了很大气力挖开一座设计精巧的古墓,结果发现里面全是一些不值钱的瓶瓶罐罐。我此刻的感觉也是这样,陈野似乎没有我想象的那样神秘,他也是个有着某些暗黑心理的俗人。现在唯一的蹊跷之处在于,陈野、何万里和魏彬这三个人的关系过于微妙,但也不能排除就是巧合。如果何万里真的制贩毒品,那他肯定认识黑道上的人,他找到贩枪的魏彬也就不足为奇了。

我像是一头从渔网的缠绕中挣扎出来的海豚,浑身又畅快起来。我发现自己经常被一些非物质性的东西所束缚,比如案情,比如爱情。这种束缚也有绳索,但肉眼是看不见的,它没有捆绑在身体上,而是捆绑住了精神和灵魂,让我焦虑、抑郁、失眠、狂躁。刚进重案队的时候,曹队跟我说过,出色的刑警都有一种强迫症,不破掉案子就会寝食难安,就会产生很强的执念。所以有的刑警遇到悬案,几十年都会耿耿于怀,那是一种常人无法理解的心灵折磨。幸好,我还没有遇见悬案,但我遇见了没能结出善果的爱情。我被束缚了很长一段时间,至今这种束缚还没有完全解除,在某个不可预期的时刻,经常让我的灵魂喘不过气来。

在沙滨路碰到严重塞车,一辆电瓶车横穿马路,被一台洒水车撞飞,电瓶车司机当场身亡。整个路面被堵死,我的车进退不得,像一头陷在沼泽中的真正的豹子。这时,蒋副局长打来电话,说了袁凤珠傍晚被强奸未遂的案子,要我接手。案子虽然不大,但受害人是何万里的妻子,而且是著名的川剧演员,身份比较特殊,所以局里很重视。

我立马打电话召集人手,要大家必须在半小时之内赶到案发现场。

等交警疏通道路,我和菜头驱车到达洋槐公馆时,老程他们已经在勘查现场了。夜色中的白鹤山像头怪异而阴险的肉食动物,似乎把时间和光线都吞噬了。置身其中,我有一种时空的错乱感,好像跟这座热闹的城市不在同一个宇宙维度。

案发现场离洋槐公馆不远,两百米左右,就在公馆南边,四周树林茂密。

菜头咕哝着,格老子的,这鬼不拉稀的地方,上哪找人去？

袁凤珠呢？我打量着被勘查灯照得一片雪亮的现场。

宋卉正在给她做笔录。钟杰说,遇袭时,她尖叫了几声,被你那个同学听见了,他赶过来,疑犯就中止犯罪,跑了。

程良指着林间一块草地说,在这里发现半块吃剩的面包、几个胶鞋印、一些烟灰,还有一个装满矿泉水瓶、易拉罐和熟食包装袋的蛇皮袋。程良说,应该是疑犯留下来的。

我闻了闻面包,有股馊味。

对了,发现一个还没开封的避孕套,应该也是疑犯掉的。

袁凤珠有没有受到伤害？我问。

性侵没得逞,她摔在地上,四肢有些擦伤,但不严重。你同学已经给她清洗了伤口,包扎好了。程良心有余悸地说,幸好洋槐公馆里还住了个男人,不然,袁凤珠这次可就糟了。

我同学呢？

刚给他做过笔录,在那边画画呢。站在旁边抽烟的杨磊指了个方向,真是个怪人,乌漆麻黑的,还画画！

我和菜头顺着他手指的方向找过去,在几百米外一块突兀的大岩石上看见了陈野,他正在画瓷器口的万家灯火。

看完现场了？他头也不回地问,在夜晚,他不仅视力好,听力也异常敏锐。

看过了,这种鬼地方,没抓到现行,等于是白忙活。菜头嘟囔道。

你啷个发现袁凤珠出事的？我问。

我刚骑车回来,听到案发现场那边尖叫了几声,好像是袁凤珠的声音。一开始我以为她是在吊嗓子,后来不放心,就给她打电话,她没接。我感觉不对劲,就跑过去看。

看见嫌疑人了吗？我又问。

没有。他回头看着我,哎,不是做过笔录了吗？哪个又问？

他是文盲,不识字。菜头在旁边调侃。

我笑了,老子想给你申报见义勇为,多了解一下情况,你娃要配合宣传嚎!

他也笑了,发给我和菜头一人一支烟：

袁凤珠是名人,丈夫又刚被杀,这个案子别曝光了,对她影响不好。

你娃还蛮怜香惜玉,听说她的伤口还是你包扎的。我半开玩笑半认真地问,你跟袁凤珠到底是啥子关系？

老实交代,坦白从宽!菜头附和道。

她一个大名人,我一个屌丝,跟她能有啥子关系？陈野苦笑,要说有关系,也就是邻里关系。见了面打个招呼,喂麦兜的时候多说过几句话,仅此而已。对了,给她清洗伤口的酒精,包扎用的纱布,不是我刻意去买的,是家里现成的。上个月底我骑自行车下山,刹车失灵,摔伤了膝盖。我到诊所买了一堆纱布和药膏回来,没用完,这次正好用上。

说完,他撩起裤腿,我隐约看见他两边膝盖上都有伤疤。

一个丧偶,一个未婚,有啥子关系也正常。菜头说,名人哪个了？还不是要吃喝拉撒睡!现在流行家庭煮男,男主内,女主外,你娃要打破旧观念,紧跟时代潮流,给我们做出表率嚎。

我和菜头心照不宣,都没有提起陈野可能实施的那个复仇计划。毕竟,这不属于犯罪问题,而是道德问题。为了让郭队的女儿瞑目,陈野采取一种另类的方式报复何万里,而我们却无所作为,从世俗的角度来说,到底谁更高尚,似乎很难界定。

这个时代的弄潮儿还是让你们来当吧。陈野笑道,末将愿意在后面擂鼓助威。

我们从他嘴里套不出什么,摆了一会儿龙门阵,就回到了洋槐公

馆。宋卉已经给袁凤珠做完了笔录,交给我看:

她吃了安定,说想早点休息。

我知道,袁凤珠的潜台词是,她累了,不想我们今晚再打扰她。

笔录显示——

袁凤珠晚饭后出门吊嗓子,大概六点,天已经黑了。只要住在洋槐公馆里,她每天这个时候都会去吊嗓子,这已经形成了习惯。到吊嗓子的地方没多久,大概十分钟,一个男子突然从树林里蹿出来,从后面把她扑倒。她下意识地尖叫了几声,那个男子拿出一把刀,顶在她脖子上,威胁她不许吭声,再叫就杀了她。

袁凤珠害怕,就不敢叫喊了。那个男子开始脱她的裤子,这时,她的手机响了。男子不准她接听,她后来才知道是陈野打的电话。男子把她的裤子脱到膝盖处,她不敢反抗,以为自己肯定要被侵犯了。

她突然听见陈野喊她的声音——袁老师,你哪个了?没事吧?她的胆子大了起来,对那个男子说,我朋友来了,你赶紧跑吧,我不会报警的。男子可能被陈野的声音吓到了,撒腿就跑。

那个男子实施犯罪的时候,一直站在她背后。自始至终,她都没有看到他的长相。男子逃跑的时候,她也只看见他的背影,一米七五左右,不胖不瘦,头发很长,一直到肩部,无法判断年龄。她还闻到男子身上有股酸臭味,令人作呕。男子不是本地口音,说的好像是湖南话,她看过湖南台的综艺节目,因此觉得很像湖南口音。男子戴了手套,右手拿刀。她很害怕,没注意看刀的样子,不确定是匕首还是水果刀。她当时提出把身上的钱和手机都给男子,要男子放过她,但男子没答应,逃跑的时候也没有把她的钱和手机抢走。

男子跑了大概有五六分钟,陈野过来了。听说她差点被人侵犯后,陈野就捡起一块石头,朝男子逃走的方向追过去。追了大概有十来分钟,陈野没看见那个男子,担心她的安全,就回来了。然后陈野问她要不要报警,她还没从惊慌中回过神来,就说回家后再说。陈野护送她回家,看见她受了伤,就从自己屋里拿来酒精、药膏和纱布。因为衣服和身上都弄脏了,包扎伤口前,她先洗了个澡。

洗完澡之后,陈野给她包扎了伤口。因为过于恐惧,整个案发过程中,她没反抗,没有跟犯罪嫌疑人发生搏斗,所以对方身体的各个部位肯定没有受伤。因为嫌疑人犯罪中止,她身上也没有留下对方的体液。一开始她并没有打算报警,担心这种案子会对自己造成不良影响,她是演员,很注意维护形象。但陈野说,如果不抓住那个男人,他还可能犯罪,她住在这里也没有安全感,因此她还是报了警。报警电话是陈野替她打的,警察到来之前,陈野一直在家里陪着她。

案情分析会连夜召开。

我说,从现场遗留的变质面包、蛇皮袋和受害人的叙述来看,犯罪嫌疑人很可能是个流浪汉。他有湖南口音,衣着邋遢,长发齐肩。生活无着落,靠偷窃、乞讨,或者捡垃圾为生。嫌疑人的年龄应该不会太小,也不会太老,青壮年的可能性最大,极度的性饥渴。现场有烟灰,但没有烟头,应该是被嫌疑人藏匿或带走了。实施犯罪时,他戴了手套,还准备了安全套,这说明他有一定的反侦查意识,很可能有前科。

会议快结束时,程良进来,说经过检测,嫌疑人穿的是老式的解放牌胶鞋,四十三码。体重六十五公斤左右,身高跟受害人的描述差不多,应该是一米七五左右。案发现场虽然留下了一蛇皮袋的矿泉水瓶、易拉罐和熟食包装袋,但上面留下的指纹太多,鉴定和比对需要时间。而且嫌疑人有可能是戴着手套捡废品,不一定会在废品上留下指纹。

我吩咐下去,要大家查看相关监控,在白鹤山一带调查走访,重点排查符合上述特征的流浪人员。我给自己分派了任务,白鹤山上监控盲区多,人员稀少,考虑到嫌疑人可能再次作案,这几天晚上,我和菜头负责在案发现场附近蹲守。嫌疑人想必也受到了惊吓,今晚估计不敢再出来作案了,我决定明晚再开始蹲守。凌晨一点半,我开车回柏碚,先送菜头回家。

一路上,这厮跟只八哥似的絮絮叨叨,说明晚要去山上喂蚊子了。要是抓到了嫌疑人,不管三七二十一,老子先把他痛扁一顿,以泄心头之愤。又说,陈野此刻肯定正搂着那个川剧名旦风流快活,羡慕嫉妒恨啊。还说,袁凤珠最近倒霉事接二连三,很可能是因为何万里作孽太多遭的报应。

直到他下车,我耳根才清净。也就是在这个时刻,我脑袋里突然闪出一个莫名其妙的念头,不去柏碚了,回到白鹤山上,回到洋槐公馆!

看到我把车掉头,菜头站在路边问我干吗去。

我说,去找陈野。

捉奸啊?他顿时来了兴致,我跟你一块去!

我没有理睬他,一脚油门开走了。我在后视镜里看到这厮一副气急败坏的样子,跺着脚,嘴里不知道在骂些什么。车开出很远,我都没有想明白我为什么要原路返回,是我的潜意识在作祟,想证实什么吗?

也许。

凌晨的雾都,隐没在黑暗中的建筑物如同一个个青面獠牙的妖怪,稀疏的灯光像鬼火一样闪烁不定。而我开的车,仿佛是一具快速移动的铁皮棺材,穿行在这个钢筋水泥的乱葬岗里。

离洋槐公馆还有两三百米远时,我熄火停车,摸黑走了过去。走到洋槐树下,我停住脚步,打量着浸润在夜色里的这幢老房子,怎么看都像一座陵墓,我搞不懂当初的建筑师为什么要把房子设计成这个样子。据说公馆的原主人暴病而亡,后代也命运多舛,可能就是因为建筑风水不好。

公馆里静悄悄的,一片漆黑,没有灯光。

发生过命案的楼上,玻璃破损的窗户依旧保持敞开的状态,如同一张正在呼救的嘴,透着一种诡异。

我犹豫着要不要敲门。

陈野房间里的灯突然亮了,很快,我听见了马桶的冲水声。我知道,上大学时,陈野就有起夜的习惯。我放弃了敲门,回到车上,放低座位开始睡觉。夹带着草木气息的风从车窗玻璃缝隙里渗透进来,柔柔的,湿湿的。我像个摇篮里的婴儿般酣然睡去,睡得很沉。

直到有人敲打车窗我才醒转过来,天已大亮,陈野站在车外。一身运动休闲服。他问我,你哪个睡在这里了?

我撒了个谎,说昨晚在白鹤山上蹲守,想看看犯罪嫌疑人还会不会出现。蹲守到下半夜,实在熬不住了,就回车上睡了一觉。

跟我一块跑跑步吧。他说,你们这种人,作息没有规律,身体处于亚健康状态,最需要锻炼。山上是天然氧吧,跑半小时,体内的浊气全没了。

我欣然答应,和他沿着林间小路慢跑起来。

我们抓到了那个卖枪给何万里的人,他跟你认识,叫魏彬。我边跑边说。

魏彬?陈野停下了脚步,回头看着我,显得有些吃惊,他跟我睡一个通铺,出来没多久啊,哪个又上贼船了?

出来后,你们见过吗?

没有。出来前,他给我留过一个地址,好像在桔园坝那一块,叫我出来后去找他,但我没去。牢里的那些人,大多是混社会的,跟我不是一路人。

他说他是被钻山猴拉上贼船的。我说,钻山猴这个人好像也是你的狱友。

对,他是贵州的,平常不爱说话,都揣在肚子里,心机深。

陈野又开始往前跑。

幸好你没有卷到这个案子当中去，涉枪是大案，判得重。我跟上他，话里有话，不过你和何万里都认识魏彬，真是有些巧。

生活就是一幕魔幻现实主义的戏剧，所有的情节都是安排好了的。他笑道，当然，你也可以说是巧合。对了，跟你讲个故事，1980年代发生的真实事件，当时震惊全世界。

嗯，你说。我跑得上气不接下气。

有个叫麦克斯的比利时青年，问一个流浪的占卜师，他能否跟心爱的姑娘结婚，但占卜师说他不会跟任何女人结婚，因为半年内他会死于空难。麦克斯惶恐不安，他不敢再坐飞机。整天躲在家里不出门。后来他又担心空袭，于是从首都布鲁塞尔搬到乡下一个废弃的农场，在屋顶上装了防弹的铁皮，还挖了防空洞。

那应该没事了。我说。

他所有的亲戚朋友都恁个认为，他自己也是恁个想的，只要熬过半年就没事了。

后来呢？他是不是算错了日期，又坐飞机了？

没有。几个月后，麦克斯正坐在乡下的屋子里看电视，一架米格-23飞机掉下来，就掉在屋子前面，他死于飞机爆炸。

这个结局我万万没有想到。

更为离奇的是，这架米格-23的苏联飞行员原本在执行巡航任务，发动机突然出故障，怎么操控都不起作用，他只好弃机跳伞。一般来说，没有飞行员控制的飞机很快就会坠毁，但事情偏偏超出了正常逻辑。飞行员刚跳伞，发动机就奇迹般地恢复了正常运行。飞机像是被幽灵驾驶一样，飞越东德、西德、荷兰领空，直到燃油耗尽，一头砸在那个麦克斯的房子前。

太诡异了！我倒吸了口凉气，这叫是祸躲不过。

比利时政府后来到处找那个占卜师，一直没找到，有人说他是死神的化身。你说这是巧合,还是命运?整个世界是不是被一双隐形的上帝之手在操纵?

我无法回答。

再跟你说件事,1991年元月,中日联合登山队攀登梅里雪山的卡瓦博格峰,一夜之间神秘失联。据说他们在无线电里留下的最后的声音是——看到了一座宏大壮观的寺庙。但事实上,在他们那个位置是看不到寺庙的。梅里雪山是传说中的神山,你说会不会有一种超自然的力量在阻止他们亵渎这种神圣?宇宙太深奥了,很多看似巧合的事可能就是造物主刻意的安排。科学的尽头是神学,难怪像牛顿和爱因斯坦这样的大科学家晚年都信神了。

我被他说得哑口无言。青春年少时,我完全没有宿命论的观点,总觉得命运就掌握在自己手中。但办了那么多案子后,发现人其实是身不由己的,命运根本不可把控。有的人走在大街上,可能就被一个变态给杀了。那种不可捉摸也不可预测的暗黑力量,有时细思极恐。

跑到昨晚的案发现场,我停下脚步,问陈野,你觉得疑犯会是啥子人?

他笑道,你是资深警官,我哪个好意思班门弄斧。

你娃就别挤对我了,我在这个位置是赶鸭子上架,你娃才是大隐隐于市。我擦着满头的汗水,说吧,就当我是不耻下问,行了吧?

没等他回答,我就把现场勘查结果和袁凤珠的笔录跟他说了一遍,还给他看了现场拍摄的物证照片。他看得很认真,还用我的手机捣鼓了几下。然后,他走过去,在疑犯留下面包、蛇皮袋和烟灰的那块草地旁蹲下来。

仔细观察了几分钟后,他起身缓缓地说:

首先可以排除嫌疑人是流浪汉。

为啥子?我有些惊讶,然后我陈述了嫌疑人是流浪汉的四点证据:

第一,衣着邋遢,身上有难闻的气味;第二,吃变质的面包;第三,穿解放牌胶鞋,长发齐肩;第四,现场遗留了一个装满矿泉水瓶、易拉罐和熟食包装的蛇皮袋。

你晓得那个杰士邦避孕套多少钱一个吗?他问。

我摇摇头,这个我还真没注意价格。避孕套都是一次性用品,能贵到哪里去?我说,最多也就四五块钱一个吧。

不止!我刚才上网查了一下,这种型号的避孕套要卖十几块钱一个。因为贵,买的人并不多。

如果他不是流浪汉,他用这种很贵的避孕套,不是暴露自己的身份吗?我还是有点迷惑。

嫌疑人冒着暴露身份的风险使用这种避孕套,说明他想追求更大的快感,他应该是个性欲比较旺盛的男人。

陈野的这个推理貌似成立。

他继续说,山上气温比山下低好几度,阴冷潮湿,还有野猪之类的动物。流浪人员一般不会选择在这种地方过夜,而是会选择山下相对暖和点的地方,比如搬空的拆迁房、公园、废弃的仓库等。案发时天已经黑了,一个流浪汉不太可能这个时间还逗留在山上。

我抽着烟,琢磨着他的话。

还有一个细节不晓得你注意到了没有?

啥子细节?

你把物证的照片打开,放大那个凤爪包装袋,看看保质期。

他边做伸展运动边说。

我照他说的做了,看见那个包装袋上的保质期是七月底。

现在是十月中旬,垃圾箱最慢一个星期清理一次,这个包装袋肯定不是刚捡到的。

不一定吧,有可能这个包装袋扔在野外很久了,刚刚被流浪汉捡到的。

这个包装袋并不太脏,上面没有泥巴和草屑,所以不可能长时间丢弃在野外。应该是扔掉不久就被人捡起来,放在蛇皮袋里。垃圾捡了恁个长时间却不卖掉,等着生蛋嗦?

你的意思是说,邋遢的衣服、长头发、解放牌胶鞋、变质的面包,还有蛇皮袋里的东西,都是嫌疑人故意放在那里的,是障眼法?

肯定的。

看着草地上的那些烟灰,我问陈野,嫌疑人在这里抽过烟,但没留下烟头,说明他有反侦查意识,会不会是流窜犯或者逃犯作案?

这种假设是我第二个要排除的。

为啥子?我再次表现出了迷惑。

地上的烟灰很多,至少抽了四五支烟,这说明嫌疑人在这里蹲守了很久。他肯定不是临时起意作案,应该是晓得袁凤珠有在这里吊嗓子的习惯,是早有预谋。还有,你发现没有,烟灰都弹在嫌疑人脚尖的左边,这说明啥子?

嫌疑人是左撇子?

对!

不对啊!我惊奇地说,袁凤珠的笔录里写得很清楚,嫌疑人是右手拿刀。

这也是障眼法,嫌疑人晓得袁凤珠事后会报案,所以故意用右手拿刀,掩盖他的特征。一个心思如此缜密的人,会让警方立即猜出他是流浪人员,而且是湖南口音吗?他让警方晓得的,都是他想让警方晓得的,这样才会干扰侦查视线,逃避惩罚。如果嫌疑人真的是流窜犯,或者逃犯,他掩盖自己身份最好的办法,是趁袁凤珠不备时,从背后发起突然袭击,将她打昏,然后实施犯罪。但嫌疑人没有这样做,他的目的就是想误导警方,让警方把追查目标锁定在流浪人员、流窜犯、逃犯这三类人员身上。如果我猜得没错,他应该戴了假发,他穿那身邋遢的衣服也是为了掩饰真实身份。

我感觉脸上一阵发烧,幸好陈野没有看我,而是把目光投向了云蒸霞蔚的山头。他边做扩胸运动边大口吞噬着负氧离子,好像要把整个早晨都吞进自己的胸腔里面去。

他轻描淡写的一番话,就颠覆了我在案情分析会上确立的侦查方向,他确实比我更有资格当这个队长。如果按照我先前的思路,这个强奸未遂案的嫌疑人永远不可能找到,也许就嚣张地站在光天化日之下,嘲笑警方的愚蠢和无能。

那你觉得疑犯会是啥子人?我也看着山头那片霞光,觉得心里敞亮了许多。

是个男的。

废话!

烟瘾比较大,左撇子;有前科,所以有较强的反侦查意识;性欲强,很可能吸毒;他不可能一直提着那个蛇皮袋,也不可能一直戴着假发,穿着那身邋遢衣服走来走去,所以他应该有车,就停在半山腰,或者山脚下;他伪装湖南口音,说明他恰恰是本地人;他掌握了袁凤珠在这里吊嗓子的规律,他应该经常在这个时间点上白鹤山。傍晚到这种偏僻地方来的人非常少,我在这里住了两个月,总共只见过几个。我想想,好像就五个,有三个还是迷路的游客。

另外两个呢?我问。

捕鸟的。霞光照在陈野的脸上,他像一尊黄金铸造的雕塑。

我有点崇拜地看着这尊雕塑。

嫌疑人很可能喜欢捕鸟,是白鹤山一带的居民。

我马上把新确立的侦查方向群发给所有队员,要他们赶紧从被窝里爬起来,今天哪怕是不吃喝拉撒睡,也要把这个嫌疑人给我找到!排查范围已经很小了。我相信要不了二十四小时,嫌疑人就会露出庐山真面目。

回到洋槐公馆前,我突然想起了麦兜,以前每次来,它都蜷缩在洋槐树下,但这两天我都没看见它的踪影。离开了陈野和袁凤珠的庇护,麦兜会流浪到哪里去呢?在这座巨大的、危险无处不在的城市,它会遭遇怎样不堪的命运?

麦兜前天下午就失踪了。陈野看出了我的心思,我在山上找了一圈都没找到。

好好的,啷个就跑了呢?很奇怪,我似乎对麦兜也有了些感情。这条流浪狗似乎成了洋槐公馆的一部分,或者说,成了我对这座老房子印象的一部分。麦兜的气质,似乎就是洋槐公馆的气质——漠然、忧郁、慵懒、颓靡,好像还有些阴冷和诡异。

前天早晨,我就发现不对劲了。陈野说,麦兜一会儿无精打采,嘴角流涎,食欲不振,喂它火腿肠也不吃。一会儿又叫个不停,跟抽风似的。我怀疑,麦兜得了狂犬病。

我心里一惊,狂犬病可是百分之百的死亡率!

你没被它咬到吧?

没有。

陈野看着空空荡荡的洋槐树下,目光有些虚无。他的眼睛仿佛是两个深不见底的溶洞,即使扔一块大石头下去,也听不见任何回响。

# 第三章　原罪

　　我吃了陈野亲手下的榨菜肉丝面,可以跟街边小店的面点媲美了,到底是在烹饪学校学过的。吃完早点,陈野骑上自行车去了学校。我没有跟他一起下山,袁凤珠独守洋槐公馆,我有些担心她的安全,我决定等抓捕了犯罪嫌疑人再走。但我心里明白,我留下其实还有别的原因。我想跟她聊聊,关于何万里,特别是,关于郭雨晴。我无法从陈野那里探寻到更多的细节,他太有城府了,就像一个千回百转的迷窟,很难深入了解。也许这个唱川剧的女人要简单点,能帮我增加一些有用的信息。

　　陈野走后,我百无聊赖,翻看他的那些绘画作品——基调全是黑色的,充斥着沉郁、窒息、幻灭、悲悯和反叛,零星的光亮只是一种点缀。他的艺术空间里似乎永远没有白天,我不知道现实世界对他来说是否也是如此。尽管我们是同学,但我发现自己从来就没真正了解过他。

　　上午九点左右,我听到外面有动静。透过窗户,看见袁凤珠出门倒垃圾。她穿着一身橙色的碎花套裙,还盘了发髻,有点像古代的仕女,眼角眉梢都透着一种典雅的气质。我开门出去,见到我,她略微有些意外。

能跟你聊聊吗？我面带微笑看着她，尽量显得随意些。

当然可以，请进。她把我迎进客厅，泡了一杯普洱茶。

她左手腕缠着纱布，右手掌有擦伤，涂抹了紫药水。

房间的装修虽然有点旧，但很考究，有种被时光打磨过的华贵，很契合这位川剧花旦的气质。

能跟我说说你丈夫的生活规律吗？每天的各个时段，他都在干些啥子？

他一般早上六点半起床，拿着望远镜去看鸟。半小时后，他回来做早餐，一般是下面条，有时也会烤个披萨。我七点半起床的时候，他早餐已经做好了。八点半左右，我们会一起出门，他去学校，我去剧团，开各自的车。

你们每天都出门吗？

不是，他课不多，一个星期只用去三四次。我跟他差不多，有排练和演出任务才会去。一周估计有一半的时间我们都在家里。

在家干啥子？

我做点家务，看看电视，刷下手机，唱唱戏。他大部分时间在看书，或者上网检索各种资料，化工方面的。

就这些？

差不多吧。晚饭后我去吊嗓子，他去散散步。他喜欢一个人散步，边走边思考一些学术上的问题。我们都睡得很早，九点半左右就休息了。

你们为啥子不找个保姆？

我看着这个气质优雅的女人，无法想象她干家务活的场面。

我们的生活很简单，没多少家务活要干。而且，我不喜欢有外人打扰我们的两人世界。

我喝着普洱,她坐在落地窗前用绒布擦拭一张黑胶木唱片。琥珀色的阳光投射在她五官精致的脸上,汗毛清晰可见。我突然觉得,她有点像一株雨后的美人蕉。

你丈夫要是不在家,哦,我是说以前,你一个人在洋槐公馆里,不害怕吗?

不会。租房前,我们找中介打听过了,这里的治安一直比较好。

她把唱片放进那台有着紫铜色喇叭的留声机里,一段轻柔的二胡曲传出来,时间似乎变慢了,我觉得自己的心率也随之缓慢起来。

她说,我还有几场重要的演出,我丈夫的后事也没处理完,等这些事都妥了,我就离开雾都,去加拿大住段时间。最近发生的事太多了,感觉像做了一场噩梦。

你正处在事业上升期,啷个舍得放弃?

我一直有个梦想——把川剧介绍给世界。在国内,少一个我这样的川剧演员无所谓,但在国外,几乎没有人从事这个推广工作。为了成全我的梦想,我丈夫愿意放弃他自己的事业。不管那个案子啷个定性,至少,他对我是非常好的。

你们认识的时候,他前妻还在吗?

她点点头,但那时我们只是普通朋友,互相欣赏吧,仅此而已。

你们啷个认识的?

他喜欢川剧,经常去看剧团演出,我们见过几次面,但不熟。有一年元旦,他请剧团去化工学院演出,从这一次开始,我们才熟悉起来,发现两人有许多共同语言。对了,他跟我们剧团的罗团长是初中同学。

他在外面的那些事,你真的一点都不晓得?

她摇摇头。

可能是因为这几天看了许多关于她丈夫的报道,她已经不像在"图兰朵"跟我对话时那么有底气了。

有个事实我必须告诉你。

她咬了咬嘴唇,目光在窗玻璃上游离。

我晓得你要说啥子,我已经有心理准备了。我相信你们的调查,相信法律是公正的,可能,人性太复杂了。

我尽量把话说得委婉一点:

关于你丈夫的那些传闻,经我们证实,大部分并非空穴来风。现在基本可以确定他是蓄意杀人,周艳虹是正当防卫。

她没有任何回应,整个人处在一种梦游的状态。

我突然发问,你认识郭雨晴吗?

听我丈夫说过,是他的学生,一个精神有点问题的女娃儿。

有人说她是被你丈夫逼疯的,你丈夫想潜规则她。

我不了解真相,不做分辩。她看着从洋槐树上飘落的一片叶子,苦笑道,反正他人已经死了。

我还听到一种说法。我停顿了一下,想引起她的注意,那个女生说你丈夫在实验室里秘密制毒。她还没来得及举报,就得了精神分裂症。再后来,她就莫名其妙地跳楼自杀了。

她的身子猛然震动了一下,回头注视着我,目光像两把钢锥。

我迎接了她的目光,但不是硬碰硬,我尽量让眼神变得柔和。

你的意思是说那个女生的死跟我丈夫有关?是我丈夫为了掩盖制毒罪行,杀人灭口?

现在下结论还为时过早,但不排除这种可能性。我说,郭雨晴的死,包括得精神病都有很多蹊跷的地方。

是不是人死了,就可以往他身上随便泼脏水?

我说过了,这只是一种可能性,你不要太激动。

我丈夫在道德上有瑕疵,但在学术上非常敬业。而且他不差钱,我也不差钱,他绝对不会用自己的化学知识去制造毒品,没这个必要!

她的反应很激烈,我只好把话题引到陈野身上。

跟我那个同学相处得还好吧?我似笑非笑地说,上大学的时候,我们都觉得他有些怪癖,比如喜欢晚上画画。

他是个很好相处的人,善良,有爱心。我也没觉得他晚上画画是怪癖,这是一种独特的画风,很有个性,艺术需要特立独行。

你好像很了解他。我试探性地问。

算是吧。我们都喜欢照顾麦兜,他的画可能很多人不理解,但我理解。我能从里面看出很多意味,戏曲和绘画是有许多共同元素的,只是表现形式不同。他外表看上去有些腼腆,但内心是炽热的。说实话,这些天,要是没有他关照,我都不晓得啷个挺过来。

哦,是吗?我假装不知,我只晓得他昨晚见义勇为了,没想到平时也是个暖男。

前天,他特意请假带我去嘉陵江边看芦花。他说的一句话让我很感动——他希望我那些坏心情就跟芦花一样,风一吹就散了。

她主动提起这件事,让我有些意外。

我故意说,据我所知,他从没有跟哪个女人走得恁个近,他不会是暗恋你吧?

她换了张古筝的唱片,自我解嘲地笑了笑:

你觉得一个寡妇有恁个大的魅力吗?

你恁个优秀的女人,不管已婚还是独身,都会对男人有很大的杀伤力。

看来你真不了解你的同学。她凝视着磁针下旋转的唱片,他跟我在一起很规矩。恁个说吧,他是我见过的,在我面前最规矩的异性,很有绅士风度。

从袁凤珠的言语和眼神里,我看不出她跟陈野有任何私情。那问题来了,如果陈野并非菜头分析的那样——住进洋槐公馆是为了当隔壁老王,那陈野又是因为什么甘愿与何万里为邻?难道他对郭雨晴并没有什么特殊感情?

你晓得他啷个要去学厨吗?

晓得。他跟我说过,他出于义愤杀过人,杀的是个人渣,为此坐了八年牢。但杀的到底是啥子人,啷个杀的,他没告诉我,我也没问,这是他的隐私。我想,他要是没坐牢,可能跟你一样当了警察,对吧?

不是可能,是肯定的!我说。

就在此时,菜头的电话打了进来,说找到了昨晚袭击袁凤珠的嫌疑人,但已经死了!我有些吃惊,问菜头是怎么回事。他简单地汇报了几句,让我过去再说。我让袁凤珠跟我去辨认尸体,她犹豫了一下,似乎很厌恶这种事,但还是答应了。二十几分钟后,我驱车来到发现尸体的位置——白鹤山半山腰一条隐秘的岔道上。

一辆白色的尼桑停在树林里,附近林深草密,人迹罕至。

老程他们都赶到了,正在勘查现场,尸体仰卧在驾驶室一侧的草地上。

袁凤珠硬着头皮上前看了一眼尸体,说身材好像差不多,但穿戴和发型不对。

死者是男性,三十岁左右,小平头,穿灰色夹克、牛仔裤和休闲鞋。

菜头说,人死在驾驶室,是他们到了以后把尸体抬出来的。在尼桑的后备箱里发现了假发套、手套、解放牌胶鞋、匕首,还有一套散发着酸臭味的脏衣服。袁凤珠朝后备箱里看了一眼,立即辨认出这些东西都是嫌疑人的。

我要宋卉开车送袁凤珠回去,我告诉她,今晚可以放心大胆地吊嗓子了。

菜头说,在排查时,他们重点锁定了一个叫王宇凡的男子,非常符合嫌疑人的各种特征,但人不在家。一查监控,发现王宇凡昨天下午五点开车上了白鹤山,然后连人带车消失在了监控中,再没有下山。是两个爬野山的游客报警,说这里有辆车,司机在驾驶室里一动不动,有点不对劲。他们跟着巡警找过来,一看正是王宇凡的车,但人已经断气了。王宇凡脚下有个易拉罐和一个针管,左手臂上有注射形成的新鲜针孔。手扶箱里发现了冰毒,有二十克左右。

初步判断他是吸毒过量死亡。

汇报完这些,菜头把我拉到一边,神秘兮兮地说,你娃真是走狗屎运了!你晓得死的那个龟儿子是谁吗?

我莫名其妙,不是你告诉我他叫王宇凡吗?

他挤挤眼睛,再想想,你娃不共戴天的仇人是哪个?

我想了想,我好像没啥子仇人。如果非要说一个,曾经横刀夺爱,把鹿芳娶过去的那个土豪勉强算,但我真的不恨他。公平竞争,他赢了,我输了,有啥子好恨的?我没恁个小肚鸡肠。

难怪鹿芳当初不待见你,你娃真是没心没肺!菜头一口烟喷我脸上,王宇凡有个外号叫小木匠!

我立马想起来了,小木匠就是那个用毒品把鹿芳的妹妹拉下水的杂皮。鹿芳就是因为我阻拦她报复这龟儿子,对我失望透顶,转身投入了土豪的怀抱。从这个意义上来说,王宇凡确实是我的仇人,他粉碎了我的爱情。我点了支熊猫,深吸一口,然后长长地吐了口烟圈,像是把憋在心中很长时间的一口闷气全都吐了出来,浑身上下轻快了许多。

我正在享受这种快感,一辆红色沃尔沃开过来,那是鹿芳的车,是菜头把王宇凡暴毙的消息告诉了她。下车后,鹿芳拿着单反对着现场一顿猛拍。老程他们都知道鹿芳是我前女友,不好意思阻拦。我上前提醒她,案子还在侦查阶段,不宜报道。特别是死者照片,绝对不能曝光。她淡淡地回了我一句,我晓得唥个做。拍完照片,鹿芳打开沃尔沃后备箱,拿出一沓纸钱,在警戒线外点燃。

我知道,她在告慰妹妹的在天之灵。

菜头问我今早怎么突然推翻昨晚的结论,重新确定了排查嫌疑人的方向,是不是在梦中被福尔摩斯摸了一下脑门灵光乍现。我没有把功劳据为己有,我把早晨陈野在案发现场的分析告诉了他。菜头说,他还开个锤子饭馆,干脆做重案队的顾问好了。其实我也有过这个念头,但觉得不现实,陈野是劳释人员,怎么可能到公安机关挂职,编外都不行。

烧完纸,鹿芳心情大好,说中午她做东,叫上陈野,到龙隐码头吃火锅。

驱车下山时,菜头问我昨晚有没有抓到陈野的现行?我说他的现行没抓到,我在车里睡觉被他抓了现行。菜头说,陈野大脑发达,肯定晓得你要杀回马枪,所以提前收兵回营。我把袁凤珠上午的那番话告诉了菜头,说她和陈野的关系没有我们想象的那么不堪。陈野不仅不是隔壁老王,还是乐于助人的中国好邻居。

车快开到山脚下时,一条小狗突然从路边蹿出。我来不及刹车,迎头撞了上去。小狗被撞出四五米远,在地上抽搐了几下就不动了。我和菜头下车查看,愕然发现被撞死的竟然是麦兜!这时,路边气喘吁吁地跑过来一群人,手里拿着棍棒,自称是森林公园的工作人员。他们告诉我,这是条疯狗,两天内已经咬了好几个游客,森林公园赔了不少钱,幸好被我撞死。

看着麦兜的尸体被拖走,我突然有点难过,但我不知道是为什么。

我继续驱车下山,菜头望着窗外,眉头紧锁,他一认真我就觉得滑稽。

我问他是在思考人类的命运还是担忧地球的未来。

他很严肃地问我:

你有没有觉得最近发生的事情都很诡异?

我愣了一下。

菜头像个神汉似的说,何万里、小木匠和麦兜的死都跟洋槐公馆有关,而且我们还在洋槐公馆遇到了陈野,你不觉得很魔幻吗?

我确实有种魔幻的感觉,从我在洋槐树下遇到陈野那天起就有了。但我不知道带来这种感觉的是洋槐公馆,还是陈野,抑或某种神秘的超自然力量。我甚至觉得这个秋天的阳光和雨水,似乎都跟往年有所不同。当然,也许这个世界什么都没有变,变的只是我自己。

鹿芳直接开车把陈野从烹饪学校接出来,两人比我和菜头先到龙隐码头。鹿芳跟以往一样坐在陈野旁边,不停地给他夹菜。我把撞死麦兜的事告诉了陈野,说麦兜的确成了一条疯狗。陈野没有责怪我用一种不人道的方式结束了麦兜的生命,他说麦兜命丧在森林公园工作人员的乱棒之下,可能比死在我的车轮下更悲惨。我能超度它,也算是有缘。

我和菜头在王宇凡暴毙现场的谈话都被鹿芳听见了。她知道,正是在陈野的帮助下,警方才把王宇凡锁定为强奸未遂案的犯罪嫌疑人,让这龟儿子死了也遗臭万年。席间,鹿芳对陈野替她出了积压在胸腔里的那口怨气表示感谢。

陈野很给我面子,说他的推理来源于我的破案思路,他只是在此基础上做了一些细枝末节的补充。他看了看我,又看了看鹿芳,话里有话地说:

美好生活重新开始,来,干了!

他举起可乐一饮而尽。

在火锅蒸腾的热气中,我看得出陈野的祝福是真诚的。

从火锅店出来,鹿芳说吃得太饱了,提议在瓷器口走一走。菜头正要答应,被陈野一把拽走,要菜头陪他去超市买些日用品。我知道,陈野是故意给我和鹿芳创造独处的机会。

阳光不错，午后的瓷器口如同一盆沸腾的火锅，穿着五花八门的游客像各种配菜被下到了锅里，到处弥漫着一股饮食男女的气息。相比之下，我更喜欢清晨和深夜的瓷器口——青石板上反射出岁月的微光，此时，那些雕花的门楼和窗棂，那些烟熏火燎的老字号招牌，那些瓦楞和屋脊上的杂草，甚至那些钟声和犬吠，都有种寂寞的美丽。

热恋时，我和鹿芳经常在瓷器口闲逛，一碗凉粉、一个叶儿粑，都会让我们胃口大开。一段川剧的唱腔、一声货郎的吆喝，都会让我们想起时间的前世今生。是从什么时候起，面对满桌佳肴我们却食欲索然？听到宝通寺的晚钟和诵经，我们的内心却毫无波澜？而我们的爱情，就是在这种索然和淡定中慢慢销蚀。这个秋天的午后，我和鹿芳又走在青石板上。我们不时被汹涌的人流挤散，她只好牵着我的手，就像我们当初逛街时那样。

一路上，我们没有谈案子，谈的都是当年那些温暖的往事——在某家店门前，她喂我吃了个滚烫的鱼丸；在某个地摊上，我给她买了个镂花的发簪；在某条巷子里，路人甲给我们拍了张有些模糊的合影……

送鹿芳回"响马"时，我再次提醒她不要报道袁凤珠被王宇凡强奸未遂的案子。但她说案件见不见诸报端，她有自己的评判标准。在这一点上，她从来不以我的意志为转移。这也是我们曾经争吵的一项重要内容。对待一个案子，媒体和警方的态度是不一样的。媒体侧重舆论的参与度，警方却恰恰相反，希望舆论不要过多介入，因为要保护当事人的隐私，还要对某些侦查手段进行保密。

我们都有很多理论来批驳对方的观点，但谁也说服不了谁。

争吵的次数多了，裂痕就越来越深。当我们不再争吵时，爱情就走到头了。

陈野并没有去买日用品，他和菜头在南门牌坊茶馆看川剧《滚灯》，天天嚷着要减肥的菜头又吃了一大碗油茶。

上车后,菜头坏笑着问我,跟鹿芳逛瓷器口有没有感觉?

我说一对单身男女谈何感觉要说有感觉也是恋爱的感觉。

锤子!那小笛子算啥子?菜头问。

当然是同事了。我回答得有些没有底气。

事实上我从来没有认真定义过我和陶笛的关系。和鹿芳分手后,我似乎丧失了恋爱的能力。女性在我眼里更多是一种中性的角色,她们不会勾起我的欲望,不会让我的荷尔蒙飙升,我一度怀疑自己性冷淡了。陶笛的出现让这种情况有所改观。但这种改观的过程是缓慢的,像一辆绿皮火车,拖着笨重的躯壳吭哧吭哧地爬坡。

你娃就装吧。菜头一脸鄙夷。

陶笛的电话就在这个时候打过来了,说她已经在回雾都的高铁上,还有二十分钟到站。

我说我去接你,出站后你先找家肯德基喝点啥子。

她不是在家养病吗,哪个在火车上?菜头问。

之前菜头问过我,这两天怎么没看见陶笛,我说她身体不舒服,请了假。这会儿,我只得又撒了个谎,说她去眉江看一名老中医。菜头是个大嘴巴,事情没调查清楚前,我不想让他知道太多。这厮又问,她得啥子疑难杂症了,要跑眉江去看病?我瞪了他一眼,女人的病,你操心个锤子!

菜头说他不当我们的电灯泡了,要我找个地铁口把他放下,他自己坐车回局里。临下车时,他再次提醒我,尽快在陶笛和鹿芳之间做一个取舍,要快刀斩乱麻,不要拖泥带水。他拍拍我的肩膀,语重心长地说,同志哥,历史上很多著名战役就是输在主帅不够果敢上,该进不进,该退不退,你不要重蹈历史覆辙。

我说你娃再唠唠叨叨,老子就把你扔在拆迁工地!

他慌忙跳下了车。

半小时后，我在出站口接到了陶笛。她没有去肯德基，一直站在路边的香樟树下等我。我问她为什么宁愿吃灰，不愿喝咖啡。她笑道，看着你的车子开过来是种幸福。这的确是个善解人意的女孩，她不经意的一句话、轻飘飘的一个眼神，经常能戳中我的内心，把覆盖在心头的那层冰盖击穿。她身上没有鹿芳那么多刺，不需要担心彼此伤害。但人是种奇怪的动物，经常会喜欢那种带刺的植物，比如玫瑰。这种自虐倾向也许源自动物本能，是进化不彻底的产物。

看到陶笛一脸憔悴，我有些心疼。我让她先不要急着报告在眉江的调查，我带她去金刚碑，喝杯热茶后再慢慢说。去柏碚的路上，我把这两天发生的事都告诉了她，包括袁凤珠上午跟我说的那些话，包括麦兜的死。就跟上次送她回家一样，她听着听着就睡着了。年轻的时候我也是这样，随时随地都能睡着。人到中年却常常失眠。或者这样说，年轻时我们都爱生活在梦里，中年却害怕梦碎。

陶笛背靠在副驾驶上，发出轻轻的鼾声，就像春天的风从笛口上吹过。到金刚碑时，我把车停在黄桷树下。我像一个忠实的麦田守望者，等着她自然醒。很奇怪，我以前是个急性子，动不动就发火，特别是在破案陷入僵局的时候，但现在，我好像越来越有耐心了。

我居然能够什么都不做，很耐心地等待一个女孩从睡梦中醒来。我甚至可以看着一片云朵，慢慢地从天空飘过。这都是身边这个女孩带给我的变化吗？我不知道。但我知道，我以前从来没有这样温吞过，热恋的时候也没有。我和鹿芳整天处于燃烧状态，无论是亲密还是争吵。都必须把身体燃烧成灰烬才罢休。

暮霭席卷这座古村落的时候，陶笛终于醒了。本来我想带她下馆子好好撮一顿，她说生理期想吃点清淡的。于是我们去了"有风来"茶馆，点了壶巴山雀舌，又点了几样小吃。

我去了郭雨晴的母校市一中。陶笛边吃醪糟汤圆边说，找到了她以前的班主任秦老师,郭雨晴是学校的名人,秦老师还记得。

那肯定的,她爸是缉毒英雄。我吃着抄手说。

刚转学过来时,郭雨晴成绩不好,每次考试数学都不及格,其他几门功课也成绩平平。这样下去,肯定考不上大学。

能理解,家里出了恁个大的事,肯定会影响学习状态。

秦老师给她单独补习,还是不管用。但高二上学期,她的成绩开始突飞猛进,成绩跃升到了班上前五。

醍醐灌顶了?我问。

秦老师暗中观察,发现了一个秘密。

请了家教?

不是,是郭雨晴在跟别人通信,而且是一个男人。

是陈野?我立马想到了。

没错,就是他!可能是担心影响不好,陈野没有在信封上写寄信人地址,所以没有人知道郭雨晴是在跟一个劳改犯通信。

信里面写些啥子?

秦老师跟你一样好奇,她担心郭雨晴早恋,所以悄悄截留了陈野寄来的几封信。那种地方,你知道的,学习比隐私重要。秦老师看了信,全都是励志的内容。

我并不吃惊,其实我已经猜到了。

陈野对郭雨晴说,她父亲缉毒,就是想让世界远离毒品,想让孩子们有一个良好的成长环境。

我记得郭队在一个缉毒工作会议上确实这么说过,天下无毒,是每一个缉毒警的理想。

如果她不好好念书,就对不起她父亲。秦老师看了信,就没有干涉两人通信。

我想,如果我是那位班主任,也会这么做。

秦老师说,郭雨晴特别要强,不可能因为论文不过关就得精神病,更不可能自杀。

我吃了个糖油果子:她觉得是啥子原因?

秦老师最开始怀疑是恋爱问题。我说跟爱情无关,郭雨晴跟男朋友的感情很好。

秦老师啷个说?

她说,那郭雨晴很可能是遇到了什么坏人,受了伤害。

我也倾向于这个解释。精神病虽然至今没有明确的病因,但遗传因素和外界刺激是两个重要的诱因。外界刺激包括精神刺激,比如身心受到严重伤害,或者至亲去世,过于悲痛。药物刺激包括吸毒、药物副作用,还有化学品中毒。

陶笛吃完醪糟汤圆,又吃了块蛋烘糕,继续说:

秦老师告诉我,还有个人也给郭雨晴写过信,是个女孩子。

她转学前的同学? 我吃了粒盐水花生,问道。

陶笛摇摇头,你猜。

笔友?

陶笛还是摇头,她看了一眼窗外,出去走走吧。

我要茶馆老板替我们保留席位,不要收拾桌上的东西,一会儿还会回来。老板爽快地答应了,说等你们回来,我把吃的喝的再热一热。

夜色中的金刚碑像是一幅充满禅意的画,陈野创作的画,我和陶笛就徜徉在画中。她很自然地挽住了我的胳膊,毫无违和感。

给郭雨晴写信的那个女孩你认识。陶笛提醒了一句。

我一愣,不会是鹿芳吧?

话一出口我就觉得不可能,鹿芳是今年去化工学院采访才知道郭雨晴这个名字的,而且那时她还不知道郭雨晴是郭队的女儿。

算了,估计猜一天你也猜不出,还是我告诉你吧。陶笛看着嘉陵江面上闪烁的碎银似的月光,如果我没有去调查,你让我猜,我也猜不出。

别卖关子了,到底是谁?我被她吊起了胃口。

是周艳虹。她说。

我的身子像是被蜈蚣咬了一口,猛地抖动了一下,我吃惊地看着陶笛。这太让我意外了,那时郭雨晴还在眉江读高中,周艳虹是黔江人,隔着好几百公里呢,两人怎么可能认识?后来郭雨晴去雾都上大学,学校在砂瓶坝,离瓷器口很近,而周艳虹就在瓷器口上班。郭雨晴要是去按摩店做推拿,技师恰好是周艳虹的话,两人认识倒是还有可能,但这个可能性也太小了,跟中大奖差不多。

秦老师偷看过周艳虹写给郭雨晴的信,那时周艳虹已经在雾都做按摩师了。

她们哪个认识的?

秦老师在信里面发现,周艳虹在按摩店上班。你知道的,那种地方,良莠不齐,秦老师有些担心,就婉转地问郭雨晴,写信的这个女孩是不是她的亲戚。当然,秦老师并没有告诉她,自己偷看了她的信,以免引起她的逆反心理。

她哪个回答的?我迫不及待地想知道答案。

郭雨晴说,是她父亲一个朋友的女儿,至于是父亲的什么朋友,她没有细说。秦老师想到她父亲以前是警察,交的朋友肯定不会差,所以也就没多问了。

还能找到那些信吗?陈野和周艳虹写给郭雨晴的。

找不到了。郭雨晴的外婆已经不在了,房子现在是她娘娘住着。陶笛说,我去问过了,郭雨晴的东西都处理掉了,她娘娘嫌晦气。

我的脑子又陷入了那种空白状态,就好像自己成了一个没有思想和灵魂的木偶,走在混沌的黑暗中。我不知道陶笛又说了些什么,也不知道我是怎么回到"有风来"茶馆的,等我的大脑慢慢恢复功能时,老板已经把茶和小吃都热过一遍了。

要不要再审周艳虹一次？陶笛喝了口巴山雀舌，问我。

我没有马上回答，我点了支熊猫，思绪如同烟雾慢慢发散。洋槐公馆里的三位租户，竟然都跟郭雨晴有关，我绝对不相信是巧合！这几天发生的事情，已经不能用巧合来解释了，其中一定有某种内在的联系。

何万里是导致郭雨晴患精神病和跳楼自杀的嫌疑对象，周艳虹是郭雨晴的朋友，她手刃何万里，不得不让人怀疑她的杀人动机。可是，目前所有的证据都表明，何万里是蓄谋杀人，周艳虹是正当防卫。

难道证据有问题？

但那些证据都是经得起检验的，是铁证，怎么可能有问题？

除非有人伪造了现场，伪造了证据，但这几乎不可能发生！谁有这么大的能耐把一场谋杀变成正当防卫？我突然想到了一个人——陈野！坦率地说，我之所以迟迟没有给周艳虹反杀案定性，是因为我怀疑陈野可能跟案件有关。

我甚至如此怀疑过——陈野有可能充当了何万里和魏彬之间的掮客。当何万里伪装身份，持枪杀害周艳虹之后，陈野就以此为把柄，要挟何万里说出郭雨晴患病和跳楼的真相。或者干脆杀掉何万里，伪造现场，让警方误以为何万里是因为杀害周艳虹的罪行败露畏罪自杀。没想到何万里不仅没有杀掉周艳虹，却被周艳虹反杀，所以打乱了陈野的整个计划。

但我从来没有想过，陈野会帮周艳虹杀死何万里。

在我的认知范围内，只有陈野有能力瞒天过海，制造一起完美的谋杀！

你可能需要再出一趟差。我摁灭烟头。

去黔江吗？陶笛冰雪聪明，她猜到了我心里在想什么。

我点点头，要把周艳虹的家庭背景调查清楚。

那我明天就去！她莞尔一笑，我对这种调查已经有经验了，这次我都没去找你眉江的同学。

我想了想，后天再出发吧，明天休息一天，后天我跟你一块去。

真的？她喜出望外。

因为激动，她不小心把茶水泼在了桌上，我连忙叫服务员过来擦桌子。

我说这次调查很关键，后天是周五，我可以不用请假，利用双休跟你一块去黔江。这种调查暂时还不宜公开，需要保密。但我没告诉陶笛，我以前的女朋友鹿芳就是黔江人，对那座美丽的山城，我有一种特殊的感情。

那周艳虹怎么办？陶笛问。

明天放了。我吃着盐水花生。

什么，明天就放了她？陶笛很意外，案子还没有完全查清楚呢，万一有隐情——是不是等我们回来再做决定？

领导已经给我下了最后通牒，明天必须放人。而且，如果其中真的有啥子隐情，扣着人不放，当事人会更加警觉。

我懂了。

陶笛把我杯子里变凉的茶水泼掉，倒了杯热的。

喝完一壶巴山雀舌后，已经是晚上九点半，我开车送陶笛回砂瓶坝。这次，她没有在车上睡着，她边用手机查询黔江的信息边告诉我——黔江有座濯水古镇，很有历史文化底蕴。黔江有许多古生物化石，还有一条阿蓬江。那里的老鹰茶很有名，一定要喝一喝……

她不知道，她说的这些，我全都知道。

车开到她家楼下时，她一脸兴奋地说，我今晚要是失眠，你得负责！谁要你这么早就告诉我，要陪我去黔江的，你应该后天再说。我笑道，好吧，我改变主意了，不去了。她娇嗔道，不行，那我更会睡不着的！

我向她保证,绝对不会食言,周末肯定会陪她去黔江,她才心满意足地下了车。直到她上了楼,住的房间亮起了灯,我才驱车离开。

行驶到凤天大道红绿灯路口时,我收到了鹿芳的微信:

有空吗?来瓷器口陪我吃烧烤。

太晚了,改天吧。我回复道。

晚啥子,夜生活刚刚开始!别老气横秋的,人到中年,要活得像个少年,晓得不?

我答应了她,我现在的位置离瓷器口并不远,开车二十来分钟就到了。烧烤摊就在嘉陵江边,鹿芳兴致很高,要了十几瓶啤酒,老板不停地把烤串往桌上送。桌上放了三个酒杯,她每次都会倒满三杯酒,我和她喝完后,她就会把多余的那杯酒倒掉,然后再满上。我知道那是她对妹妹的一种特殊纪念,她妹妹还在的时候,我们仨经常在这里喝啤酒、吃烧烤。

我本来叫了陈野。鹿芳吃着土豆串,他说有点事,过不来。

哪个不叫菜头?我嚼着一只肥嘟嘟的凤爪,这些都是他的最爱,他能吃掉半个烧烤摊。

他说晚上吃外卖,点了个臭豆腐,吃坏了肚子,刚吃了药,正在清肠呢。

夜色像块遮羞布,让所有人肆无忌惮地发泄情绪。邻桌有人在高歌,有人在哭泣。我小口地喝着雪花啤酒,在想要不要把在眉江发现的情况告诉鹿芳。琢磨了一下,觉得还是先不透露为好。明天周艳虹就要从看守所出来了,鹿芳肯定要去采访,如果她就这件事询问周艳虹,我和陶笛在黔江的调查就没有保密性了。

鹿芳说,陈野一个单身汉,晚上能有啥子事,不会是跟那个女人在一起吧?

她指的是袁凤珠,鹿芳似乎不喜欢她。据说漂亮的女人彼此都怀有敌意,互相看不顺眼,而姿色平庸的女人更容易做朋友。

我说男人的生活中不是只有女人,也有很多自己的事。特别是晚上,需要消化白天积累的委屈、烦恼、无奈、疲惫,需要调整好状态,迎接第二天的挑战。这不是作,这都是事,正儿八经的事。

说的是你自己吧?她像夜猫子一样看着我,眼睛里绿光闪闪。

我猛地打了个酒嗝,喉咙像是被什么东西噎住了。

凌晨一点,我送醉醺醺的鹿芳回客栈。没有了白日的喧嚣,此刻的瓷器口幽深得像一口古潭。空气微凉,我们脚步踉跄,踩着彼此的影子。我又有一种回到陈野画作中的感觉,似乎我们走的每一块青石板,经过的每一条巷子,遇到的每一只猫或者狗,都是他亲手画出来的。我很不喜欢这种感觉,仿佛自己被操纵了,被设定了,就像一个计算机程序里的编码。而那个操纵和设定我的人,正用一种高高在上的姿态审视着我,他可以随意修改我,甚至删除我,我却无能为力。

鹿芳在一个墙角蹲下来,干呕着,想吐,却吐不出来。我记得分手前,我们每次吃烧烤喝酒,她都会吐得一塌糊涂。是不是过了青春年少,连呕吐的资格都没有了?那些糜烂的食物是不是就跟隐秘的心事一样,只会在胃里膨胀、发酵?人到中年,我们是不是习惯了把痛苦一点点累积在身体里面,却失去了释放的能力?回到"响马"客栈,我的醉意越来越浓了,头重脚轻,像踩在棉花上。鹿芳叫我别回去了,车是肯定不能开的,我这个样子,估计也不会有的士愿意载我。

放心吧,我不会非礼你的。说完她朝我妩媚一笑就洗澡去了。

我烧水泡了两杯茶,然后躺在一张布艺沙发上。躺下没几分钟,身穿白色睡衣的鹿芳就走出浴室,叫我也去洗个澡,醒醒酒。

我随便冲了几下,就穿上了睡衣。从浴室出来时,鹿芳已经坐在露台上抽薄荷烟。她一脸微醺,头发蓬松,妖娆的样子就像是一株夜来香。

啷个还不睡？我用浴巾擦着头发。

习惯了，记者都是夜猫子。她优雅地吐着烟圈。

你已经财务自由了，还恁个拼命干啥子？

我把刚才泡的两杯茶端过来，然后在她对面坐下，也点了支烟。

这跟财务自由不自由没关系，我热爱，所以投入。

我承认她说的有道理，就像我热爱警察这个职业一样，累，却快乐着。

你说，这个时刻会有多少人醒着？她把目光投向航标灯一明一灭的江面。

我看着温柔的夜色，我从没想过这个问题。这座庞大的城市，在半夜时分，究竟有多少人辗转难眠？他们心中藏着怎样的故事？他们失眠是因为兴奋还是因为悲伤？他们想哭还是想笑？

我说，至少有两个人会失眠，你和袁凤珠。侵犯她的那个嫌疑人突然暴毙，她肯定受到了很大的惊吓。

她把目光转向我，烟雾从她嘴里呼出，像是一只香炉。她弹了弹烟灰，你能不能不要把我跟她类比？

我听出了她的不满。你好像很反感她，因为她丈夫是何万里，对吗？

她说，不全是。

那还能有啥子原因？你们以前又不认识。

前天晚上，有人向我爆料。她慢悠悠地说，是关于袁凤珠的。

哦，爆的啥子料？我有点好奇。

跟何万里结婚前，她一直在剧团里坐冷板凳，给川剧名旦欧阳素梅当B角。

欧阳素梅？我说，这个名字有点耳熟。

六年前的五一长假，她随团去紫霄山区慰问演出，坠崖了。

我记起来了，当时这事在报纸上炒得很热，用的都是什么天妒红颜、香消玉殒、梅花凋谢在紫霄山上之类的煽情标题。

你晓得她啷个会坠崖吗？

不是意外吗？那时我还没进入重案队，我对这件事的了解都是来源于媒体。报上说，欧阳素梅有摄影的爱好，慰问演出结束的前一天，她独自去山上摄影，迟迟没有回酒店。团长派人去找时，在山崖下发现了她的遗体。警方勘查过现场，也验过尸，她的随身财物没有丢失，没有遭到人身侵害，也没有其他人在场，事件定性为意外。

不是意外！鹿芳说。

你啷个晓得？我很吃惊。

爆料人告诉我的。鹿芳喝了口茶，她是被人谋杀。

有证据吗？我被燃烧到过滤嘴的烟头烫了一下，连忙把烟头扔掉。

亏你还是个警察，如果有证据，我现在还会坐这里跟你摆龙门阵吗？鹿芳笑道，我早就去报案了。

我抽了口烟，没有证据，你啷个说欧阳素梅是被人谋杀？人命关天，可不能随便下结论，更不能在媒体上发表臆测的言辞，不然要负法律责任的。

这件事，我只告诉你，你就当故事听好了。

好吧，谁是凶手？

何万里，但肯定跟袁凤珠脱不了干系！

我大吃一惊，何万里啷个会去杀袁凤珠的同事？袁凤珠怎个有气质，也不像是杀人犯的同伙。

鹿芳瞥了我一眼，反问，你抓到的凶手都是青面獠牙的吗？

我一时语塞。凶手的确没有固定的脸谱，长成什么样的都有。虽然相由心生，大部分凶手身上都有一种戾气，但也有长得慈眉善目的。我甚至见过一个小护士，文文静静的，说话就脸红，但她把自己的丈夫杀了,用的还是菜刀。

鹿芳又点了支薄荷烟,继续说,出事那天中午,欧阳素梅离开剧团下榻的酒店,一个人去后山摄影,在半山腰上遇到了何万里。

何万里啷个会出现在那里?

紫霄山区有座大型化工厂,一个新上马的项目出了点技术问题,当地政府请何万里过去指导一下,何万里主动要求住到剧团下榻的那座酒店。

原来如此。

当时何万里扛着望远镜,假装在山上观鸟。剧团里的演员都晓得他是罗团长的同学,欧阳素梅就没警惕,还跟何万里结伴爬山。爬累了,何万里递给欧阳素梅一罐红牛饮料,欧阳素梅喝下后,产生了幻觉,她狂躁不安,从悬崖上跳了下去,当场身亡。之后,何万里悄悄回到酒店。那地方没有监控,谁都不晓得他跟欧阳素梅一起爬过山。剧团寻找欧阳素梅时,去了很多人,还有酒店的工作人员和当地的山民,现场被破坏了,所以警方没找到何万里出现在案发现场的证据。

我笑了起来,你不觉得这个故事编得漏洞百出吗?

鹿芳看着我,那我听听你这位大探长的高见。

我说,按照你的描述,案发现场只有欧阳素梅和何万里两人。欧阳素梅当场身亡,那又是谁看见了案发经过的?如果有第三人在场,那这个第三人事后为啥子不报案?

我问过爆料人同样的问题。

爆料人啷个回答的?

四个字——无可奉告。

扯淡!我嗤笑一声,我觉得这个爆料人别有用心,很可能是剧团内部人员,跟袁凤珠有私仇,或者嫉妒她,所以趁着何万里因为反杀案身败名裂时,故意编造谎言,中伤袁凤珠。

爆料人说,何万里那时还没跟袁凤珠结婚,但剧团里的人都晓得,他在追求袁凤珠。只要欧阳素梅在,袁凤珠就红不了,只能演B角。为了讨袁凤珠的欢心,何万里搬掉了欧阳素梅这块挡路石。果然,欧阳素梅一死,袁凤珠很快就唱红了,成了剧团的台柱子。

我琢磨着,按照爆料人的说法,何万里应该是给欧阳素梅喝的红牛饮料里下了某种毒物。何万里是化工领域的权威专家,如果他用自己的专业知识配置毒药,警方还真不一定能查出来。

何万里帮袁凤珠除掉欧阳素梅,袁凤珠以身相许,这不是合情合理吗?

鹿芳的嘴角挂着一缕嘲讽。

动机的确成立。我说,但有动机不意味着一定有行动。

欧阳素梅坠崖一年后,何万里的前妻心脏病突发去世了。袁凤珠与何万里的结婚顺理成章,你觉得这是老天在成全他们吗?

我没有回答,我咀嚼着茶叶梗,再次琢磨着她的话。

爆料人告诉我,何万里的前妻是被谋杀的,被何万里杀人灭口!

我的牙齿突然咬到了舌头,我感觉到了一种尖锐的疼。

实话跟你说吧,为了核实爆料人的话,我在收到邮件的第二天就去做了调查。我先说袁凤珠吧,剧团里的人告诉我,她和欧阳素梅水平其实不相上下。但欧阳素梅跟团长关系暧昧,有恃无恐,一直压着袁凤珠,让她出不了头,两人是面和心不和。再说何万里的前妻,她叫徐莉莉,是电视台编导。她去世前,单位刚组织员工做过体检,她没有查出心脏病,但她有子宫肌瘤,不能生育。她是半夜突发心梗,送到医院急救时心脏已经停止了跳动。当晚徐莉莉是跟自己的母亲住在一起,何万里有完美的不在场证明,他正在成都出差。徐莉莉的母亲质疑过女儿的死因,但医生说,常规体检是查不出隐性心脏病的,必须做专门的检查。徐莉莉生前没有心脏病症状,并不意味着她没有心脏病。我特意咨询了一位心血管专家,专家说心梗可能是心脏病造成,也有可能是药物造成。至于真正的死因,要尸检才能知道。但何万里坚决不同意尸检,说要给妻子留个全尸。

何万里的要求合情合理,平时他和妻子的关系也很好,至少外人看上去是这样,包括徐莉莉的父母也这么认为。所以,徐莉莉没有尸检就被火化了。但我接触了徐莉莉的一位闺蜜,叫张娜。她告诉我,其实徐莉莉跟何万里的夫妻关系并不和睦。徐莉莉不止一次在她面前哭诉,说何万里跟别的女人有不正当关系,其中就有那个戏子。但徐莉莉很要面子,这个秘密连父母都没有告诉。

张娜还说,有一次徐莉莉告诉她,何万里干了见不得人的勾当,不是偷情,是犯罪,而且是很严重的犯罪。

何万里犯了啥子罪?我问。

何万里具体做了啥子,徐莉莉没有说。她只是告诉张娜,有天上班她忘了带手机,中午回家拿,然后去了趟卫生间。刚进去,就听见何万里和一个男人进屋了,他们在谈论一个肮脏的买卖。她被吓到了,躲在卫生间不敢出来。大约一个小时后,那个男人走了,只剩何万里在家,她才从卫生间里走出来。看见她,何万里很吃惊,问她刚才听见了啥子。她反问何万里,你们在说啥子?何万里当时抢过她的手机,在里面翻找有没有录音,发现没有后才把手机还给她。何万里还警告她,千万不要出去乱说,不然啷个死的都不晓得。张娜问徐莉莉要不要报案,徐莉莉说她手上没有任何证据,警方不会受理的。张娜以前好几次劝徐莉莉离婚,她都不愿意,说她对何万里还是有感情的。但那次之后,徐莉莉说自己要离婚,而且越快越好,否则,她真的不晓得自己是啷个死的。

就在那次谈话的当天晚上,徐莉莉猝死。这让张娜觉得十分蹊跷,她怀疑徐莉莉的死有问题。但没有证据,她也不敢乱说。

徐莉莉生前跟她说的那些话,张娜更是不敢张扬,她害怕何万里报复。

鹿芳冷哼一声,欧阳素梅和徐莉莉的死,我就不信袁凤珠一点都不知情,说不定还是何万里的同谋!

我没有回应她的话,怀疑是不能当作证据的。

鹿芳拾起一片被风吹到露台上的法国梧桐树叶子,继续说:

郭雨晴也是被谋杀的!

爆料人告诉你的?

没错,郭雨晴当时在实验室里做实验,她的水杯被人下了毒。这种毒药是化学合成物,溶于水,但无色无味,即使尸检也难查出来。慢性中毒者会产生精神分裂症状,幻视幻听,焦躁不安,有被害妄想或自残行为。如果是急性中毒,患者会产生腾云驾雾的幻觉,以为自己是一只鸟,或者是一架飞机,很容易发生高坠事故。

我听得毛骨悚然,问她,是何万里在郭雨晴的水杯里下了毒?

这种毒药是何万里亲手配制的,但不是他下的毒。为了避免被警方怀疑,事发时他故意不在场。

谁下的毒?

大成集团董事长邓忠发派一名马仔冒充学生,混入化工学院实验楼。趁郭雨晴不备,在她水杯里下了毒。

我知道,邓忠发是著名企业家,他的大成集团有十几家企业,其中以制药厂利润最大。爆料人说,大成集团制贩毒品,毒品就是何万里研制的。郭雨晴无意中发现了何万里制毒的秘密,所以何万里下毒让她得了精神分裂。经医院治疗,病情稳定后,郭雨晴回到学校上课,何万里不放心,想要杀人灭口,就故意制造自己的不在场证明,让邓忠发派马仔给郭雨晴下毒。爆料人还说,何万里害死欧阳素梅用的也是这种毒药。

我想，如果爆料人提供的内容属实，欧阳素梅和郭雨晴站在高处时，可能都把自己当成了一个长着翅膀的天使。她们纵身一跃，想要飞上云霄，鸟瞰这个美好的人间，谁也没想到这是一次死亡的飞翔。

那徐莉莉呢，她到底咋个死的？

徐莉莉有子宫肌瘤，她一直在服药，想怀孕。事发头一天，何万里去成都出差，制造自己的不在场证明，暗地里却让邓忠发指使马仔潜入徐莉莉家，用毒药偷偷换掉了徐莉莉吃的药。这种毒药也是何万里亲手配制的，能引起心梗。对了，邓忠发也是用何万里配的毒药，伪造心梗假象，害死了大成集团的一个女会计。这个叫舒丹妮的女会计大学毕业后应聘到大成集团工作，没多久就成了邓忠发的情人，后来她想小三上位，邓忠发不同意，两人就闹翻了。舒丹妮扬言要去举报邓忠发涉黑涉毒，邓忠发就把她灭口了。

我本来想去走访舒丹妮的亲朋好友，查查她的死因。但发现她是兰州人，在西安上的大学，到大成集团只工作了两年，没啥子朋友，所以就放弃了。

爆料的内容太震撼了，如果是真的，那将是惊天大案！

鹿芳继续披露爆料邮件里的内容——

何万里在实验室制毒的秘密被郭雨晴发现后，他就在洋槐公馆租了房子，把制毒实验室转移到了地下室。他在那里研制一种新型毒品，叫蓝光一号。今年四月，蓝光一号研制成功，何万里就把这个地下实验室弃用了。

我想起来了，在"图兰朵"跟袁凤珠谈话时，她告诉过我，何万里曾经把洋槐公馆的地下室改造成实验室，因为通风效果不好，今年四月就停用了。

鹿芳谈兴很浓，完全没有睡意，她起身冲了两杯咖啡：

欧阳素梅、徐莉莉、郭雨晴和舒丹妮都化成了灰，已经没有证据证明她们是被谋杀的。大仲马在《基督山伯爵》里说,一切罪恶只有两帖良药——时间和沉默。我相信时间终有一天会揭开沉默的真相,让作恶者的罪行暴露在阳光下。莎翁也说过,无论黑夜怎样漫长,白昼总会到来。何万里的末日已经到来了,袁凤珠也不会等太久。

我调查后发现,从去年秋天开始,何万里和袁凤珠就变卖了家产,准备移民加拿大,现在已经拿到了绿卡。何万里肯定是担心罪行败露,所以准备随时跑路。

我以前不是没有这样怀疑过,但我是警察,在没有证据的情况下,我不能做有罪推定,这容易造成冤假错案。有罪推定的一个致命缺陷就是,一旦你肯定这个人有罪,就会有意无意地去寻找那些能证明自己观点的证据,忽略跟自己观点相悖的证据。最后调查看似公正,其实带有很浓厚的主观色彩。鹿芳是记者,她当然可以不用顾忌这些,她可以天马行空地大胆推理,无须承担任何后果。所以,从某种意义上来说,她的观点更具世俗的合理性。

这个爆料人是谁?

不知道,对方没有留下姓名和任何联系方式。我发邮件想约爆料人见个面,但对方直到现在都没有回复我。

我将空瘪的烟盒揉成一团,找鹿芳要了支薄荷烟。我点着烟,站起来,眺望着隔岸光怪陆离的灯火。这种淡淡的烟气很难吸入肺部。它更像是一种象征,一种仪式感,抽的不是烟草,而是情调。我很奇怪,爆料人是怎么知道这些秘密的,好像每次谋杀他(她)就在现场一样。如果确实如此,爆料人当时为什么不报警?爆料人从头到尾都是在讲述所谓的真相,虽然逻辑严密,条理清晰,但没有提供任何的证据。这不得不让我怀疑爆料的真实性。

看来,得查查邮件发送人的 IP 地址了。

我的手机突然响了,是微信提示音。

我要去拿手机,被她拦住了。

但我还是拨开她的手臂,拿起了手机。这是局里的规定,必须二十四小时开机,以随时应对突发事件。我打开微信,是陶笛发来的,说她真的失眠了,到现在还没睡着,她准备起床看看书、插插花。不知怎的,我眼前浮现出她看书插花的画面,她光着脚丫在地板上走来走去,像只可爱的小松鼠。我又想起了她站在滚滚街尘中翘首等待的样子,又想起了她如同一只猫咪在我身边酣睡的样子。我身体的热度渐渐地冷却下来,那场即将席卷而来的暴风雨也开始消退了。

我正要走,被鹿芳抱住了,她问我怎么了,要去哪儿。我说有突发事件,必须马上赶回去。她掰过我的脑袋,让我看着她的眼睛。我的目光像一片羽毛从她脸上扫过,不敢停留。她松开了手臂,冷冷地说,你走吧。

我像真的接到上级指令一样飞奔出门,甚至都没回头看她一眼。但我哪里都没有去,就坐在车内,看着夜色笼罩的瓷器口,一支接一支地抽烟。我像个稻草人一样,脑袋里塞满了乱七八糟的东西。

从我这个位置望过去,能看见"响马"客栈,能看见鹿芳住的房间——一直亮着灯。但我知道,她心中有盏灯已经熄灭了。

已经凌晨四点了,天边泛起橙色的微光,我刚在后排躺下,准备睡一觉,手机响了。拿起来一看,居然是陈野的,我摁下接听键。

不好意思,吵醒你了吧?陈野问。

大清早的,啥子事?我故意打着哈欠,装出一副睡眼惺忪的样子。

袁凤珠昨晚病了,我送她去医院,一开始没查出病因,一个小时前转送到位于黄桷湾的那家传染病医院,医生诊断她得了狂犬病。

我立马坐起来,袁凤珠被麦兜咬过吗?

我没听她说被麦兜咬过,但医生说,不一定非要被疯狗咬才会得狂犬病。人体皮肤的黏膜经常会因为各种原因发生破损,很多破损都是轻微的,人根本感觉不到,肉眼也看不出来。如果破损的黏膜恰好被疯狗舔到,就可能感染狂犬病。还有,如果用被疯狗唾液污染的手指揉眼睛,也可能感染。

你在哪儿?说话间,我已经坐到驾驶室,发动了车子。

在医院。他的话音里透出些许疲惫,估计一夜未眠。

我给陶笛打了个电话,简单地把情况说了一遍,叫她在楼下等我。

十几分钟后,我接上陶笛,驱车直奔雾都市传染病医院,就在砂瓶坝,清晨一路绿灯,很快就到了。我在门诊大厅见到了陈野,他坐在候诊长椅上,眼睛布满血丝。他告诉我,昨天晚上八点多钟,袁凤珠突然发病——头痛、恶心、腹泻、喉咙不适、狂躁不安,对声、光、风、水都很敏感。他不会开车,就叫了辆滴滴把袁凤珠送到新砾医院,没查出病因。急诊医生就给袁凤珠吊了几瓶水,但症状并没有得到缓解。他又把袁凤珠转送到西南医院,还是没查出病因。最后有个护士说,会不会是狂犬病?这个护士在传染病医院工作过,见过类似症状。听陈野说患者跟疯狗有接触史,医生立即派救护车把袁凤珠送到黄桷湾的这家传染病医院。经过初诊,袁凤珠被当成疑似狂犬病人隔离观察。

我对这种病有心理阴影。

初二那年夏天,我和同桌王跃飞放学路过一个橘园,发现一条病歪歪的黄狗。我怂恿王跃飞跟我一起把狗打死,烧狗肉吃,狗皮扒了还可以卖钱。王跃飞有些心动,跟我一人捡了一块砖头去打狗。结果那条黄狗跳起来,咬了王跃飞的小腿一口就跑了。那时年少,没有接种狂犬疫苗的意识。王跃飞回家也不敢跟父母说。一个星期后,他狂犬病发作,在医院住了三天就死了。

据说他临死前像狗一样咆哮嘶吼,乱抓乱咬。家人直到他咽气才敢进病房,他的衣服都被自己撕碎了,身上全是抓挠伤,他母亲当时就昏过去了。我对狂犬病的了解就来源于同桌的这次恐怖经历——这种病的死亡率位列所有疾病之首,迄今为止,全世界只有一位狂犬病人康复出院。

为啥子是疑似,还没确诊吗?我问陈野。

陈野忧心忡忡地望着隔离观察室,现在只能看急诊,各种检查要等白天医院上班才能做。

我让陈野把病历和门诊卡都交给陶笛,女人照顾女人总是方便些。我送陈野回去休息,临走时,陈野再三嘱咐陶笛,狂犬病人性情狂躁,一定要有耐心。我也叮嘱陶笛记得吃早餐,困了就打会瞌睡,晚点儿我叫宋卉过来替她。

开车前往白鹤山,陈野坐在副驾驶闭目养神。我没有说话,洋槐公馆里接连发生的意外让我措手不及。就在几个小时前,鹿芳还在跟我说,何万里已经等来了末日,袁凤珠也不会太久。现在,这话竟然应验了,袁凤珠差不多是个死人了。难道真的有因果报应吗?虽然车窗紧闭,开了空调,我的身子还是有点发冷。我迫切希望太阳早点升起,我从来没有这么渴望过阳光。

车在洋槐公馆门口停稳的刹那,陈野睁开了眼。

面前的这栋老房子有一种奇异的寂静,似乎是一堆没有生气的积木。

我没有马上下车,递给他一支熊猫,这房子都快成鬼宅了,你要不要换个地方?住我那太远了,菜头家离烹饪学校比较近,要不你先到他家住几个月?

不麻烦你们了。他的目光虚无地落在洋槐公馆某个地方,世上哪有啥子鬼嘛,我不信邪。再说我在这习惯了,懒得挪地方。

只隔了一个晚上,洋槐树的叶子都掉光了,像是几根哭丧棒矗立在公馆前。

这一家太悲剧了。我说,何万里也许罪该万死,但袁凤珠是无辜的。

他沉默着,只是抽烟。

我说的不对吗?我看了他一眼,他脸上没有任何表情。

这个世界上,从来没有绝对无辜的人。从某种意义上来说,我们都有原罪。

我听出他的话里有某种意味,但他没有深入说明,我也没有问下去。我知道,问了他也不会说。必须承认,我很认同他的观点——世上没有一个人是绝对无辜的。如果不是我怂恿同桌王跃飞去打狗,他就不会被疯狗咬。在他发病后,我对所有人隐瞒了这件事。后来每年王跃飞去世那天,我都会去庙里给他烧纸,以减轻内心的负罪感。菜头喝高了跟我说过一个秘密——上初中时他经常逃学去网吧打游戏,有一次被班主任抓了现行,告诉了他父亲,结果他被父亲一顿胖揍。他怀疑是一个叫易娟的女生告密,于是决意报复。他在易娟下晚自习的途中装神弄鬼,没想到易娟胆子小,当场就被吓瘫,额头磕在地上血流不止。他被吓到了,连忙假装见义勇为把易娟送到医院。后来他才知道,那家网吧的网管是班主任的表弟,是网管告的密。但易娟却因此破相,额头留下了一个抹不去的伤痕,经常被同学嘲笑,这也成了菜头心中永远的疮疤。

下车后,陈野进屋煮面,我站在楼道里给菜头打手机。

接通后,这厮喋喋不休地抱怨,说他正梦见跟普希金一起吃晚餐,准备接受文学大师的洗礼,被我给破坏了。我说普希金的脑袋被高加索马踢了,也不会收你这个关门弟子,就别做春秋大梦了。我把袁凤珠发病的事情告诉了菜头,他说马上过来。我阻止了他,要他上午跟鹿芳联系一下,查查那个神秘的爆料人。

然后我跟宋卉打了电话,要她在九点后去医院替换陶笛。

吃完面,陈野上床睡觉,我也准备在沙发上眯一会儿,但没有睡着。

我仰望着天花板发呆，那里有张巨大的蜘蛛网，一些小昆虫陷在里面，摇摇欲坠，似乎已经成了干尸。一只蜘蛛瞪着阴郁的眼睛俯视着我，仿佛在琢磨着怎么把我变成它的美餐。我发现它长着一张人脸，而且似曾相识。我突然想起来，那就是陈野的脸！我从沙发上弹跳起来，浑身汗毛竖起。但我仔细看时，蜘蛛的脸又恢复了正常，跟陈野的五官毫无相似之处。难道，我刚才产生了幻觉吗？

九点二十分的时候，陶笛发来微信，说宋卉到了。医生正在给袁凤珠做检查，她打算在医院再待一会儿，等检查结果。

十点一刻，我已经睡着了，手机响了。

是陶笛打来的，她兴奋地说，检查结果出来了，袁凤珠的狂犬病毒抗原呈阴性，也就是说，没有在其体内发现狂犬病毒！

我立刻叫醒陈野，驱车直奔传染病医院。

我们见到了袁凤珠的主治医生。他说，袁凤珠做完狂犬病毒抗原检测，得知结果是阴性后，症状立即消失了。在他的询问下，袁凤珠说，昨天傍晚她刷手机，无意中看见白鹤山上发现疯狗的消息，网上还有疯狗尸体的照片，她一眼就认出了是麦兜。她把照片拿给陈野看，为了安慰她，陈野说疯狗不是麦兜。但她觉得陈野看走眼了，疯狗就是麦兜！她很紧张，于是上网查询了狂犬病的感染途径、症状以及死亡率，她越看越害怕。她想起有一次切菜切伤了手指，后来又去给麦兜喂吃的，麦兜好像还舔了她，至于舔的是不是受伤的手指她不记得了。但她越想越觉得就是那根手指，然后各种症状一下子全冒出来了。被陈野送到医院后，她的症状加重，精神恍惚语无伦次，已经无法正常表达，所以新硗医院和西南医院的医生一开始都没能查出她的病因。

主治医生说，这叫狂犬病恐怖症，是一种癔症，多发于敏感人群，比如文艺工作者，女性居多，通过心理干预后可以很快康复。但为了保险起见，主治医生还是给袁凤珠接种了狂犬疫苗。

陈野说，他担心袁凤珠害怕，所以没把麦兜得狂犬病的事告诉她。现在看来是个错误的决定，如果及时陪她来接种疫苗，就什么事都没有了。感觉从鬼门关里捡回一条命的袁凤珠却很感激陈野，说要不是他，自己可能吓得精神错乱了。袁凤珠还对我们表示了歉意和谢意，说都怪自己心理太脆弱，瞎折腾，耽误了大家的时间。我说没啥子，就当是上了一堂狂犬病科普课，有时候我们出警也会遇到犯罪嫌疑人故意放狗追咬。我要宋卉留下来陪袁凤珠做心理治疗，我和陶笛把陈野送回了洋槐公馆。

从白鹤山上下来，送陶笛回家休息的路上，我把那个神秘爆料人披露的内幕告诉了她，但我隐去了昨晚跟鹿芳在客栈相处的细节。陶笛望着路边的景观树，突然说，那个爆料人会不会是陈野？

我一愣，问道，何以见得？

就是一种直觉。她拢了拢头发，笑道，可能是因为你那个同学太神秘了。

我觉得不太可能，欧阳素梅、徐莉莉、郭雨晴和舒丹妮的死都发生在陈野坐牢期间，他怎么可能知道这四个女人是怎么死的？

陶笛下车后，我返回局里，在法医室见到了程良。他说王宇凡的尸检结果出来了，确实是死于吸毒过量。遗留在车内的那个易拉罐里检测出了甲基安非他命成分，针管、冰毒以及假发套等车内遗留物上面，都提取到了王宇凡的指纹，那双解放牌胶鞋也跟案发现场嫌疑人留下的鞋印吻合。他推测，王宇凡很可能是在强奸袁凤珠没有得逞后，欲望得不到满足，于是吸食了溶解在饮料中的冰毒，但没有把握好量，中毒身亡。

程良还说，这龟儿子猥亵妇女、吸毒和非法捕鸟都是有前科的。

我问他，王宇凡有没有可能被人强行灌下含有冰毒的饮料？

理论上有这个可能性。程良摘下口罩，回答了我的疑惑，但实际操作中很难实现。强行往受害人嘴里灌入饮料,出于本能,受害人必定会挣扎。有挣扎就会有伤痕,比如表皮脱落、黏膜受损,但王宇凡身上没有发现这种伤。

现场没有发现打斗的痕迹,说明王宇凡喝下饮料是自愿的。程良补充说,不过,也不排除一种可能性——有人递给王宇凡一罐含有冰毒的饮料,他在不知情的状态下吸毒过量。在他死后,有人伪造了现场,但这需要非常高明的手法,有丰富的反侦查经验。只要一个环节出错,就会全盘败露。从目前的勘查情况来看,还没有发现伪造现场的痕迹。而且缺乏伪造的动机——别人为啥子要陷害王宇凡?至少现在还没有发现这个动机。还有,如果不是为了作案,王宇凡为啥子会在案发时间出现在白鹤山上?

最后这个问题,我已经让菜头去调查过。王宇凡开的寄卖行里有三个员工,说老板平时很少来店里,去哪里、干啥子都不会跟他们打招呼。王宇凡早就跟妻子离异,一个人住砂瓶坝,他父母住南坪,平时也很少来往。所以王宇凡案发当天为什么去白鹤山,没有人知道。在对王宇凡的家进行例行搜查时,有个意外收获——发现了一批吸毒工具和三千多克冰毒,还顺藤摸瓜,通过他的手机联系人抓到了两个毒贩,这俩龟儿子供称,王宇凡是他们的上家。

从法医室出来,我把王宇凡的案子汇报给了蒋副局长。他把一张《雾都晨报》扔到我面前,愠怒地说,你看看,整个雾都都晓得这桩强奸未遂案了,你们哪个保密的?我浏览了一下报纸,那篇报道是鹿芳写的。

我申辩说,报道中没点袁凤珠的名,对受害人的影响应该不大。

蒋副局长朝我金刚怒目:案子发生在白鹤山,受害人是川剧花旦,这还不够明显嗦?哈儿都晓得是袁凤珠!

我无言以对,的确,最近媒体连篇累牍地报道洋槐公馆反杀案,市民都知道袁凤珠住在白鹤山上。

这个案子刚发生就对外界封锁消息了,记者是哪个晓得的?

不晓得,记者消息灵通,防不胜防。

听说写这篇报道的记者是你的女朋友。蒋副局长端起保温杯喝茶,眼睛却从杯口上方看着我。

以前的,是前女友。我连忙解释。

幸好是前女友,不然我会把你当内鬼处理。他像是在开玩笑,又像是在警告。

我以后一定加强保密意识。

我屁颠屁颠地走过去,把烟灰缸里的烟头倒进垃圾桶,献了回殷勤。

三天的期限到了,周艳虹该解除羁押了吧?

保证解除羁押,我今天下午就去放人!

小赵啊,你办案子是一把好手,我很器重你。他身子往后靠了靠,转动了一下办公椅,但应对舆情你还欠缺点经验。

领导说得对,这方面我要加强学习。趁他还没有深入讨论这个问题,我迅速把话题转移到袁凤珠身上,说她昨晚突然疑似狂犬病发作,折腾了一夜才发现是癔症,虚惊一场。

他感慨地说,我还是她的戏迷呢,幸好她没事。自古名伶多薄命,真是一点都没错,这个女人太可怜了。

我心想,难怪蒋副局长对这起强奸未遂案被媒体披露如此恼火,原来他是袁凤珠的粉丝。我笑呵呵地说,要不我以您的名义,送束花安慰一下您的偶像。

这时,座机响了,他瞪了我一眼,少给我整幺蛾子,该干吗干吗去!

我巴不得他说这句话,连忙溜之大吉。

中午,我在局里的食堂见到了刚刚回来的菜头,他打了一大盆饭,外加三荤两素,吃相很难看。他告诉我,爆料人发邮件的那个 IP 地址在砂瓶坝石井坡,特钢厂家属区旁边一个叫绿孔雀的网吧。他去查了,这家网吧的监控坏了半个月,一只蚊子都没拍到。绿孔雀网吧的登记也很不规范,没有身份证也能上网。而且,那一带正在拆迁,这家网吧恰好处在监控盲区,根据监控查人已经没有可能了。

爆料人邮箱的注册信息查了吗?

查了,注册人叫余子豪,是个十五岁的少年,经常在绿孔雀网吧上网。我找到了他的学校。余子豪说那天他正在网吧玩魔兽世界,旁边有个男人找他借手机,说忘带自己手机了,有急事要跟朋友发条短信。他不肯借,那个男人就拿出五十元钱,说最多借一分钟。他就同意了,不到一分钟,那个男人就把手机还给了他。

他还记得那个男人的长相吗?

记得个锤子!他说那个男人用帽子、眼镜和口罩把自己捂得严严实实,只晓得是个男的。而且他光顾着玩游戏,连那个男人有多高,是胖是瘦,啥子时候走的都不晓得。菜头吃着猪肝说,忙活了半天,全是力气活,老子至少掉了三两肉,得好好补补。

很显然,爆料人事先经过踩点,掌握了绿孔雀网吧的监控漏洞。然后利用那个少年的手机临时注册了一个邮箱,没暴露自己的任何信息,反侦查意识相当强!

龟儿子藏得恁个深,肯定别有用心!菜头说。

我没吭声,我正在看宋卉发来的微信,说袁凤珠出院了,情绪已经稳定。

我怀疑一个人。菜头一口大蒜味。

谁?我的注意力马上转移到他的话上。

郭雨晴的男朋友。

吕修伟?我很意外,理由呢?

吕修伟一直认为是何万里害死了郭雨晴,他肯定怀恨在心。他一介书生,动手不行,动嘴也不行,但会动脑子呀,他可是个博士!所以他编织了那些故事,想搞臭何万里。但何万里在的时候,他不敢发这封邮件,他怕报复。何万里一死,而且是以这种遗臭万年的方式死,他就不害怕了,往这种叫兽的身上多吐几口痰,公众只会拍手称快。不过呢,故事毕竟是编的,而且牵涉到鼎鼎有名的大成集团,他不想惹麻烦,所以很谨慎,不想暴露自己的身份。

如果是故事,那也编得太离奇了,堪比侦探小说。

不耸人听闻,哪能吸引眼球啊。

我默默地扒饭,琢磨着他的话。

嫉妒、谋杀、色情、潜规则、性骚扰、制贩毒品、情人反目成仇被灭口、原配离奇死亡、小三成功上位,各种畅销元素都有了,多好的小说啊。

可鹿芳去调查过,何万里确实有问题,他的前妻说他涉嫌犯罪。

这龟儿子犯罪是肯定的,但他前妻并没有说他犯的是啥子罪,有可能还是强奸,不一定是制毒。

那个张娜说,徐莉莉在卫生间里偷听到的,是何万里跟一个男人的对话,涉及一桩肮脏的交易,哪个会是强奸?

我扔给菜头一支熊猫:

鹿芳的调查至少有一部分印证了爆料人的说法。如果吕修伟就是爆料人,他一个学生,是哪个晓得这些细节的?比如,他哪个晓得欧阳素梅跟袁凤珠有竞争关系?又哪个晓得徐莉莉和舒丹妮的死有问题?

他可能暗中调查过,也可能找过私家侦探。

我想,这的确可能。

菜头说,他再发挥一下想象力,故事不就圆满了?

我看着牙缝里还嵌着肉丝的菜头,问道:

到底是他在编故事,还是你娃在编故事?

他叼着一根牙签说,我这叫推理!对了,还有一个人也有嫌疑。

又是谁?

我说出来,你可别骂我。他笑嘻嘻地说。

别跟老子卖关子,有屁就放!

他凑近我,低声说,鹿芳。

我一惊。

别用这种眼神看着我,老子又不是火星人!我就晓得你娃不相信,先别翻脸,听我说完。鹿芳的性格你是晓得,疾恶如仇,有女侠风范,她一直很同情周艳虹,也同情郭雨晴。她很可能秘密深挖过何万里的两段婚姻,觉得袁凤珠的上位和徐莉莉的死都有问题,但是呢,她又没有证据。所以,她把自己的调查内容和文学想象糅成一块,伪造了一封所谓的神秘邮件,假借别人之口来爆出这个猛料。

我想了想,鹿芳确实有这个动机——她憎恨何万里,想为郭雨晴出气。她是记者,也具备这个调查能力。她有可能是故意把神秘邮件的内容"泄露"给我,好让我动用警方的力量去破解欧阳素梅、徐莉莉、舒丹妮和郭雨晴的死亡之谜,为死者申冤。如果警方无所作为,她可能会隐去当事人的真实姓名,把这些内容在报纸上发表,以引起舆论的关注。

那个余子豪不是说借手机的是个男人吗?我问。

现在杀手都可以雇,雇人发封邮件那还不是小菜一碟!

陈野、吕修伟和鹿芳,到底哪一个才是深喉?从菜头的分析来看,吕修伟和鹿芳更有可能,他们比陈野更憎恶何万里。鹿芳痛恨这个衣冠禽兽,她对欺辱和摧残女性的男人深恶痛绝。最不应该管闲事的就是陈野,他曾经因为冲动蹲了八年大牢,他应该吸取了教训,老老实实本本分分地过日子。围绕洋槐公馆发生的一系列案子或者事件,应该跟他毫无关系才对。但我还是无法把他排除在嫌疑对象之外。这些天发生的种种事情,如果背后真的有一双手在操控的话,无论是吕修伟还是鹿芳,都不具备这种操控能力,唯有陈野可以。但我没有把自己对陈野的怀疑告诉菜头,将老同学当成嫌疑犯在感情上很难让人接受。

我起身说,走吧,去看守所,周艳虹自由了。

这一天,雾都的阳光突然没有了秋日的温柔,白晃晃的,变得异常凶猛。就好像知道我浑身有些发冷,就好像故意要把这座雾气迷蒙的城市照耀得更加透明敞亮,让我看得清楚一些。

## 第四章　一场下到灵魂里的雨

办完解除羁押的手续,我和菜头陪着周艳虹走出看守所的大门,马上就被一堆"长枪短炮"对准了,其中就有鹿芳。看来媒体早就在看守所发展了线人,我们前脚刚到,记者就闻风而动,蜂拥而至。周艳虹像个大明星被记者包围了,还有人送鲜花、放鞭炮。我甚至听见一位记者对着手机吼:

腰鼓队吧?人都出来了,你们哪个还没到,快点快点!

鹿芳忙着采访,没空搭理我和菜头。我们驱车原路返回,我有点困,让菜头开车,他絮絮叨叨地说,自己为人民服务了这么多年,从来没有哪个记者采访过他。周艳虹在看守所包吃包住了几天,就成网红了。我说不用羡慕嫉妒恨,你娃也可以,带小姐去酒店开个房,我打举报电话,明天你娃就上热搜了。他呸了一声,说我丧尽天良。

交通广播电台里在播放川剧,主持人介绍说,是已故著名川剧表演艺术家欧阳素梅女士的经典唱段。我突然有点好奇,这个一直让袁凤珠坐冷板凳的女人长什么样。我上网搜索了一下,照片上的她亭亭玉立娇媚如画,特别是一双杏眼,含风带露。单论相貌和气质,完全不输袁凤珠。我还找到了她的微博，以前她更新很频繁，几乎每天都会发一条动态。但六年前的五月六日下午两点二十三分，她的微博更新戛然而止。她的最后一条微博是：

这里真美呀，美得就像一个童话。

我查了一下媒体报道，她的死亡时间是两点三十分，这是从她摔坏的手机上推断出来的，时间定格在这一刻。也就是说，发完最后那条微博，仅仅过了七分钟，她就坠崖身亡。一朵盛开在梨园行里的梅花，只用了短短七分钟，就化为尘土。我翻看着她那些风华正茂的照片，感叹命运无常。然而，当我看到她最后那条微博里配发的一张照片时，我的目光像是被强力胶给粘住了。

这张照片在九宫格拼图的右下角，并不起眼。另外八张全是纯粹的风景，只有这张照片里面有人，背景是紫霄山上一丛开得非常鲜艳的芍药。欧阳素梅在照片上笑得很灿烂，完全想象不出几分钟后她就会堕入一个永恒的黑暗世界中。

菜头看见我盯着欧阳素梅的照片出神，揶揄道，嘟个，看上她了？六年前认识她，你娃还有机会。

我没理睬这厮，我的关注点不在于欧阳素梅有多美艳，而是谁给她拍了这张照片。从拍摄角度来看，这张照片不可能是自拍，拍摄者离欧阳素梅至少有三米远。这意味着在欧阳素梅发最后那条微博前，有人跟她在一起，给她当了摄影师。当年警方勘查现场时，很可能忽略了这个细节。

我把自己的疑惑告诉了菜头，他说会不会还有一种可能——这张照片并非出事当天所拍，而是之前拍摄？欧阳素梅想凑齐九宫格，就从相册里挑出了这一张。

也许，另外八张照片也非同一时间拍摄。他说。

这个可能性的确存在。或许，当初警方也是这么认为的。我继续查看欧阳素梅在那次慰问演出期间发的微博,总共十二条。每条微博她都配发了照片,都是九宫格拼图,看来她有点强迫症,或者是个完美主义者。但除了最后那条微博,没有一条微博配发了风景照,都配发的是演出照和当地特色美食之类的照片。

这有两种可能。

第一,在演出结束前,欧阳素梅因为太忙,没有拍摄过风景照,包括那张以芍药为背景的照片。最后那条微博里配发的九张照片,都是坠崖前拍摄的;第二,那九张照片有部分是演出期间拍摄的,她保存在相册里,一直没有发出来。如果是前者,欧阳素梅坠崖前一定还有人在现场;如果是后者,那就没什么好奇怪的了。现在关键是要搞清楚那张以芍药为背景的照片是何时拍摄。

我打开手机导航,要菜头按照导航的指示去金海岸川剧团。

半小时后,在洪崖洞附近的一条老街上,我们见到了剧团团长罗玉麒。这是一个四十多岁的男人,身材高大挺拔,器宇轩昂。在车上我查了他的资料,以前是唱小生的,在川剧界有"玉麒麟"的美称。为了不惊动别人,我们没有去剧团,约了在剧团旁边一家小茶馆的包厢见面。

我没有透露那封神秘邮件里的内容,我找了个借口,说清查积案时,发现欧阳素梅坠崖事件有些蹊跷之处,找他核实一下细节,而且叮嘱他要保密。他点点头,示意明白,然后目光向上望着墙面,似乎在回忆什么。

菜头捅了一下我的胳膊,努努嘴。我这才注意到墙上贴着一张欧阳素梅的演出海报,纸张已经泛黄。茶馆是罗玉麒选的,也许这里封存了他的某段记忆,愉快的,或者悲痛的。他伤感的眼神让我的心悸动了一下,难道爆料人的话是真的,他和欧阳素梅有一段无法见光的地下情缘?

他接过菜头递的中华,深吸了几口,然后长长地吐出一口烟圈,像是把一段往事吐出来。他说，我也觉得素梅不可能坠崖。

为啥子？我抿了一口铁观音。

她有恐高症，从来不敢靠近悬崖边，飞机都害怕坐。

我和菜头惊讶地对视了一眼，对于一个有恐高症的人来说，坠崖的可能性的确非常小。就好比淹死的大多是会游泳的，旱鸭子很少，避险是人的本能。

你当时没把这个情况告诉警方吗？我问。

告诉了。他眼睛没看我们，始终盯着欧阳素梅的海报。警方说，她有可能是拍照时无意中靠近了悬崖，因为过于惊恐，双腿发软，失足掉下了悬崖。

我无法反驳，这个可能性也是存在的。

当时没做尸检吗？菜头边问边吃兰花豆，吃得嘎嘣作响。

没有，她是名人，风华绝代，谁也不愿意让她的遗体支离破碎。

他眼里的忧郁更深浓了，像是三月里烟雨笼罩的嘉陵江面。

我能理解，如果不是非常有必要，死者的家属、朋友，包括警方，都不愿意解剖遗体。从警方当时掌握的情况来看，欧阳素梅坠崖事件确实没有什么明显的疑点。我把玩着手里的茶杯，是竹子做的，有一股清香：

你还记得那次慰问演出的情况吗？

历历在目！他只回答了四个字，但每个字都很有分量。

我找出欧阳素梅最后发的那条微博，要他看那九张照片。

你晓得这些照片是啥子时候拍的吗？

晓得，出事那天。他的目光从墙面转移到照片上。

为啥子恁个肯定？

那次演出特别忙，素梅又是挑大梁的，整天连轴转，根本没空去拍这些照片。

这些风景会不会是演出的路上拍的？

路上没有这样的风景。

你确定？

确定！你看这张，山峰像猴子。还有那张，有棵千年大樟树，都在酒店后面的那座山上。

这张呢？我指着以芍药为背景的那张照片。

也是在山上拍的吗？

他仔细端详着那张照片，我觉得他不是在看背景，而是在看人，那个永远在他记忆中鲜活的女人。她的肉体消亡了，但灵魂一直徘徊在他脑海里。我现在能够肯定他和欧阳素梅的关系非同寻常，因为无论看她的海报，还是看她的照片，他的眼神都是充满爱意的，一种痛苦的爱意。

这张也是在酒店后山上拍摄的。那些芍药就在她坠崖的地方，应该说不到两米远吧。她出事后，我也站在那些芍药前照了张相，做个留念。他拿出手机给我们看，屏保就是他说的这张照片，背景和拍摄角度，都跟欧阳素梅的那张照片完全一样。

你就没想过，当时可能有别人在场，是别人给她拍的这张照片吗？

我觉得这个男人太粗心了，但我很快发现自己的评价不够客观。

他缓缓地说，素梅出事后很长一段时间，至少有半年，我不敢看她的照片。后来看到时，我也怀疑过。如果是别人给她照的这张相，那一定是熟人，很可能是剧团里的人，但会是谁呢？她很善良，在剧团人缘很好，也没跟人结过仇，我不相信有人会谋杀她。很有可能是她拍照时不小心坠崖，跟她在一起的那个人怕担责任，就隐瞒了自己到过现场的事。所以——

他的目光又转移到那张海报上，我想悲剧既然已经发生了，就没必要再晓得那个人是谁了，追究责任没有任何意义。但也有一种可能，素梅当时把手机搁在某个地方,用延时功能拍摄了那张照片。

我查了一下欧阳素梅发微博用的手机,确实有延拍功能。但时过境迁,地形地貌有可能改变,要想准确地还原当时的拍摄状况已经非常困难。罗团长说的第一种情况也并非不可能,逃避责任是人的劣根性。当时没有找到这个人,六年后再去寻找已经不可能,除非这个人主动站出来说明真相。

罗团长起身告别,说剧团还有事。临走时他恳求我们,这件事已经尘埃落定,不要再追查了,让素梅安息吧。

他轻描淡写的一席话,就把爆料人的阴谋论给粉碎了。

离开茶馆时,老板拦住我们说还没买单。菜头很愤慨,说姓罗的约了我们在这喝茶,竟然要我们买单,太抠门了!但我觉得罗团长不是抠门,在见我们时,他一直处于半梦游状态,他的心回到了六年前的紫霄山上,或者说,回到了他和欧阳素梅合演的那台戏里。他已经分不清戏里戏外,根本就不记得还有买单这回事。这是个梦一样的男人,女人都爱做梦,所以他被欧阳素梅爱慕也很正常。

菜头问我现在去哪,我说去洋槐公馆慰问一下袁凤珠。

他笑道,你娃够虚伪的,明明是想去盘问人家,却打着慰问的名义。

我说这叫策略,你懂个锤子!

去白鹤山的路上,我突然想起今天是初中同桌王跃飞的忌日,就让菜头把车开到宝通寺,说要去烧点纸。菜头说,正好,我去求个婚姻签。我老爸昨天给我打电话,说今年春节不带女朋友回来,就不要进家门。

宝通寺也叫龙隐禅寺,香火很旺,梵音不绝,据说明建文帝朱允炆逃难时曾在此挂单隐居。我记得王跃飞说他想当个钢琴家,但他父亲是踩三轮的,买不起钢琴,我边烧纸边祈祷他能投胎到一个富贵人家,再也不用为买钢琴发愁。

菜头抽了支签,上面说他明年会喜结良缘。

他心花怒放，当即往功德箱里投了两块钱硬币。

我说你娃是坐公交车嗦。

别恁个庸俗好不好！他一脸肃穆地说，香火钱多少随意，重要的是心诚。我这人一心向善，每天为人民服务，鞠躬尽瘁，菩萨会保佑我的。

他还自作主张地替我求了张婚姻签，上面说我曾有一道桃花劫，但今年得贵人相助，会否极泰来。

太准了！他像个神棍似的点拨我，你娃千万要抓住这个历史机遇，别再被烂桃花迷了眼。

谁曾是我的劫，谁又是助我渡劫之人？看着观音阁上金光闪烁的琉璃屋顶，我有些茫然。我并不是个唯心主义者，我进寺烧纸只是为了求得一种心理安慰。来这里的人都带着善念，哪怕在寺外十恶不赦，跨过这道山门都会放下心中的那把屠刀。这些善念会形成一种强大的能量场，所以寺庙这种地方让人觉得特别放松特别舒服。我相信这个世界上有一种超自然力量，它并非迷信，而是超越了现有科学的认识。就好比古人认为只有神仙才能飞天登月，现在宇航员就能。当今时兴的量子力学就打破了科学和神学的森严壁垒，在我们的常识中，物质是客观存在的，不以人的意志为转移。但在量子力学中，物质可以是意念化的结果。

走到大雄宝殿前，我和菜头几乎同时发现了两个熟悉的身影——陈野和袁凤珠，他俩正在烧香，样子非常虔诚，袁凤珠还往功德箱里塞了一百块钱。

在下午的阳光里，这对奇怪的邻居竟然出现在了法相庄严的龙隐之地。于我而言，他们隐藏的心事如同一部深奥的《妙华莲华经》。我一次次试图解密，一次次无功而返。它们又如同两面观照现实的魔镜，我不知道哪是镜像，哪是本真，我看到的只是一个虚幻而扭曲的影子，在奇异的空间里飘来荡去。

菜头嘀咕道，你还说他们是纯洁的邻里关系，都来烧香祈福了，肯定是在求菩萨保佑他们白头偕老早生贵子，指不定已经暗结珠胎了。我说别打诳语，当心下口舌地狱，他悻悻地吐了吐舌头，立即闭了臭嘴。

陈野和袁凤珠一抬头，也发现了我们。陈野把我拽到一边解释说，媒体披露了袁凤珠差点被强奸的案子，网上全是各种嘲讽，袁凤珠很抑郁。他怕她想不开，就陪她到寺里烧几炷香。我有些愧疚，鹿芳是披露这个案子的吹哨人，我明知会伤害到袁凤珠，却无力阻止。媒体有时就是一把双刃剑，在维护公众知情权的同时，也可能侵害当事人的隐私权。

我对陈野说，最近杂七杂八的事情比较多，忙得焦头烂额，所以和菜头到这里来散散心。在藏经楼旁的一个石桌前，我们坐下来摆龙门阵。寒暄了一会儿，我很自然地把话题过渡到欧阳素梅身上，说来宝通寺的途中，交通广播电台在放她的川剧唱段，挺有韵味的。主持人还介绍了她的生平，我问袁凤珠认不认识她。

袁凤珠说，当然认识，素梅姐是她的前同事。她谈起了欧阳素梅的许多逸事，都是些温暖的生活片段，处处闪烁着人性之光。在她的叙述里，欧阳素梅就是一个德艺双馨的川剧表演艺术家，而她和欧阳素梅的关系情同姐妹。

这跟爆料人的说法完全不同。

我又把话题引到欧阳素梅的那次意外上，问袁凤珠到底是怎么回事。她说自己当时正在酒店房间里背台词，听说欧阳素梅失联了，她跟着大家一起去后山寻人。是她最先在崖下发现了欧阳素梅的遗体，现场惨不忍睹……她不忍说下去，眼眸里含满泪水，她的悲伤是真诚的，就跟整个宝通寺的气场一样。

袁凤珠的反应没有任何可疑之处，回答也没有丝毫破绽，问下去再无意义。黄昏时分，我们在寺里吃了一顿素菜，然后在缭绕的香火中离开城市中的这个隐秘角落。袁凤珠是开着她的宝马来的,我们各回各家,像两条背道而驰的抛物线。很奇怪,车开出很远,还能听见宝通寺传来的诵经声。

这是一种似乎不受时空约束的神秘力量,空灵深邃,直达内心。

格老子,跟骡子似的,白忙活了一天,还吃了一肚子的草。菜头嘟囔着。

还是有收获的。我握着方向盘,打量着这个车来车往的浮华世界,说道,好歹在佛门净地熏陶了你那颗恶俗的心灵,让你娃升华了情操,身上多了点正能量。

铲铲!老子早就脱离了低级趣味好不好?

对了,菩萨还指点了迷津,叫你娃不要耐不住寂寞,明年自然会走桃花运。

菜头这才眉开眼笑起来,说就冲这支上上签,晚饭的那一桌草没白吃。

把菜头送回家,我到金刚碑"有风来"要了一壶青城雪芽,坐在灯光的暗影里,慢悠悠地喝着。茶馆里有人在唱川剧《槐荫记》,而我像个无聊的看客。

我在桌上摊开笔记本电脑,手指在键盘上灵巧地跳动,就像在弹钢琴。但这种琴声只有我自己才能听见,那些方方正正的符号就是沉默的音符。

每个人其实都是分裂的,灵魂是个多面体,普通人跟精神分裂患者的不同之处就在于——可控和不可控。就比如我,在嘴上老成持重,在字里个性张扬。

我把很多奇思妙想变成了方块字,它们不需要证据,不需要承担后果。每次遇到疑难案件,我都会采取这种方式来梳理纷乱的思绪。在这个时候,我不再是一名警察,而是化身为罪犯。我以罪犯的视角来审视每一步行动——怎么作案,怎么反侦查,怎么销毁证据。

很多时候,我就是在这种类似于游戏的方式中找到了案件的突破口。

在茶馆打烊前,我离开了金刚碑。回到家里,我继续这种文字游戏。在游戏中,我的灵魂被烈火炙烤,被生锈的钝刀子切割成一块块尖锐的碎片,每一块碎片都像玻璃把我的身体划得伤痕累累。我感觉到了疼痛、战栗,但也有一种鲜血淋漓的快感。不过,这个游戏设计得并不完善,还有许多程序上的漏洞,我接下来要做的就是——补漏。

我耽于游戏,一直到凌晨三点半才入睡。这是这座山城最安静的时刻,有种墓穴般的死寂。那些矗立在深沉夜色中的电线杆、景观树、广告牌,就像是用来招魂的纸人纸马。世界归于初始,灵异而荒诞。

我一直睡到上午十点半才自然醒,洗漱完毕后我驱车前往局里。一路放着摇滚——《加州旅馆》《长路漫漫》《希望你在这里》。激烈的重金属震颤音让我血脉偾张,每个毛孔似乎都洞开了,往外衍射着热量。

换碟片的间隙,菜头打来电话,问我在哪里。我说马上到何白路了,他说我在榆航大道,你娃眼睛利索点,我在寸滩大桥入口等你。我很奇怪他为什么在那里,难道仅仅是为了搭个顺风车?

这厮本来是有车的,去年出了次车祸,把一辆八成新的本田给报废了,对方全责,万幸的是他只断了一根肋骨,住了半个月院。他说小日本的车胎跟纸糊似的,他要攒钱买辆欧美系的豪车,离目标存款还差二十来万。挂掉菜头电话时,我看见好几个未接来电,有这厮之前打的,也有鹿芳打的,我心里一咯噔,有事!

快到寸滩大桥时,菜头像只大白鹅,老远就朝我招手。一上车他就瞪着我,你个瓜娃子,打电话哪个不接?又跟小笛子执行特殊任务去了嗦?

我说放音乐没听到手机响,有啥子事?他说你娃没看今天的报纸嗦,鹿芳把那封爆料邮件里的内容写成文章见报了,一个小时不到就上了热搜。虽然做了化名处理,但吃瓜群众的眼睛是雪亮的,纷纷在网上留言,把涉事人员和公司的真实名字全都曝光了。大成集团派了一个姓姚的副总带人前往《雾都晨报》社,说鹿芳涉嫌诽谤,要追究她的法律责任,还逼她说出那个所谓的爆料人。对方人多势众,鹿芳有些害怕,就给我打电话,但我死都不接,她只好打电话向菜头求援。我说啷个不报警?菜头说那些杂皮并没闹事,辖区警察来过一次就走了,叫他们协商解决纠纷。

我加大油门朝《雾都晨报》社疾驰而去,还闯了一个红灯,十几分钟后就到了报社楼下。前台接待告诉我,大成集团的姚总带着律师在办公室跟社长交涉,鹿芳被几个壮汉围堵在六楼会议室。我和菜头来不及等电梯,走消防通道一口气冲上六楼。刚进走廊,就听见鹿芳的声音:

你们限制我的人身自由,属于非法拘禁!

透过走廊窗户,我看见会议室里有四个壮汉,跟铁塔似的把鹿芳围在中间,他们并没有动粗,但不准鹿芳离开。其中一个手臂有文身的家伙拿着鹿芳的手机。还有两个壮汉龙盘虎踞地堵在门口,把身穿便服的我和菜头拦住了。

不准进!

凭啥子?我说。

不凭啥子,叫你们滚就滚!壮汉斜着眼瞪我。

我和菜头交换了个眼色,猛然发力,同时把两个壮汉推搡到一边,然后冲进会议室,一左一右护着鹿芳。这些壮汉正要动手,我掏出警官证,厉声喝道:

警察!

菜头也中气十足地吼道,袭警嗦?

几个壮汉被唬住了,面面相觑。

把手机还给她!我瞪着有文身的那个壮汉。

那家伙有些犹豫。

再不给她,我告你抢劫!我提高分贝。

那家伙悻悻地把手机还给了鹿芳。

他们没把你啷个嗦?我上下打量着鹿芳,发现她外表并无伤痕。

他们敢!有我和菜头撑腰,鹿芳气粗了很多,待会儿我就把他们冲击报社,威胁记者的恶行发到网上!

这时,《雾都晨报》的柳总陪着两个男人走过来。我估计胖的那个是大成集团的姚总,旁边拎包的应该是律师。柳总认识我,他对姚总说,这是鹿记者的男朋友——重案队的赵队长。不知是不是有意,他省略了一个"前"字,也省略了一个"副"字。姚总像只陀螺,绕着我转了一圈,然后操着一口塑料普通话:

难怪鹿记者这么肆无忌惮,原来有人罩着啊。

我说,她就是写了篇文章,没点名没道姓,贵公司犯不着对号入座吧?

姚总说,那篇文章的主人公叫何千里,他老婆是个京剧花旦,叫阮凤珠,涉毒的公司叫大圣集团,董事长的名字叫邓中华,这么明显的影射都看不出来,你把我们都当智障吗?

我心中暗想,鹿芳这也写得太明显了。但嘴上却说,从来没有人说我智商低,但我愣是没看出来哪里影射了,是不是贵公司神经过敏,反应过度了?

菜头说,老子智商150,也没看出来文章中哪里有影射。

姚总满脸假笑,赵队长,你女朋友有没有影射,我们说了都不算,法律说了算。不过呢,我们邓总信佛,慈悲为怀,他说只要你女朋友告诉我们,这些不实的消息是从哪里来的,幕后黑手是谁,我公司就可以不追究她的法律责任。

鹿芳说,没有啥子幕后黑手,全文都是我自己虚构的。

虚构?姚总指着自己的大脑门,阴鸷地看着鹿芳,鹿记者,看来你这里有点问题。我提醒你一句,当心进精神病医院!

我听出了这厮话里的威胁意味,立即想到了被送进精神病医院的郭雨晴。我火冒三丈,揪住姚总的领脖子:你敢?

那个拎包的律师马上叫道,身为警察,公然恐吓市民,知法犯法,我已经录音,一定会去督察部门投诉你!

我松开姚总的领脖子,冷哼一声,请便!

菜头帮腔道,狗日的,有种把老子也投诉了,不投诉你娃是我孙子!

柳总连忙上前劝和,都消消火,有话好商量,今天中午我做东,请大家去醉三江吃个火锅,酒杯一碰,交个朋友。

然后柳总给会议室里的每个男人发了支烟,是天子壹号。

姚总到走廊上接了个电话,返回后,皮笑肉不笑地问我:

赵队长,认识邹国荣这个人吗?

我一愣,心想坏事了!

那天在瓷器口"老江湖",陈野劝我不要调查何万里制贩毒品的事,我并没有听,而是派一个叫邹国荣的警员去大成集团应聘清洁工,卧底调查这家公司是否有制贩毒品的嫌疑。这件事我没跟任何人说,连菜头都不知道,更没有跟领导汇报,完全是自作主张。对内我宣称邹国荣出差去了,至少要半个月才能回来。

我还没来得及回答,就接到邹国荣的电话,他说大成集团的反侦查意识很强,可能他多打听了几句,引起了怀疑,公司不知通过什么手段查出他是警察。就在十几分钟前,他被几个保安驱逐出公司,还威胁要投诉他,说他非法调查。

我要邹国荣先回局里,不用紧张,一切有我担着。

我对姚总说,邹国荣是我的人,他去贵公司做啥子涉及侦查机密,我没必要向你解释!

说完,我不再理睬大成集团来的这帮人,也没接受柳总的宴请,带着菜头和鹿芳离开了会议室,临出门时,姚总阴阳怪气地对我说:

赵队长,你和你女朋友不要老拿一个死人做文章,做人留一线,日后好相见。

在报社楼下停车场,我叮嘱鹿芳这两天别上班了,回去休息一下,避避风头。我估计大成集团不会真的告她,闹大了对集团声誉更不好。但有可能采取一些流氓手段——恐吓威胁。

你还挺男人的。她欣赏地看着我。

我哭笑不得,看来我在她眼里一直是雌雄结合体。

以后别给自己惹麻烦,不该写的别写。

记者保持沉默是可耻的。

爆料人说的那些事还没有得到证实,你现在就曝光,容易授人以柄,他们要是真的告你,这官司你没有胜算。

官司我可能会输,但正义一定会赢!

我知道没法说服她,这种分歧是一根刺,曾刺疼了我们的爱情。

那个邹国荣是谁?她问。

一个同事。

是你派他去大成集团卧底的?

我没回答这个问题,我催她上车,赶紧走吧,别让那帮杂皮晓得你住哪。

鹿芳走后,我和菜头上了车。这厮听到了我跟邹国荣在手机里的对话,他说这回糟了,那帮龟儿子要是真的投诉,你娃吃不了兜着走。他还抱怨我不够朋友,之前没告诉他,否则肯定会阻止我这个疯狂的计划。你娃的手伸得太长了，会触电的！他说。我知道他的言下之意——缉毒不归我们管。

回局里安慰了邹国荣几句，我还没来得及喝口水，陶笛就跑来叫我，蒋副局长要我去趟他办公室。他脸色很不好，是不是出什么事了？陶笛问我。

窗外飘起了霏霏细雨，如梦似幻。在雨雾笼罩下，这座坡坡坎坎的城市有一种强烈的不真实感。我抽了两口烟，说没啥子事，你去准备行李，下午我们出发去黔江。她说我昨天就准备好了，房也订好了，就在那个濯水古镇。

说订房时她的脸红了，像在说一个羞耻的秘密。

一进蒋副局长办公室，我就被劈头盖脸地臭骂了一顿，说投诉电话打到他这里来了，我有三大罪状——包庇纵容女友诽谤知名企业，充当无良记者的保护伞；滥用职权，干扰企业的正常生产经营活动；恐吓市民。我解释说，鹿芳只是我前女友，她的言行举止跟我无关。而且我看了她写的那篇文章，不是新闻报道，是情感口述类的非纪实故事，谈不上侵权。我查大成集团也是有正当理由的，何万里是这家公司的股东，他哪个联系到枪贩子的事还没查清楚。说不定捎客就是公司内部员工，我派人卧底完全在职权范围之内。至于恐吓市民更是无中生有，大成集团的人非法限制我前女友的人身自由，涉嫌非法拘禁，身为警察，我当然要警告这些不法之徒几句。

蒋副局长的脸黑得像个包公，既然那个女记者只是你前女友，她被大成集团的人围堵你出啥子头？110出面就可以了！你以为我不晓得嗦，当年带你实习的缉毒队长老郭有个女儿，叫郭雨晴，她以前是何万里的学生，跳楼了。她男朋友向警方举报何万里制毒，却拿不出任何确凿的证据，他很可能是出于泄私愤，故意报假案，想搞臭何万里。你小子捕风捉影，也想查出郭雨晴跳楼的真相，给郭队一个交代。所以你打着查枪贩子捐客的名义,想抓到何万里勾结大成集团制贩毒品的证据。你娃心里那点小九九,老子一清二楚!

我一愣,郭雨晴是郭队的女儿这件事,没几个人知道,蒋副局长是怎么知道的?看到我一脸蒙的样子,蒋副局长扔给我一支烟,自己也点了一支。他望着窗外的水杉,树梢缠绕着一层神秘的雾气。抽完半支烟他才开口:

老郭是我警校的同学,一个寝室。

这很让我意外,八年前那个血色夏天发生的枪击事件,局里人人皆知,许多人都替郭队惋惜,替陈野抱不平。但我从没有听蒋副局长提起过,他和郭队是同学。蒋副局长说,老郭在警校就是个刺头,跟一个叫梁虎臣的特别要好。这个梁虎臣也是他的室友。后来两人参与了一起斗殴事件,梁虎臣打残了对方,被警校开除了,老郭也落了个留校察看的处分。

我问是为什么事斗殴,蒋副局长没有回答,只是说都过去了,不要再翻那些陈芝麻烂谷子的事了。他直言不讳地指出,我,包括他自己,心里都有个结,至今没有解开。得知老郭的女儿跳楼,他也很痛心,也想把这件事查个水落石出,但一直没找到何万里谋害郭雨晴的证据。他说,大成集团是明星企业、纳税大户,董事长邓忠发是劳模,还是政协委员,有盘根错节的社会关系。在没有确凿证据的情况下,冒冒失失地去查大成集团,很容易陷入被动。

蒋副局长要我写份检查,下班前交给他。大成集团那边不能再去查了,除非有过硬的证据。我很想从他嘴里多知道一些关于郭队的事,特别是郭队在警校的经历,但他似乎不愿回忆。这让我觉得奇怪,从心理学上来说,年龄越大越眷恋美好的青春岁月,他却恰恰相反,选择了沉默,甚至尘封。难道他的那段警校岁月,跟我经历的那个血色夏天一样,不堪回首吗?

把检查交上去之后,我悄无声息地离开了单位,把车开出两条街。陶笛拖着行李箱,假装候车,在朝圣门公交站台等我。今天她穿得很休闲也很运动,完全是一副游客打扮。出了主城区,走渝湘高速,我驱车直奔黔江。

我把今天发生的事告诉了她,包括蒋副局长跟我说的那些话。

她对后半截内容兴趣不大,更关心前半截内容:

感觉你前女友像个女汉子,快意恩仇。

我放了点轻音乐,想转移她的注意力。窗外的山川朦胧写意,在越来越浓厚的暮色中像一幅水墨画。

听说她结婚了,又离婚了。

肯定是菜头这厮告诉的陶笛,我恨不得把这厮的长舌头腌了下酒。

我继续装聋作哑,点了支烟,把车窗开了一道缝,强烈的噪音随同雨雾一起飘进来,但依旧没有淹没她的声音,她那么优秀,你们为什么分手?

我终于忍不住了,你能不说她吗?

对不起。她朝我扮了个鬼脸,我不说了。

车子进入隧道,我关上窗户,车内一下子安静下来。

陶笛很俏皮,她在车窗上哈气,画了两个心形符号,中间还穿了一把箭。

这种深邃的空间很容易给人心理暗示,把思维带入记忆深处。渝黔两地,我和鹿芳往返过多次,有时坐汽车,有时坐绿皮火车。大多数是后者,那时我们都没有什么钱。而且绿皮火车有种浪漫的文艺气质,坐在上面,可以慢慢地欣赏车外风景、慢慢地说话、吃饭、调情,连对视和微笑都是慢慢的。我们都很享受这种慢节奏的感觉,但不知从什么时候起,我们的生活节奏开始加快了。就像坐在高铁车厢里看窗外,整个世界,包括爱情,都变得越来越模糊。

车从隧道开出来,我立即结束了这种冥想,开始和陶笛漫无边际地摆龙门阵。公路两旁成片的山峦让她好奇而着迷,她说她的老家是江南水乡,很难见到这么多山。她外婆家在一个古镇上,那里粉墙黛瓦,小桥流水,老巷深幽。外婆经常摇着乌篷船带她去赶集,她最喜欢吃桂花糕,松松软软的,咬一口就化了。我的耳朵里立即响起了欸乃的桨声,眼前似乎看到了柔柔的水草和古老的月光,连车内都荡漾着一股桂花糕的味道。

她还唱了几首江南小调,声音跟粽子一样,糯糯的。她说雾都的蟋蟀跟江南的蟋蟀叫声都不同,一个高亢激越,像川剧,一个婉转抒情,像昆曲。甚至连阳光都是不一样的,一个像麻辣烫,一个像甜酒汤圆。

我说你怎个喜欢江南,为啥子不回去找工作?

她意味深长地看了我一眼,我本来是打算回去的,后来改变主意了,我要留在雾都听川剧、吃麻辣烫。家乡千好万好,不如这里有个人对我好。

我知道这个人指的是谁,但没有接话。我并没有做好重新经营一份爱情的准备,我缺乏耐心和勇气。我习惯了单身生活,这种一无所有的状态让我没有负累,不用担心失去。

在夜晚开长途,逃离熟悉的城市,奔向一个模糊的、不确定的远方,如同私奔。那些固有的模式被打破了,在异地重建自己的生活和情感,一切重新选择,会有一种欣快感。

三个小时后,我把车开到了黔江濯水古镇。

陶笛订的是这里最高档的一家酒店,就在风雨廊桥旁边。前台只给了一张房卡,我问,还有一张呢?陶笛拽着我的胳膊就往电梯里走,说进去就知道了。上楼,刷卡开门,我才发现是个两室一厅的套房,布置得很有土家族风情。我觉得房间似曾相识,但记忆中,我从来没有住过这家酒店。我努力在大脑沟回里搜寻,突然想起多年前和鹿芳来黔江,她说濯水古镇有个老板要她写篇软文,给了她一张贵宾卡,可以在他开的酒店最豪华的房间免费住三晚。我上网搜了一下,果然就是这家酒店,只是改了名。那时古镇还在修缮,跟现在的面貌很不一样。今天又是晚上入住,我一时没认出来。确认了我以前就住在这间房,我的耳朵瞬间被各种声音填满——我和鹿芳的说话声、笑声、歌声、冲凉声,甚至做爱声,无处不在。她的影子悬浮在各个角落里,电视机上有,中央空调上有,落地台灯上有,烧水壶上有,布艺拖鞋上有。

我很想逃离这个压抑的空间,我甚至已经触摸到了门把手。

饿了吧?陶笛笑吟吟地说,我也饿了,走吧,去吃点东西,这里好多特色菜。

在樊家大院旁边的一家饭馆,陶笛点了鸡杂、酸酢肉、油茶汤、金包银饭、蜂蜜荞粑,还要了两杯老鹰茶——这也是我和鹿芳来黔江经常点的。现在,我品尝出了另外一种滋味。这是一种糅合了酸甜苦辣的滋味,或过咸,或太腻,或发馊,我有些难以下咽。陶笛却吃得津津有味,她问我是不是胃口不好,我放下筷子,说可能是有点累了。我没告诉她,今夜我品尝的不是美食,是过去。

这天晚上,心不在焉地看了会儿电视后,我和陶笛分睡两间房。半夜,我听见她还在辗转反侧,其实我也有点失眠。我甚至听见她蹑手蹑脚地走到我的门口,跟只野猫似的。房门虚掩,她轻轻推开,凝视着黑暗中的我,似乎只是为了听我的呼吸。十几分钟后,她带上房门,悄无声息地回到隔壁。我一直假装熟睡,如同一条冬眠的蛇。

第二天,我们在盘山公路上驱车两个多小时,来到一个叫银石溪的村子,在阿蓬江边,这里是周艳虹的户籍所在地。

一个姓王的村支书接待了我们。

他已经从电视里知道了周艳虹的案子。他发给我一支自制的纸烟,这女娃儿是我看着长大的,跟她妈一个样,文静秀气,不是被歹人欺负狠了,肯定不会动刀子。

她爸妈是干啥子的?我抽了一口纸烟,辛辣得像喉咙着了火。

她爸以前是乡派出所的联防队员,她妈在乡里的邮电所当临时工。艳虹高中没毕业就出去打工,供她哥哥念书。她哥哥很争气,是黔江的高考榜眼。榜眼晓得嚒?就是第二名!后来他又到法国读研究生,了不得啊!其实艳虹小时候比她哥哥成绩还好,可惜了。要是她爸妈没出事,她肯定也是大学生。

她爸妈出啥子事了?纸烟抽到一半,我感觉不再辛辣,烟味变得醇厚。

她爸当联防队员时是个狠角色,一个人抓的坏分子比整个派出所民警抓的还多。他立了好多次功,也给自己招来了祸。有个叫胜哥的毒贩为了陷害他,在他家的菜园里藏了些毒品,然后举报。他就被抓了,判了七年。胜哥那个猪狗不如的,趁艳虹她爸坐牢,把她妈给糟蹋了。她妈想不开,寻了短见,跳进村后那个水潭里。艳虹她爸晓得这事后,就越狱了,找到胜哥在山里养蜂的地方,那其实是个制毒的窝点。他牛得很,一个人对付四个,当场打死三个毒贩。但胜哥这龟儿子跑了,他自己也中了十几刀,还没送到卫生院就咽气了。是我给他洗的身子,到处是窟窿,没一块好肉。肠子都掉出来了,衣服上全是血,太惨了!当时公安说他们是火并,连死都没落个好名声。周家的老人之前也都过世了,艳虹和她哥哥都成了孤儿。

老天还是开眼的,艳虹她爸有个同学,是警察,外地的。从艳虹她爸坐牢起就替他申冤,还经常寄钱接济艳虹她妈,让两个孩子能念上书,真是好人哪!艳虹她爸的案子最后就是这个警察翻过来的,他从云南抓回了胜哥。艳虹她爸这个案子,让我们村好几年都抬不起头来。胜哥那龟儿子被枪毙时,我们全村都敲锣打鼓放鞭炮,还请戏班子唱了三天堂会,这不光是还了艳虹她家清白,也是还了银石村一个清白。以前,替艳虹她爸翻案的那个警察每年清明都会来上坟,一个大男人,跪在艳虹她爸妈的坟前,哭得像个娃儿!真的,没骗你们,我亲眼看见的!那个警察有八年没来上坟了,听说是牺牲了。哎,好人不长命啊,艳虹也是那个时候出去打工的。

"八年"这个字眼如同马蜂一样在我心脏上狠狠蜇了一口,我的面部肌肉抽搐了一下,额头则像是梅雨季节里返潮的地面,一层虚汗冒了出来。

那个警察叫啥子名字?我听到自己的声音在发抖,似乎被电熨斗烫了一下。

我想想,老了,记性不好了。王支书看了看挂在房梁上的玉米棒,对了,好像姓郭,郭啥子来着——

郭启龙?陶笛霍地从板凳上站起来,她比我还激动。

对头,就是这个名字!王支书往膝盖上用力拍了一下巴掌。

周艳虹的父亲叫啥子名字?我强忍着突如其来的眩晕。

艳虹她爸是周家的上门女婿,两个孩子都姓周,她爸姓梁,叫梁虎臣。

我的脑袋里嗡的一声,像是蜂群炸了窝。我感觉自己不是坐在2020年秋天的阳光中,而是站在了八年前那条血色河流的岸边。我亲眼看见郭队被漩涡卷走,与此同时,耳旁响起了震耳欲聋的三枪。我的整个世界都被这三枪打得支离破碎,一直到现在,都无法重新构建。

但我万万没有想到,还有比那三枪更震撼的复仇!

王支书没有注意到我和陶笛的惊诧,继续说,梁虎臣在雾都上过警校,因为打架被学校开除。听说打的是一个领导的公子,把人家打成太监了。要不然,他毕业了也是正式警察,不会到乡里当没有编制的联防队员……

我们在村头小卖部买了些香烛纸钱,在王支书的指引下来到一座小山冈上，那是村里的集体坟地。穿过齐膝深的杂草，我们找到了周艳虹父母的坟头，点燃香烛纸钱。对我们来说，这两堆黄土下面埋的不是尸骸，而是一段血色往事。离开的时候，我和陶笛不约而同地举手，朝周艳虹父亲的坟头敬礼。就目前掌握的情况来看，我无法完整地评判他的人生。但至少在这段往事中，他是英雄。

开车回濯水古镇的路上，我想起了"麻杆"。这家伙真名叫黄克竞，是我在政法大学的室友，就在郭队毕业的那所警校当老师。我给他打了个电话，叫他查一下梁虎臣当年被开除的详情。听说是查二十多年前的一个学生，这厮嫌麻烦，说那时候还是纸质档案，只怕都被虫蛀了，找个铲铲！

我说你娃要是不找出来，我把你那场惊天地泣鬼神的初恋告诉你老婆。

他连忙说，好好好，我马上去查，老子真后悔跟你做同学！

陶笛好奇地问我，什么是惊天地泣鬼神的初恋？

我告诉她，大二下学期，黄克竞骄傲地在寝室宣布，他遇到史上最美的爱情了。那个女孩是邻校生物系学生，纯洁得像天使，美丽得像雾都四月天。他们是在校外小饭馆认识的，阴差阳错，总在一张桌上吃饭，然后就互留了手机号码。但没多久，学校保卫科就来找他谈话，询问他和那个女孩的关系。他这才知道，他所谓的女神根本不是邻校的，连大学生都不是，是个连初中都没毕业的站街女。

考虑到黄克竞和那个站街女并非卖淫嫖娼关系，学校没有处理他。但我和菜头自此经常笑他有伟大的献身精神，差点拯救了一个失足妇女。据当时的小道消息，那个站街女确实对黄克竞动了真感情，准备做完最后一单就从良。然而命运是头谁也无法驾驭的黑色怪兽，在她准备穿上裤子的最后时刻，警察破门而入，抓了现行。

陶笛在我添油加醋的叙述中笑得花枝乱颤。

但我没笑,我的心情有些沉重。

对周艳虹身世的调查解开了一个谜团——她和郭雨晴为什么会通信——因为她们的父亲是同学。郭队很可能带女儿来过银石村,所以周艳虹跟郭雨晴认识。这两个女孩的关系越深,洋槐公馆反杀案就越不简单。

回到濯水古镇,我们漫步在风雨廊桥上,陶笛就像一只春天里的甲壳虫,在我身边转来转去忙着自拍。吹在脸上的风是鱼腥味的,夹杂着欲望和梦想,一如曾经的爱情。据说这是世界最长的廊桥,像道彩虹横跨在阿蓬江上。记得我和鹿芳第一次来这里时,她笑着问我,有没有《廊桥遗梦》的感觉?

一语成谶。

后来我们的爱情果然遗落在廊桥上,成了时光里的一个梦。

我正在胡思乱想时,麻杆打来电话。

他告诉我,梁虎臣是那一届警校的尖子生,毕业前夕,他跟一个叫郭启龙的同学关系很铁,两人一个寝室的。郭启龙当时有个女朋友,叫陈雅雯,是师范生,学美术的,丰都人。有个官二代看上了陈雅雯,借口请她到家里给姥姥画像,非礼了她。郭启龙得知后,和梁虎臣去找那个官二代理论。官二代不仅不道歉,还叫了一帮混混要揍他俩。郭启龙和梁虎臣气愤不过,就动手了。梁虎臣下手重,把官二代打残废了,丧失了生育能力。事情闹大了,在某种压力下,梁虎臣被学校开除,郭启龙得了个留校察看的处分。

我有点困惑,郭队的妻子并不姓陈,而是姓苏,叫苏小萍,也不是学美术的,她是妇科医生。看来郭队警校毕业后,并没有跟那个叫陈雅雯的女孩走到一起。但为了替陈雅雯讨公道,郭队和梁虎臣都付出了沉重的代价,实在让人唏嘘不已。这也许就是青春!年少的时候,我们经常会为自己的轻狂买单,有时仅仅是为了一句玩笑、一次赌气、一个荷尔蒙分泌过剩的夜晚,甚至是一份脆弱不堪的感情。

其实那时我们都不懂啥子叫爱情。

我突然对这个叫陈雅雯的女人产生了好奇,我想去见见她。

陶笛说,这个女人跟我们要查的案子没什么关系,为什么要大老远地跑去丰都见她?

我没有回答,我叫陶笛回酒店退房,收拾东西,十分钟后就出发。如果非要给我奇怪的动机找一个解释,也许是我想知道,这个把两位悲剧式英雄的命运捆绑在一起的女人,她到底长什么样。

跟昨天一样,又是三个小时的车程。

我们在晚上八点前到达了这座传说中的鬼城,陶笛订的依然是高档酒店的套房——两室一厅。除了订房,一路上的餐饮也是她安排。这和我跟鹿芳在一起时截然相反,所有这些杂事都是我一手操办,鹿芳觉得这是男人的天然义务。陶笛却认为这是女人该做的,对于生活中的细节,女人永远比男人擅长。她觉得男人只需要负责生活的方向,那才是本质,拘泥于细节的男人是平庸和滑稽的。

吃完晚饭,我们哪都没有去,就站在酒店房间的露台上欣赏夜色。有好一会儿,我们都没说话,只是默默地喝着扎啤,打量着这座陌生而晦暗的城市。但彼此并不觉得尴尬,似乎有某种导体连接了我们的身体,构成了回路。我能感觉到一股温柔的电流在传输,我的每条血管都畅通无阻,没有丝毫栓塞。

如果你处在梁虎臣当时那种情况,面对官二代的挑衅和毒贩的栽赃,你会怎么做?陶笛看着我,眼睛里的幽光像是猎户座的一颗星辰,遥远而神秘。

我回答不出,人性的挣扎是一种极其复杂的化学反应,一个细小的念头都可能导致完全不同的结果。但我知道陈野会怎样做,他跟梁虎臣的遭遇有几分相似,他们都用一种悲壮的方式彰显了自己的男人本色。如果说得更高大上一点,就是英雄本色。这是一类不被主流认可的英雄,但更接地气,更具人间烟火味。

他们身上的人性多于神性,他们是一道可以触摸到实体的光。

这个夜晚我和陶笛都睡得很早,在客厅说晚安时,我看见一只小飞虫落在她的发梢上。我忍不住伸手去赶,被她抓住了胳膊。我们很自然地拥抱在了一起,没有任何违和感。我能感觉到她睡衣里面的心跳,像是一只急欲钻出地面的鼹鼠。她仰头凝视着我,眼里闪烁着期许的色彩。我吻了她,蜻蜓点水式的。但我的唇齿立即被她捕捉到了,就像一只饥饿的壁虎捕捉到了自己的猎物,我感觉身体如同一枚加足了燃料的核导弹,即将挣脱地心引力的束缚,飞向一个早就设定好了经纬度的目标。

但我还是没有按下核按钮,在倒计时的最后一秒,我放弃了发射。

我把欲望藏进了深邃的导弹井中,藏在了夜色里,我不知道自己害怕什么。陶笛没有多问,也没有一句怨言,她悄然从我的臂弯滑离,像一尾沉默的鱼,游进了隔壁那片黑暗中。

我在露台上抽了两支烟,才让自己的身体彻底冷却下来。我突然想起,这里是陈野的家乡,这样的夜色他应该没少画过。很奇怪,自从洋槐公馆反杀案发生后,那种进入陈野画中的恍惚感越来越强烈,次数也越来越频繁。每次我都需要转移注意力才能逃脱这种代入感。陈野真的是个异类,他的生物钟好像是颠倒的,他天生就属于夜晚。他的性格他的画他的灵魂他的身体,他的爱与痴狂,都在黑暗中闪闪发光。他是黑夜之子,是月亮背面,是滚滚乌云里的一道闪电。他的秘密都藏在一个看不见的角落里,但他对这个世界洞若观火。老实说,认识这么多年,我并不懂他,我们根本就不是同一个世界的物种。他似乎来自异度空间,连身体的分子结构都跟我不一样。

第二天早上,在酒店吃自助餐时,我发现陶笛端着一个装水果的盘子,在看墙上挂的一幅画,她足足看了几分钟,像是被施了定身术。我有些疑惑,端着一杯豆浆,起身走过去。那是一幅宗教色彩浓厚的画,浓墨重彩,颜色艳丽。风格有些像唐卡,也有些像古庙里的壁画。作者画的是黄泉路、彼岸花、望乡台、奈何桥和三生石,但并没有森森鬼气,而是充斥着一种视死如生的浪漫情调。

这有啥子特别的,丰都这样的画到处都是。我笑道,这里还有条阴司街呢,你要是感兴趣,今晚我带你去看看。

你看看印章,像不像那个名字。她塞了一颗草莓到嘴里。

画上的印章是篆书,应该是作者名字,我看不太懂,但我知道陶笛要说什么。我把餐厅经理叫来,问他知不知道作者是谁。他说当然知道,这是我们丰都很有名的一个女画家陈雅雯的作品。他以为我们想要买陈雅雯的画,补充道,你们来晚了,她几年前就去世了,这是绝版。

我和陶笛对视了一眼,既吃惊,又大失所望。我原本打算上午去当地公安机关查询陈雅雯这个人,找到她的工作单位,没想到她已经不在这个世界上了。在我表明身份后,餐厅经理介绍道:陈雅雯是中学美术老师,这幅画是我亲手从她家里买回来的。人如其画,陈老师是个奇人!她长得漂亮,又有才,追求她的人能坐满这个餐厅。但她是个冷美人,对任何男人都不感兴趣,一直没结婚。不过她有个儿子。这个男娃儿啷个来的就不晓得了,有人说是私生子,有人说是她抱养的,反正是个谜。八年前她儿子杀了人,好像杀的是个毒贩,被判了刑。她可能是伤心过度,没几年就得了癌症,去世了。

啪的一声,我手中装豆浆的玻璃杯掉在地上,摔得粉碎。

极度震惊让我失态,我明白这个陈雅雯是谁了,难怪初见这幅画时,我觉得画风似曾相识,现在想起来,就是陈野的风格,陈雅雯是他的母亲!

餐厅经理说,陈雅雯以前住在北门外一个叫社坛的小镇上,不晓得现在家里还有没有人。

我和陶笛匆匆吃了几口早餐,驱车直奔社坛。

这是一条仿佛凝固在旧时光里的老街,随处可见破败的宅子、倾斜的门楼、斑驳的墙面、潮湿的青苔和褪色的对联。置身其中的人也大多是一副旧式打扮,穿着纯棉衣服和黑布鞋,还有人骑着那种几乎成了古董的永久牌自行车。一进老街,我们就打听到了陈雅雯以前的家。街坊说,现在她姐姐住那里,是个裁缝。

那是一座百年老宅,如意门上有精美的雕花,还画了两位威风凛凛的门神,一看就是陈雅雯的风格。我敲了敲门,一个老妇人开门,手里提着个花洒:

找哪个?

我表明身份后,她有些紧张,我外甥不是放出来了吗?

我叫她放心,说陈野没有犯事,我们来了解一些过去的事。

她两眼疑惑地把我们请进门,就坐在院子里,那里有张石桌,沿着墙根摆了十几盆花。她自称陈野的孃孃,给我们倒了两杯茉莉花茶:

你们要问啥子?

陈野的父亲是谁?我喝了口茶,感觉水没烧开。

你们是警察,都不晓得嗦?她反问道。

我顺着她的话说,有些情况我们掌握,但有些细节也不太清楚,你把你晓得的都告诉我们。

我也是在我妹妹临走前才晓得那些事,以前打死她都不说。

她都跟你说了啥子?我拿出一支烟,准备点上。

我有哮喘。陈野的孃孃用目光剜了我一眼。

对不起。我把香烟塞回烟盒。

陈野的孃孃开始回答我的问题:

我妹儿说她在雾都上师范的时候,跟一个警校的男娃儿好过。

我和陶笛交流了一下眼神——没错,她说的就是郭雨晴的父亲。

那男娃儿姓郭,后来当了警察,在外地工作。两人感情好得很,都开始谈婚论嫁了。但有一天,姓郭的突然告诉我妹儿,他喜欢上了一个有钱的女人,他准备辞职,跟那个富姐去广州做服装生意。我妹儿心气高,打小就这样,一听姓郭的有新欢了,就跟他分手了,一句软话都没说。其实我晓得她不舍得,经常躲在屋里哭,还画了那个男娃儿的好多像,画了撕撕了画。那些纸,收破烂都能卖好多钱!但她就是这个臭德行,宁愿自己伤心,也不愿意去求姓郭的回心转意。没多久,她突然发现自己怀孕了。她谁都没告诉,到学校请了一年假,然后跟家里说要去成都进修一年。其实,她是躲到雅安一个叫上里的地方生娃儿。她抱着娃儿回来后,跟家里人说是她收养的,我们都不信,晓得肯定是那个姓郭的种。我老汉那时还在,给姓郭的单位打了电话,要找他算账,至少要出个抚养费吧。但接电话的人说,姓郭的早就不在那上班了,已经辞职了,谁也不晓得他去了哪里。我老汉气得差点脑溢血了!

陈野竟然是郭队的亲生子!

我惊愕得无以复加,这比我知道周艳虹是梁虎臣的女儿更要震撼。

以前,给我妹儿做媒的人快把我家门槛踩断了,但她一个都看不中,心里只有姓郭的。她养了个娃儿后,就没人做媒了,都说那娃儿是野种。她倒好,不仅随便别人恁个说,还给娃儿取了个名字叫陈野,真是脑壳有包!娃儿打酱油了以后,我妹儿才晓得,姓郭的当时跟她分手是不得已,他要去贩毒组织卧底,怕连累我妹儿。你们都晓得噻,毒贩都心狠手辣,跟缉毒的是死对头。我们这里有个缉毒的警察,老婆娃儿都被毒贩杀了,他自己疯了。姓郭的本来想卧底回来后再找我妹儿说清楚,他很重感情,心里一直放不下我妹儿。他悄悄到社坛来了一趟,我们都不晓得,我妹儿也不晓得。他看见我妹儿带着娃儿,以为她嫁人了。他不想破坏她的生活,就悄悄地走了。你们说,这是不是命?

命运的奇诡让我和陶笛无言以对。

我看见陶笛擦了一下眼角,那里有晶莹的泪光闪烁。

我妹儿就是个苦命人!她本来可以跟姓郭的男娃儿做夫妻的,但阴差阳错,没做成。后来姓郭的有个同学,黔江的,姓梁,死了,这男娃儿也是我妹儿的朋友。有一年清明,我妹儿去黔江给姓梁的上坟,很巧,在那里碰见了姓郭的,她这才晓得当年姓郭的为啥子要跟她分手,才晓得他回来看过她。我妹儿说,那个清明节黔江下好大的雨,天好像漏了。她站在雨里头,没有打伞,整个人都傻掉了。姓郭的听到我妹儿说她还没结婚,那个娃儿不是别人的,是他自己的种,他也傻了。但那个时候他已经结婚了,闺女刚刚满月。那天,两个人在坟地里抱头痛哭。姓郭的说要离婚娶我妹儿,但我妹儿不同意,她说不想伤害姓郭的老婆。上坟回来后,我妹儿整整一个礼拜,高烧不退,跟个死人似的。我们家里人都以为她去上坟撞邪了,还请了个神婆给她看病,你们说好笑不好笑?我妹儿也真是沉得住气,她把这些秘密都烂在肚子里,一个字都没说,直到走的头天晚上才告诉我。那时候我老娘和老汉都已经过世了。我妹儿交代我,上坟时记得把这件事告诉老人——陈野不是野种,他爸不是个负心汉,是个英雄!

我仰望着有些阴郁的天空,努力不让自己的眼泪掉下来。

陶笛却忍不住了,她捂着嘴,轻声啜泣。

陈野晓得他的身世吗?稳定了一下情绪后,我问。

晓得,我妹儿八年前就告诉了他。

我这才明白,那个夏天,陈野为什么坚持去巴山县实习了,他是带着一种复杂的动机去的。

那年暑假,陈野到他爸的缉毒队里实习,那是他第一次见到他爸,欢喜得不得了。他给我妹儿打电话说,毕业了要到他爸手下当警察。

那陈野他爸知道去实习的是他儿子吗?陶笛用哽咽的声腔问。

也晓得,我妹儿告诉我的。命中注定他们成不了一家人啊!陈野实习没多久,他爸追捕毒贩时牺牲了,陈野就是个瓜娃子,为了给他爸报仇,开枪把那个毒贩打死了,坐了八年牢。我妹儿身体本来就不好,这一折腾,就垮了……

陈野嬢嬢后来说的一些话是我不需要了解的。都是些生活琐事,关于陈雅雯,关于陈野,甚至关于她自己。但其中有句话引起了我的注意——陈野从牢里出来后,到他二舅开的驾校里学了车。本来他二舅要他在驾校做会计,一个月三千多块,他不肯,说想当厨子。他大舅就是我们这里一个很有名的红案师傅,县里有大领导来,都请他大舅去做菜。但陈野不跟他大舅学厨,非要去雾都上啥子烹饪学校。把他大舅气得差点用鞋底抽他。他大舅说,雾都那个啥子烹饪学校的校长,还是他教出来的徒弟,而且是最不中用的一个!你们说说看,陈野是不是瓜兮兮的?我看啊,坐牢把他脑瓜子坐坏了,成了个哈儿!

我很清楚地记得,袁凤珠疑似狂犬病发作后,陈野说他不会开车,是叫了个滴滴把袁凤珠送进医院的。他为什么要撒谎?想隐藏什么?还有,陈野明明可以跟着大舅学厨艺,他为什么偏偏要花钱去雾都上那个烹饪学校?动机何在?

告别时,我再三交代陈野的嬢嬢,对我们来拜访的事要保密,不要向陈野透露。我找了个冠冕堂皇的理由——陈野是劳释人员,对警察很抵触。如果晓得警察上门家访,会导致他心理波动,容易养成反社会人格。他嬢嬢一听后果这么严重,连忙说,绝对不会透露我们来过。

从那座弥漫着花香的宅子里出来,在老街拐角处,我找了块麻石板坐下。陶笛紧挨着我,坐在一只不知被谁家遗弃的凳脚高低不平的马扎上。我们中间隔着一个生锈的消防栓。我迫不及待地拿出香烟,点了一支,大口地抽着。我从来没有这样渴望抽一支烟,就像搁浅在沙滩上的鱼,终于回到了大海。有十来分钟,我们都没吭声,静静地看着透明的空气,仿佛都在脑海里整理刚才繁芜的谈话。

师傅,那个反杀案是不是要重新调查?陶笛先开口。

起风了。我答非所问。

说不定陈野很久以前就认识周艳虹。陶笛并不关心天气。

好像要下雨了。

我吐出的烟圈,似乎飘到了天上,跟越积越厚的乌云凝聚在一起。

他们两个人住进洋槐公馆,肯定有别的动机。

一定是场大雨。

看着怪兽似的积雨云,我想起了陈野母亲和郭队在雨中抱头痛哭的场景。我的心突然湿漉漉的,好像淋雨的是我,哭的也是我。

师傅,你在听我说话吗?陶笛困惑地注视着我。

你说淋一场雨是啥子感觉?我迎接了她的视线,认真地问。

她迟疑了一会儿,然后说,真的下雨了,师傅,我们上车吧。

的确,已经有细小的雨滴飘下来了。

但我坐着没有动。乌云中掠过几道闪电,这是在秋天很罕见的闪电。

雨越来越大了!陶笛站了起来。

我还是坐着没有动,铜钱大的雨滴劈头盖脸地砸下来。

师傅,你怎么了?奇奇怪怪的!

我沉默着,如同这条沉默的老街。

你说话呀!

我依旧没吭声,我夹在手指间的烟头早已经被雨水浇熄了。

好吧,你不回去,我也不回去,你不是想知道淋雨是什么感觉吗?我跟你一块儿淋雨!

果然是一场暴雨,顷刻间就把我们淋成了落汤鸡。

真爽啊!我还是小时候淋过雨,感觉回到童年了!陶笛兴奋起来。

我闭上眼睛,想象着黔江的那场雨。

下在银石溪村坟山的那场雨。

下在陈野母亲和郭队爱情里的那场雨。

那是一场喜极而泣的雨。

那是一场悲伤如河的雨。

是一场相遇的雨。

是一场幻灭的雨。

我甚至张开嘴巴,想品尝一下雨的滋味。汹涌的雨水从舌尖上滚滚而下,灌注进我的喉咙,我被呛得连连咳嗽,像是掉进了河中。

是的,我溺水了。

我掉进了八年前的那条血色河流中。

我像一截木头,在河中沉沉浮浮。我似乎看见了郭队,正拼命游向那个装满冰毒的黑塑料袋,但一个漩涡把他卷进去了。我伸手想去拽他,却被一股强劲的暗流冲出很远。我眼睁睁地看着他被卷入漩涡中心,像是一颗被黑洞吞噬的行星。

不要!我痛苦地大喊,但河水立即塞满了我的喉咙,我几乎要窒息了。

突然,一双手把我从那种濒死的窒息感中拽了出来,我睁眼一看,是陶笛,我还站在雨中。她抱着我,眼里充满怜爱,像母亲抱着一个婴儿。

该上车了。她说。

我很听话地跟着她走。

老街上的行人打着伞,用惊诧的目光看着我们,像看两个神经病。

我回头望了一眼陈野家的那栋老宅子,两尊门神在雨水的冲刷下格外醒目。也许是陈野的母亲画得太过逼真,也许是雨水造成的视觉效果,我感觉到两尊门神都是活的,它们的眼睛似乎还眨动了几下,充满敌意地看着我们。

我浑身止不住战栗了一下。

陶笛没有让我开车,她亲自驾驶。回酒店的路上,包括返回雾都途中,她再也没有提起洋槐公馆反杀案的事。真是奇了怪了,往年秋天从没见过下这么大的雨。但这一天,暴雨倾盆,天地一片白茫茫的水雾,雨刮累得像个喘不过气来的哮喘病人。我想,陈野母亲和郭队邂逅那天下的雨,应该也有这么滂沱吧。命运真是个操蛋的家伙,让他们,还有梁虎臣,居然以那样一种特殊的方式重逢。他们的心情肯定是苦痛而无奈的,不对,应该也有激动和喜悦。他们失去了世俗的婚姻,但爱情在一个精神世界里得到了永恒!我终于明白陈野和她母亲画风来源于何处了,就来自那场雨,来自那个埋藏了许多秘密的暗黑空间。不知道有没有人尝过雨的滋味,我可以负责任地告诉你们,雨是咸的。不是那种汤汤水水的咸,不是大海的咸,而是眼泪的咸,还带着一点点涩。

这两天调查到的事,不要告诉任何人。在一个服务区加油时,我提醒陶笛。

我知道,我就是来旅游的。我一个见习生,能知道什么呀,我就是你们这些老前辈的小跟班。她握着方向盘,朝我诡谲一笑。

对不起,让你跟着我淋雨。我看见她的头发还是湿的,但衣服已经换了。

有什么呀!我还要感谢你呢,带我穿越到了童年。她咯咯地笑着。

回去记得喝点热姜汤,蒙头大睡一觉,别感冒了。

用不着,我又不是林妹妹。她说,要注意的是你,我看见你打了好几个喷嚏。

我没得事。对了,这次出来都是你买单,你汇总一下,花销了多少,回去我转账到你手机上。

她娇嗔道,师傅,你要是这么说就见外了。是你陪我出来,你没收我陪游费就够仁慈了,我要是倒过来找你要钱,那还是人吗?

我坚持要给她钱,她拗不过我,只好同意五五开。

快到主城时,已经是傍晚,她突然说,对了,昨晚你说梦话了。

我一怔,我说啥子了?

叫一个人的名字,是个女的。她脸上的笑容高深莫测。

啷个可能?

骗你是瓜娃子!她学了句雾都话。

我正要问她叫的是谁的名字,手机响了,是菜头打来的:

在哪里快活呢?

啥子事?

到新硎医院来一趟,速度!

啷个,又在看男科?老子这个月的工资都还房贷了,借钱免谈。

有一次这厮去新硎医院割包皮,临上手术台前给我打电话,说手术费不够,要我赶紧送钱过去。

锤子!鹿芳出事了,骨科住院部303床,来了再说!

没等我多问,菜头就挂了电话。

我的第一反应就是鹿芳被人打了!

做记者跟做警察一样,得罪人是常有的事,鹿芳以前也被人恐吓过。但这次,我高度怀疑大成集团是幕后黑手,因为就在前天,那个死胖子当着我的面威胁过鹿芳,要让她进精神病医院。

车窗外的黑暗突然像是两面有形的墙壁,坚硬如铁。一下子把我挤压在了中间,我心律不齐呼吸困难,感觉到了一种从骨骼深处传来的疼痛。

# 第五章　黑暗中的诗意

从渝黔高速下来就开始堵车，走走停停，跟便秘似的花了一个小时才到新硚医院。泊好车，我和陶笛一路小跑直奔骨科住院部。

303床是个单人病房，一进去我就愣住了——鹿芳和菜头都不在里面，一个脸色蜡黄、右小腿打着石膏的男子正躺在病床上输液，旁边坐着两个我认识的警察，都是刑侦队的，他们起身跟我打了招呼。情况比我预想的更糟糕！菜头拎着暖壶从开水房回来，他告诉我，今天下午三点零两分，110指挥中心接到群众报警，在柏碴的高坑岩水电站磨滩瀑布附近，有个女人被绑架，上了一辆红色沃尔沃，车辆去向不明。根据报警人提供的车牌号码，警方查到车主是鹿芳，手机已关机。在她关机前，曾接过一个电话，这个电话的机主叫曹荣喜，是个瘾君子。警方找到曹荣喜时，这家伙正在龙溪镇的出租房里跟女朋友吸毒。见到警察他撒腿就跑，从二楼跳下来摔断了腿，刚从手术室出来录完口供。

曹荣喜交代，今天中午十二点左右，有个男的打电话找到他，问他想不想赚一笔快钱。他说当然想，他已经断毒几天了，难受得想一头在墙上撞死。那个男的要他把一个叫鹿芳的女记者骗到高坑岩水电站，还教他怎么骗——

他给鹿芳打电话,谎称女朋友经常看《雾都晨报》,是鹿芳的忠实粉丝。两人闹了别扭,女朋友要跳磨滩河自杀,跳河前非要见鹿芳,控诉所谓的渣男。女朋友还不准任何人报警,要是见到警察她就马上跳下去。

鹿芳的手机号码是那个男人提供的,他许诺事成之后给五千块钱的报酬。

打个电话就能赚五千块钱,曹荣喜当然十分乐意。但他也担心事情闹大,连累到自己,于是问那个男的,把鹿芳骗到那种地方做啥子。那个男的说,鹿芳以前是他的女朋友,两人有点私怨,打一顿就放她走。

曹荣喜就放心了,他带着女朋友来到高坑岩水电站,按照那个男人教的方法给鹿芳打了电话,他女朋友故意在旁边发出尖叫,声称要跳河自杀,要见鹿记者。鹿芳果然上当,急匆匆地驱车赶来。

拿了报酬后,曹荣喜就和女朋友离开了现场,他们连鹿芳的面都没见到。两个人也没有见到那个男人的真面目——自始至终,他都戴着一顶红色的摩托头盔。他留下的唯一信息是一个手机号码,已经查过了,是盗用身份证办的黑卡,身份证的主人远在黑龙江漠河县,是个六十多岁的老农民,正在地里收割高粱。

曹荣喜还提供了一个情况,虽然没有看清那个男人的长相,但闻到他身上有股鱼饲料味,他经常钓鱼,很熟悉那股味。

我当即给蒋副局长打了电话,把这个案子从刑侦队手上接过来,理由很简单也很充分——受害人是我前女友,没有谁比我更熟悉她,这对破案很有帮助。

高坑岩水电站是二十世纪四十年代修建的,早已荒废,到处都是无人居住的老房子。报警人自称是钓鱼的,当天他没带手机,回到柏碚市区才报警,用的是座机,而且没有给110接线员留下联系方式。这种情况比较常见,很多热心群众担心犯罪分子报复,报警后都选择失联。

报警人说,一个戴红色头盔的男子从身后接近鹿芳,用一个手帕状的东西捂住了她的口鼻。她马上瘫软了,一声呼救都没有发出,然后被那个男子塞进一辆红色沃尔沃。等他跑过去时,车已经开跑了。整个过程不到两分钟,幸亏他记住了车牌号。

按照报警人的描述,绑匪应该是使用了麻醉药之类的东西,导致鹿芳迅速昏迷,失去反抗能力。目前绑匪的动机仍不明确,如果仅仅是想报复泄愤,似乎用不着这么大动干戈。绑匪应该知道,绑架是非常严重的犯罪行为,被抓到后必定会受到严惩。如果不是有非常邪恶的动机,犯罪嫌疑人一般不会冒险绑架,这也意味着鹿芳的处境很危险。

我把人手分成三组,一组查路面监控,寻找鹿芳那辆红色沃尔沃的行驶轨迹,由钟杰负责;一组定位绑匪的手机信号,由杨磊负责;一组随时待命,准备解救人质,由我亲自指挥。

日他仙人板板,肯定是大成集团那帮龟儿子干的,鹿芳要是掉了一根汗毛,老子拆了狗日的招牌!菜头骂骂咧咧。

他跟我的判断是一样的——大成集团跟这起绑架案脱不了干系。

我没接他的话,沉默地擦着一把六四手枪。在车内后视镜里,我看见自己的眼睛充满杀气。事后陶笛跟我说,你知道吗?你那时的样子就像《这个杀手不太冷》里面的 Leon,酷毙了!

很快,一组传来消息,鹿芳的那辆沃尔沃开到了锦云山脚下,在三花石附近消失,那里有许多监控盲区,他们马上实地搜寻。

紧接着,二组报告,成功定位绑匪手机,在榆北区大竹林凤栖沱福兴饲料厂。

我立即率领第三组人马直奔凤栖沱,并请求特警队支援!

大竹林一带我去过,是一片早已废弃的老厂区,原雾都市最大的机械化砖瓦制造厂——第二建材厂就在那里。想起曹荣喜说绑匪身上有股鱼饲料味,我立即判断出,绑匪就是这家饲料厂的人员。快到大竹林时,杨磊打电话来,福兴饲料厂是去年开办的,专门生产鱼饲料,是凤栖沱这一片区域中少数几家还在经营的厂子,隶属大成集团。

大成集团涉案已经是板上钉钉了!

我有些困惑,从绑匪雇人作案并且使用黑卡的手法来看,应该是老手。但绑匪得手后为什么不扔掉手机,以防备警方定位?而且绑匪居然穿着带有鱼饲料味的衣服接近曹荣喜,这不是故意暴露身份吗?不过情况紧急,容不得我多想,越早抓获绑匪,鹿芳越安全。一小时后,我带着第三组人马,在特警的支援下,完成了对福兴饲料厂的包围。

厂子似乎还在生产,里面灯火通明,从高大的围墙内飘出一阵阵怪味。

接近厂门时,我们被几条狼犬发现了,一阵凶猛的犬吠声传来。

秘密抓捕已经不可能,只能强行进入了。

我向出来查看动静的保安亮明身份,要他立即打开紧锁的铁门,牵走狼犬。但他以老板不在为由,拒不配合,还准备溜走。我给特警队打了个信号,特警队员立即使用破门工具,并且击毙了恶犬。枪声一响,饲料厂里的人仓皇逃窜,被我们全部控制,现场还起获了一批管制刀具和枪支。

我拨打绑匪的那个手机号,铃声从饲料厂的后墙外面传来。经过搜寻,在墙根下的草丛里发现了一部小米手机,但附近并没有找到人。手机屏保上有一行字——这就是大成集团的毒品生产窝点,鹿记者在锦云山下的老鸦村!

我半信半疑地给杨磊打电话,要他马上赶到老鸦村。然后我带人进入饲料厂生产车间搜查,果然发现这里是挂羊头卖狗肉,生产的并非鱼饲料,而是晶状体化学物。

经现场突审,一个嫌疑人交代,他们生产的是甲卡西酮,俗称丧尸药。

二十分钟后,杨磊那边传来消息,他们在老鸦村找到了鹿芳。

那是一个已经搬迁一空的村落,鹿芳的红色沃尔沃就停在村头。他们打开车门,找到了手脚被捆绑的鹿芳,她嘴上被贴了封口胶。除了受了些惊吓,鹿芳毫发无损。她说自己苏醒后就困在车里,没有见到绑匪。我终于明白,那部小米手机的主人并非福兴饲料厂内部人员,绑架鹿芳的男子其实是想借助所谓的绑架案,引导警方捣毁这个秘密的毒品生产窝点。

那个神秘失联的报警人很可能就是绑匪本人。

还有那些破绽——身上的鱼饲料气味、手机不关机,都是绑匪故意留下的。

一切都是绑匪自导自演,至于他为什么要以犯罪手段来帮助警方扫毒,而不是直接举报,动机还不清楚。

对大成集团涉毒人员的抓捕连夜展开,三十余名犯罪嫌疑人悉数落网,包括那个带律师去《雾都晨报》社威胁鹿芳的姓姚的副总。警方收缴了大量毒品和非法生产的管制类精神药品,还查封了几吨制毒原料,并起获了一批枪支弹药。然而,首犯邓忠发却逃跑了。

黎明之前,整个行动结束。

那些惊心动魄的抓捕过程,似乎是一种液态的物质,随着黑暗无声地流逝,如同它们从来不曾存在过。

我没有回去休息,独自驱车来到瓷器口,像个梦游患者,踯躅在清晨的老街上。我并没有多少欣快感,确切地说,这个特大涉毒团伙的覆灭并非我的功劳,"功臣"是那个奇怪的绑匪,他操控了一切。我只是他利用的工具,如同民间艺人手中的皮影,他设计好了我的每一步,包括开场和谢幕,包括迷惘和高潮,包括泪水和掌声。被设计好的人生是悲哀的,让人有一种无力感。就好像科学家面对浩瀚的星空,发现地球是如此渺小，整个宇宙似乎都被一种神秘的暗黑力量所操控，人类永远无法掌控自己的命运。这种无力感甚至能让人精神崩溃，因为所有的努力都是徒劳的、没有意义的。结果早已安排，我们只是走个过场。

这种可怕的感觉是从2020年秋天开始，从我见到他开始。

我们不是机缘巧合的邂逅，而是一次早有预谋的重逢。

他是传统秩序的破坏者，他要以自己的方式来组建秩序，维护他定义的公平和正义。对于这个世界来说，他又是一个天外来客——拖着令人惊艳的耀眼的彗尾，带来新生，也带来毁灭。

走到宝通寺山门前，菜头打来电话，开口就问：

大清早的跑去烧香，又做了啥子见不得人的事？

这厮耳朵很尖，听见了寺内传出的钟声。

锤子！老子替你烧的！

姓姚的招了，除了欧阳素梅是哪个死的他不晓得，爆料人披露的其他内容完全属实。对了，龟儿子很好奇，老问我爆料的是哪个。

晓得也不会告诉他。

爆料人看来不是郭雨晴的男朋友，也不是鹿芳。格老子的，我就纳闷了，这家伙到底是哪个晓得这些内幕的？难道是郭雨晴冤魂不散？

我待会儿问菩萨去。

姓姚的说，据他所知，何万里并没有把自己制毒的事告诉袁凤珠。

不涉案也带回去讯问一下，你让宋卉和陶笛去传唤她。

晓得了。

还有事没？

这次你立了个天大的功，中午必须请老子吃火锅。

滚！

我挂了电话，进入宝通寺内，跨过门槛才发现，我是从空门进入的。

我不知道自己为什么要来这里，似乎无关祈福，也无关救赎。我茫然地看着大雄宝殿的琉璃瓦,在晨曦中反射着神秘的紫光;我沉默地听着塔檐下的铃铛,在潮湿的风里发出空灵的声响。后来我慢慢明白,我只是借助宗教这种充满暗示的仪式感,来安抚一颗剧烈挣扎的灵魂。

从宝通寺出来,瓷器口已经一片人间烟火味,到处是热气腾腾的早摊点。我买了碗担担面边走边吃,在翰林院门口,差点跟一个对向走来埋头吃小面的女人撞了个满怀。抬头一看,居然是鹿芳。

这是分手后,我们第一次不期而遇。

嘉陵江面雾气弥漫,我们坐在码头的麻石台阶上享受早点,就跟从前一样。

昨晚从老鸦村被解救回来后,鹿芳就不顾劝阻,执意要现场采访扫毒行动。我特意给她准备了一件防弹背心,还好,没用上。但在跟随警方抓捕毒贩时,她摔了一跤,被地上生锈的钢筋在小腿上戳了一个血口子。行动结束后,我要陶笛送她去医院打了破伤风针。

我们谈起了过去,谈起了那些青草一样鲜活葳蕤的往事——我们一起到江边捡石头,那些奇形怪状的坚硬的石头,像一个个标点符号,串联起了无数幸福的记忆。我们曾经躲在一艘废弃的驳船上做爱,船体颠簸,我们像两个被放逐海上的囚犯,无视水鸟的偷窥,在疯狂、惊恐和高潮中沉浮起伏,直到化成两个泡沫,跟大海融为一体。时间是一张磨砂纸,把我们表面那些粗糙的如青春痘似的节点打磨得光滑如镜,然后又磨出一道道深浅不一的褶皱——那是生活的俳句,隐藏着无法参透的玄机。

曾经有位诗人说——过去的,总是过不去。

是的,过去是一座座路标,不管走多远,都矗立在来时的路上。它可能风化,可能被荒草湮没,但绝不会凭空消失。我们每个人从来没有跟过去真正告别过,我们正在经历的每一个细节,都会在瞬息之间成为过去。也可以说,过去就是我们生活的组成部分。没有过去,我们的生活都是残缺的、虚假的。或者说,过去是我们的影子,是肉体的另外一种形态,虚拟的形态。除非死亡,影子不会逃遁。它如同空气,是一个无比真实的存在。

吃完早点,我们往回走。走到一条爬满地衣的小巷里,我们谈起那个神秘的爆料人,我说我已经知道他是谁了。

是哪个?鹿芳惊讶地看着我,像在看一道强烈的光。

你也应该晓得。我把目光投向墙头的一只野鸽子,淡淡地说。

我啷个晓得嘛,从头至尾,我都没有看见过他。

真相是另外一个谎言的开始。我说了句无厘头的话。

啧啧,改行当诗人了,你能说点我听得懂的吗?

我把目光从墙头收回来,凝视着她。

怎个看着我做啥子?有话你就直说!她皱着眉头。

我张嘴想说什么,但口腔里像是塞了一团水草,什么都没有说出来。

我转身离开了,刚走出小巷,那只野鸽子扑棱着翅膀飞到电线杆上,像个披着斗篷的巫师。

你啥子意思?要不要回客栈喝杯咖啡?鹿芳在后面喊。

我头也没回。

看着青色的天空,我深吸了一口气,掏出手机给陶笛打了个电话,问袁凤珠带回来了没有。她说带回来了,路上严重堵车,刚到局里。

等我回来再问话。我说。

我特意在网上下载了袁凤珠唱的川剧,在回去的路上听。她的嗓音珠圆玉润,收放自如,但透着一点忧伤。这种忧伤更增添了她唱腔的魅力,让人顿生怜爱。必须承认,她是一位天才的川剧表演艺术家,比我见过的听过的所有川剧艺人更出色。我觉得她自己就是一台川剧,她唱的不是别人编排好的故事,而是自己的人生。

尽管坐在讯问室,袁凤珠依旧御姐气场十足。

我在她对面坐下来,她朝我笑了笑,打了声招呼。

我没有马上问话,点了支烟,注视着这个气质温婉的女人。

我努力把她和刚才在路上听唱川剧的那位花旦叠放在一起,但总是不能完全重合。

这不算太奇怪,一个人的过去和现在,甚至白天和黑夜,都是不重叠的。

一支烟快抽完的时候,我把昨夜的扫毒行动,还有何万里涉嫌制贩毒品和涉及四桩命案的情况,扼要地告诉了她。

她没有为何万里辩护,而是唱戏一般长叹,人生如戏啊。

这让我稍稍有点意外。

上周五《雾都晨报》副刊上的那篇文章,一个叫鹿芳的女记者写的,我想,你应该看过了。

她点点头,我原本打算请律师,告那位女记者诽谤我丈夫。

原本?那现在呢?

没必要了。她苦笑一声。

你晓得何万里谋杀欧阳素梅和前妻徐莉莉都是为了你吗?

不晓得!我没怂恿我丈夫杀过人,至于他有没有杀人,我不晓得,我相信你们公安机关的调查结论。

你的意思是说,欧阳素梅和徐莉莉的死都跟你无关?

当然无关。

你有没有觉得欧阳素梅的坠崖事故有蹊跷?

没有。

那何万里有没有跟你说过,徐莉莉是啷个死的?

说过,是猝死,可能是心脏病。

袁凤珠的眼睛里看不到任何实质性的内容,像是一个透明的容器。

你就没有怀疑过吗?

我啷个会怀疑?我都不认识她,也没见过她。

她的目光悬浮在空中,既没有看我,也没有看任何东西。

我记得你告诉过我,你是在何万里离婚之后才认识他。但有人说,何万里的前一段婚姻还在存续期间,你们就好上了。

有人说,整个地球只是一个巨大的宇宙生物的细胞。她的眉毛跳动了一下,你信吗?

我没有回答她的问题,这个女人比我想象的更聪明。

好吧,不谈徐莉莉了,何万里有没有向你透露过,他是啷个谋害郭雨晴的?

从来没有!如果我晓得那个女生是他害的,就算我念及夫妻情分不举报,也会跟他离婚。我不会容忍这样一个男人当我的丈夫,太可怕了!

你从来没怀疑过你丈夫的人品吗?

当然怀疑过,夫妻之间如果没有怀疑,那不是真正的爱情。但每一次他的解释,都能打消我对他的怀疑。作为妻子,我当然选择相信自己的丈夫,他是我生命中最重要的人。她停顿了一下,至少,以前是。

你丈夫在洋槐公馆地下室制毒,你一点都不知情?

你们第一次来我家里搜查,我就说过,我丈夫以前在地下室建了一个实验室,今年四月中旬,他把实验室关闭了。我对化学一窍不通,他就是把毒品放在我眼前,我也不认识。她轻笑了一声,对我来说,那些化学制品都有毒,都算毒品。

你们家有多少钱你晓得吗?

我个人那一部分,不超过一百五十万吧,是这些年的工资收入和演出酬劳,包括广告代言费。

何万里没告诉过你,他账户上有多少存款?

说过一个大概数字,四百多万,包括我们卖掉一套房子的钱,都存在他账户上。

进入讯问室之前,菜头告诉我,初步查明,何万里的个人账户上有八百多万,还不包括他在大成集团的股份。

他有藏匿的现金吗?

如果你以前这样问我,我肯定说没有。但现在,我只能说,我不清楚。

我凝视了她一会儿,然后说,案情重大,也很复杂,我们可能还会来找你了解相关情况。如果你想起啥子事,跟这个案子有关的,可以随时向我们反映。

她点点头,我一定配合。

你暂时将被限制出境,如果影响到了你生活的某些方面,我只能说抱歉。我们会尽快查明案情,让你的正常生活不受影响。

谢谢。

自始至终,她都很有涵养,但说话有点像背台词。

我和菜头站在五楼的阳台上,看着袁凤珠驾车离去,就像一滴水,消失在阳光灿烂的街头。

除了欧阳素梅坠崖事件,爆料人说的那些内容基本都查实了。

菜头吐了个蘑菇状的烟圈。

你想说啥子?我问。

不可能单单那件事是瞎编的。

我看着在阳台栏杆上爬行的一只蜗牛,说道,欧阳素梅与何万里都已经死了,再探究坠崖的真相已经没有意义。

那欧阳素梅岂不是白死了?!菜头朝楼下吐了口唾沫,愤愤不平。

我没有吭声,我知道,生活永远都有无奈的一面。就像我们无法避免疾病和死亡,无法避免黑夜和冬天,无法避免空虚和颓靡。

要不——菜头看着我,脸上有一种诡秘的表情,一个女人,我就不信撬不开她的嘴!

不能乱来!我提醒道,如果没有旁证,就算她亲口承认欧阳素梅是她跟何万里合谋杀的,也不能给她定罪。

菜头叹了口气,八年了,我们还是不如陈野。

我看着那只蜗牛爬到了墙上,说道,所以,我们还能穿着警服在这里摆龙门阵,而他不能。

菜头把烟屁股扔在脚下,用鞋底碾得粉碎,然后一言不发地走了。

我驱车来到金刚碑,在"有风来"茶馆打开笔记本电脑。我先打了几个电话,然后开始玩那种荒诞的文字游戏。尽管一宿没睡,但我一点都不觉得困。我把自己分裂成两个人,不断在游戏中角逐,推演每一个步骤。到下午五点半的时候,我对这个游戏的程序已经基本摸清楚了。

我就在茶馆吃了个煲仔饭,吃饭时,我打出去的那几个电话都有了反馈。

我驱车直奔白鹤山,一个小时后,天已经黑了。在离洋槐公馆还有三四百米远的地方,我看见陈野在画画,一幅足有背投那么大的油画。

请我吃饭应该早点来。他笑道,我已经吃过了。

你为啥子觉得我会请你吃饭?我甩给他一根熊猫。

你娃上热搜了自己都不晓得嗦?他点了烟,你现在是扫毒英雄。

我算啥子狗屁英雄,你娃才是。我话里有话。

你啥子意思?他似笑非笑。

八年前,开那三枪时,你到底是哪个想的?

我坐在他身边,看着山下那座显得有些奇幻的城市。

哪个又提起那些破事?

他看都懒得看我,继续画画。

对我来说,这是一个谜,我觉得,到了该解谜的时候了。

非要说吗？他缓缓地问。

如果你还把我当朋友。

我朝夜色中吐了口烟圈。

好吧,我告诉你。当时郭队死得太惨了,那个叫丁老黑的毒贩又太嚣张,我很气愤,就想拿枪吓唬一下那龟儿子。在缉毒队实习的时候,我只打过一次靶,郭队那把六四式我根本不熟悉。我以为保险没打开,没想到是开的,冲丁老黑比画了几下就走火了。子弹一响,我自己也吓蒙了,结果连搂了三下扳机。也是那王八蛋该死,子弹全招呼在他身上了。不过说真的,我当时确实没打算杀他,我脑壳又没撞树上,哪个不晓得开枪的后果？后来很多人私下夸我有血性,那都是扯淡,我后悔死了。当然,我嘴巴上没承认,我记得你问过我,我也没承认自己后悔。人都好面子,有虚荣心,我也不例外。总之,我是阴差阳错开了那三枪,就恁个简单。

不,没那么简单！我把玩着打火机,还是我替你说出来吧。那次暑假实习,你跟我和菜头不一样,是另有目的。恁个多年,你没有感受过父爱,你的内心缺少温暖,你很孤独。郭队就是能给你这种温暖的人,他是你人生拼图中缺少的那一块。你迫切想见到他,想待在他身边,哪怕只是短短的一个暑假。但丁老黑却剥夺了你的这种温暖,再次让你的人生拼图支离破碎。所以你枪杀他绝不是因为走火,而是故意的。你太愤怒了,你是在报杀父之仇！

让我惊讶的是,陈野对我揭穿他的身份并不感到惊讶,他的目光依旧停留在画上,似乎我只是一只在他身边飞舞的小昆虫。

看来你已经去过丰都了。他换了支颜料笔,轻描淡写地说,如果我没猜错,你应该也去过黔江银石溪村了。没错,郭队是我生父,当年他执行卧底任务,被迫跟我母亲分手。从小到大,我是个没有父亲的孩子,就像你说的,内心孤独,缺乏温暖。在我不晓得真相之前,我恨过那个把我带到这个世界上来的男人。在晓得真相后,我就不恨了,我觉得我父亲是英雄。英雄都是与众不同的,有很多秘密,闪闪发光的秘密,我和我母亲就是他的秘密。我等了二十多年,才等来一次跟父亲相处的机会,却被丁老黑那个龟儿子给毁了,而且是永远地毁掉了,我不杀他天理难容!

我点燃打火机,但火苗立马被一阵不知从何处刮来的风吹灭。

我说,何万里被杀后,我无意中查到郭队的女儿是他的学生,当时我告诉你,你显得很惊讶,其实你早就晓得这回事。应该是在你坐牢后,郭雨晴才晓得你是她同父异母的哥哥,你们通信了好几年,她还经常去榆州监狱探望你。至少在八年前,你、郭雨晴和周艳虹就相互认识。郭队殉职后,你坐牢了,你母亲也病倒了。周艳虹被迫辍学打工,供哥哥读书。你母亲病逝后,你委托你娘娘用你继承的遗产,资助周艳虹的哥哥上大学、去法国读研究生。不要否认,我已经查到了你的汇款记录。估计你还想让周艳虹重返学校,但这个女娃儿个性很强,可能没同意。周艳虹对你很感激,但我没查到你们的通信记录,你们俩应该是通过郭雨晴的中转通信的。

陈野说,没错,就是八年前的那次枪击事件,把我和郭雨晴,还有周艳虹,三个人的命运捆绑到了一起。周艳虹到处打工,地点不固定,都是郭雨晴替我们中转信件。周艳虹一家遭遇那么多不幸,都是因为当年她父亲替我母亲讨公道,所以我资助她哥哥上学义不容辞。

我查过了,郭雨晴患上精神分裂症后,你们还在通信,但写信的不会是郭雨晴本人,而是他的男朋友吕修伟,你就是从他那里晓得郭雨晴的各种消息的。我相信那段时间你的心情很糟糕,但是你没有人身自由,根本帮不了你这个同父异母的妹妹。郭雨晴离奇跳楼后,你很伤心。你在心里发誓,绝不会放过凶手,如果这个凶手确实存在的话。还在监狱里,你就开始调查郭雨晴的死亡真相,吕修伟和周艳虹都是你的帮手。我想,他们应该也很愿意协助你调查,郭雨晴是他们生命中非常重要的人。特别是周艳虹,如果没有郭队替她父亲翻案,她和她哥哥到现在还是所谓的毒贩家属,这是一种奇耻大辱。你觉得何万里是最大的嫌疑人,所以,你要周艳虹到瓷器口的刘二按摩店上班,然后去洋槐公馆租房住,借机接近何万里。但周艳虹没有经验,啥子都查不出来,只有你亲自出马了。在牢里,你已经盘算好了,一旦查明何万里是害死郭雨晴的凶手,就将他杀死。当然,是不露痕迹地杀掉,你相信自己有这个能力,事实上你也做到了。出狱后,你先回了趟丰都,在你二舅那里学会了驾驶技术,这也是你行动的一个步骤。你故意不参加驾校考试,就是为了不留下信息,好让警方以为你不懂驾驶。你根本就没打算开啥子饭馆,不然,你会跟着你大舅学厨艺,没必要来雾都学。你选择在白鹤山脚下的那所烹饪学校上学,就是为了入住洋槐公馆有个合适的理由。你和周艳虹平常假装不认识,成功地蒙骗了何万里夫妇。你以前很讨厌宠物,可是出狱后,你却对流浪狗表现出了浓厚的爱心。如果我没猜错,麦兜就是你故意带到白鹤山上来的。很可能是周艳虹告诉过你,何万里的妻子喜欢小动物,有喂食流浪猫狗的习惯。因此,你投其所好,借麦兜跟袁凤珠套近乎。你从何万里的嘴中套出了他杀害欧阳素梅、徐莉莉、舒丹妮和郭雨晴的秘密,也掌握了他制贩毒品的秘密,于是你决定对这个人渣下手。

　　故事编得不错。陈野笑了笑,何万里啷个会把他杀人的秘密告诉我,这不是自掘坟墓吗?

　　在郭雨晴蹊跷地患上精神分裂症之后,你就突然对催眠产生了浓厚兴趣。榆州监狱里没有这方面的书,你托菠菜帮你购买了催眠类的相关书籍。为了掩饰你的意图,你还托菠菜购买了一些文艺类的书。菠菜已经把你列的书目发给我了。以你的资质,通过自学掌握催眠的技巧不是难事。住进洋槐公馆后,你把催眠的方法传授给了周艳虹。

让她借助推拿的机会,给何万里催眠,套出了他的犯罪秘密。你是刑侦专业的高才生,你很清楚,这种采集证据的方式根本没有法律效力,不能给何万里定罪。所以,你没有报案,而是采取法外制裁的方式来维护所谓的正义。

故事很精彩,你继续说。陈野开始画一个女人的背影。

趁袁凤珠到江州演出时,你决定把何万里杀掉。你让周艳虹把何万里约到家里做推拿,然后你们一起,把他控制住了。你强迫他写下那份所谓的保证书,签名,摁下手印。何万里应该没有强奸过周艳虹,但以他的德行,骚扰过周艳虹是很可能的。你强迫何万里穿上留在案发现场的那身行头,然后用那把水果刀把他刺死。我不相信是周艳虹杀死了他,应该是你。一个女娃儿,应该没有杀人的胆量。你杀死何万里之后,把水果刀递给了周艳虹。接着,你在周艳虹的帮助下,搀扶着已经死去的何万里站起来,把那支五连发猎枪塞到他手上,扣动了扳机。这样的话,何万里身上就留下了硝烟反应,射击角度也吻合。你抹去了自己留在现场的所有痕迹,你给了警方一个错觉——何万里是为了杀人灭口,所以伪装歹徒蒙面入室强奸,没想到被周艳虹反杀。何万里穿的那身行头,还有背包里的砖头、香烟,不是他自己准备的,而是你替他准备的。伪造现场的不是他,是你!在这之前,你还把微型录音笔偷偷放在何万里的车上,录下了他跟其他女人车震的证据。周艳虹一开始没有向警方交代自己有何万里的保证书,还有他车震的录音,这也是你授意的。如果这些所谓的证据过早被警方掌握,就显得太刻意。周艳虹的胆怯和犹豫不决,更符合正常人的心理,也使得警方更加相信保证书和录音是真实可信的。

你的意思是说,那支五连发猎枪是我从魏彬手中买的?陈野问。

当然!你趁魏彬不在家时,从他舅舅那里打听到了他的联系方式。去的时候,你很可能乔装打扮了一番,所以,魏彬根本不晓得你来过。

之后你购买了一部二手的华为手机和一张黑卡,用来跟魏彬联系,买了那支五连发。

我啷个晓得魏彬是枪贩子?

你应该在监狱里偷听到钻山猴和魏彬的密谈,晓得两人出狱后会贩卖枪支。

说我购买二手手机和黑卡,有证据吗?陈野继续画那个背影。

没有。我猜,你指使吕修伟使用公用电话,匿名告诉何万里,掌握了他乱搞男女关系的证据,所谓的证据很可能就是他和女人的车震录音。你要何万里拿钱来赎回这些录音。在一座公厕附近,监控拍下了何万里把钱交给一个男人的画面。那个男人叫姜大鹏,是卖手机黑卡的。这给警方造成了错觉,以为何万里付的是购买华为手机和黑卡的钱。其实,何万里被蒙在鼓里,他以为自己付的是赎回不雅录音的钱。之后,为了不让魏彬晓得买枪的人是你,你让他把五连发和子弹放到烈士陵园后面那个废弃的配电站里。

你怎个肯定,难道那个配电站里留下了我的指纹和鞋印?陈野问。

恰恰相反!我说,配电站里留下的是何万里的指纹。取走枪和子弹后,你把下载了不雅录音的U盘藏在配电箱里,让何万里到配电站拿走U盘。所以,配电箱上留下了何万里的指纹。当然,他拿走的只是不雅录音的备份。姜大鹏藏手机的公厕和魏彬藏枪的配电站,都是你精心选择的,正好在何万里那架望远镜的可视范围内。这就使警方更加相信,案发现场留下的手机和五连发猎枪都是何万里非法购买的。对了,你还故意用那部华为手机搜索雇凶杀人的信息,以增添何万里作案的证据。

别忘了,那个数码播放器是在何万里家发现的。陈野说,不是在我家里。

我正要跟你说这件事。我看着夜色中的树影,你应该在何万里被杀死的前一天下午或者晚上,就控制住了他。通过查看他的手机,晓得他约了学生第二天下午两点半到家里来谈论文选题。原本这对你作案是很不利的,但你很聪明,把不利变成了有利。你穿上何万里的衣服,戴上口罩,连夜开车去龙溪镇的地摊买了各种作案工具,包括那个数码播放器。案发那天早上,你在白鹤山上找了个僻静的地方,放了两枪,把枪声录下来。你想让警方产生错觉,何万里是故意在案发当天约学生来家里谈论文,用录音伪造自己不在现场的证明。事后,你把数码播放器藏在那架望远镜里。哦,还有,案发头天晚上,你故意用何万里的手机跟袁凤珠联系,制造假象,让警方更加相信开车出去购买作案工具的就是何万里。

除了刀伤,何万里身上还有别的伤痕吗?陈野淡淡地问。

没有。我晓得你想说啥子。我看着他,你想说何万里身上没有束缚伤,表明他没有被捆绑过。那么,你把周艳虹单独留在洋槐公馆,自己开车去购买作案工具就不可能。因为就凭周艳虹一个女娃儿,很难看得住没有捆绑的何万里,即使她手上有枪。我想,当时你应该是把何万里关在一个地方,比如说他家地下室,或者卫生间。就算何万里没有被捆绑,他也无法逃脱。

如果我怎个仇恨何万里,为啥子还要帮助他的妻子?这符合逻辑吗?陈野说,袁凤珠被王宇凡侵犯时,是我救了她。

不,你不是想救她,是想害死她!我又把目光投向山下的夜雾都,你别急着反驳,听我慢慢说。我不晓得你从哪里抱来了那只流浪狗,哦,就是麦兜。有了麦兜,你不仅有了跟袁凤珠套近乎的机会,也让她养成了给麦兜喂食的习惯,这正是你需要的!那天傍晚,袭击袁凤珠的人其实是你,不是王宇凡,你打扮成流浪汉的样子偷袭了她。在这之前,你把手机放在某个地方,定时拨打袁凤珠的号码。而这个设定的时间,就是案发时间,这样,你就有了不在场的证明。我在网上查阅了你持有的这款手机,的确有定时拨打功能。你应该还有一个数码播放器,你事先录下了袁凤珠在案发现场听到的那个声音——问她有没有事。这让警方确信你不是作案者,而是见义勇为者。数码播放器定时启动后,袁凤珠以为你来了,于是她吓唬所谓的流浪汉,说她的朋友来了。你假装害怕,马上逃走。你找了个隐蔽的地方,迅速换了身衣服,以你的本来面目回到袁凤珠身边,嘘寒问暖,然后又假意去追赶所谓的流浪汉。你很可能利用这个机会把换下的那身行头,还有那个数码播放器藏得更隐蔽一些,以免被警方找到。

那身行头是在王宇凡的车里发现的。陈野说,我之前都没有见过,何来藏匿?

很好解释!在偷袭袁凤珠之前,你还做了件事,你用某种方式把王宇凡骗上白鹤山。事先,你从我,还有别人那里,了解到了王宇凡的底细。袁凤珠被袭击那天,你给王宇凡打了个电话,用的是公用电话。你找他买毒品,或者要他替你收一笔烂账,引诱他到山上跟你面谈。你们谈得很愉快,你取得了他的信任,所以他对你没有任何防范之心,喝下了你给他的掺了大量冰毒的饮料,制造他吸毒过量死亡的假象。对了,在他车里发现的那二十克应该也是你放的。你很清楚,用验尸来确定死亡时间是有误差的,所以,毒死王宇凡之后,你马上袭击了袁凤珠。这样一来,王宇凡的死亡时间就在一个合理的误差范围内。袁凤珠被袭击的那天晚上,等警方撤走后,你又赶到王宇凡被毒死的现场,把那身流浪汉的行头放在他车子的后备箱里,达到嫁祸于他的目的。第二天早上,你又假装帮我勘查现场分析案情,引导警方锁定王宇凡为强奸未遂案的凶手。

动机呢?王宇凡跟我无冤无仇,我为啥要杀他?而且还绕这么大一个圈子杀人,我脑壳有包啊?陈野一连串反问。

你不是脑壳有包,是脑袋太聪明了!你孃孃的儿子,也就是你表哥,在你出狱后没多久,被疯狗咬了,得狂犬病死了。据说那条疯狗还是你找到并且打死的。我猜你寻找那条疯狗的时候,脑子里就开始盘算一个完美的杀人计划。打死疯狗后,你用注射器偷偷从疯狗身上抽取了一管血液,冷藏起来,带到雾都。你袭击袁凤珠,使她受伤。然后借口给她包扎,趁她不注意,把含有狂犬病毒的狗血弄到纱布上,企图污染伤口,使袁凤珠传染上狂犬病。为了制造袁凤珠的狂犬病是被麦兜传染的假象,你在这之前给麦兜注射了含有狂犬病毒的狗血,导致麦兜发病。但人算不如天算,袁凤珠得知麦兜患上狂犬病之后,精神过于紧张,出现了一些奇怪的症状,你以为她真的狂犬病发作了,就把她送进医院。没想到袁凤珠只是得了癔症,医生给她注射了狂犬疫苗,就算她体内有狂犬病毒,也不太可能发病了。你的如意算盘落空了。

用含有狂犬病毒的狗血杀人,这情节太狗血了!陈野笑道,你不去好莱坞当编剧太可惜了。

在榆州监狱的时候,你破了一个用宠物来作案的盗窃案。我相信这个案子给了你灵感,宠物不仅可以被训练成偷东西的贼,也可以用来杀人。这也是为啥子你从未在我面前提起过这个案子的原因。

你想多了,我只是觉得那个案子不值一提,你是重案队的副队长,啥子大案要案没见过呀。我在关公面前耍大刀,太小儿科了。

不是我想多了,是你深谋远虑。你担心我了解那个案子后会产生联想,怀疑有人利用流浪狗作案,故意让袁凤珠感染上狂犬病毒致死。

陈野没有反驳,那个背影他已基本画好了,他在修饰细节。

给鹿芳发匿名邮件的爆料人也是你,邮件里的内容,应该并非全部来源于对何万里的催眠。很可能,在控制何万里之后,你逼问过他一些犯罪细节。

陈野嗤笑了一声,何万里就恁个甘心受我的摆布?

在死亡威胁面前,他别无选择。不过,他肯定留了一手。因为他也清楚,他说的那些犯罪细节是不能当证据采信的。只要他重获自由,他完全可以翻供。但如果他把制毒的秘密窝点说出来,你去举报,那他就在劫难逃了。所以,他给你说了一个假窝点——大成集团在鹤川秘密制毒。你杀死他之后,向警方匿名举报这个所谓的制毒窝点,警方突查后当然是一无所获。不过,这也应该在你的意料之中。很快,你就炮制了那封邮件,借助鹿芳之手,以文学手法,把何万里和邓忠发合谋杀人、制贩毒品的内幕披露出来,引起舆论强烈关注。但你的真实目的是想引邓忠发上钩,暴露真正的制毒窝点。邓忠发果然上当,派那个姓姚的副总去《雾都晨报》社交涉,你趁机在姚总的车底盘上放了个防盗定位器。

你亲眼看到了?陈野问。

我派人调取了报社停车场的监控,在监控里发现的。不过,安放防盗定位器的那个人戴了摩托头盔,不能百分之百确定就是你。也许是吕修伟,也可能是你雇用的其他人。

陈野活动了一下颈椎,笑道,一个防盗定位器就锁定了制毒窝点,这玩意儿没这么高科技吧?

仅仅依靠定位肯定不行。你猜测,邓忠发在报上看到鹿芳写的那篇文章后,肯定会大为紧张,他会紧急转移毒品生产线,因为他不晓得爆料人到底掌握了多少内幕。你的判断是完全正确的,那个姚总从报社出来,马上向邓忠发报告。你根据姚总所乘车辆的行驶轨迹,找到了福兴饲料厂。你很可能还在那里蹲守了一会儿,以便确认你的判断。发现大成集团将疑似毒品生产设备和原料转移到了这家饲料厂,所以你策划了所谓的绑架事件,引导警方前来摧毁这个制毒窝点。

既然确定了制毒窝点,我啷个不直接向警方举报?陈野问,用绑架的方式来引导警方扫毒,这合乎逻辑吗?

你和吕修伟都举报过何万里勾结大成集团制贩毒品,警方突查后并没有发现实锤。如果你再次举报,警方有可能认为又是针对大成集团报假案,不予重视,甚至不予受理。所以你导演了鹿芳被绑架案,故意留下一些蛛丝马迹,引导警方把绑匪的藏身地锁定在福兴饲料厂。一旦警方突袭饲料厂,制毒窝点就会立即曝光。这也是你为啥子劝阻我调查郭雨晴的死亡真相,以及何万里制贩毒品的原因,因为你早有安排。我冲他一笑,恭喜,你娃成功了!

陈野终于完成了画作,他放下画笔,把头转向我。

这是他今天晚上第一次跟我面对面。

你讲的故事很让我着迷。他说,这是一个很好的小说题材。

我点了一支熊猫,我也希望这只是一个小说。

我可以为自己辩护几句吗?

当然可以。

我承认我对你有所隐瞒,比如,郭队是我生父;我坐牢的时候,就认识了郭雨晴和周艳虹。因为这些涉及个人隐私,所以我不想公开。还有,周艳虹住进洋槐公馆,确实是为了查明郭雨晴的死亡真相。她在给何万里做推拿时,多次拐外抹角地打听郭雨晴跳楼的事,但何万里嘴很严,她一无所获。后来,她被何万里侵犯了,因为当时没有留下证据,她拿何万里没辙。我出狱后,听周艳虹哭诉了这件事,就搬进了洋槐公馆,找了个机会,在何万里的车上偷偷放置了微型录音笔,抓住了他偷情的证据。然后我要周艳虹用这个录音,逼何万里写下了一份保证书。严格地说,在他人车上偷放录音设备窃取隐私,算非法行为。但事出有因,也没有造成严重后果,警方一般是不会追究的,对吧?

你的意思是说,你住进洋槐公馆只是为了帮周艳虹讨个公道?

没错。当然,我也想顺便打探一下郭雨晴到底是啷个死的。所以我故意跟袁凤珠套近乎,但啥子口风都没有探到,我也就放弃了这个打算。

郭雨晴是你同父异母的妹妹,你就恁个善罢甘休?我冷笑一声,这可不符合你的性格。

心有不甘又如何?我不想再坐牢。

这的确是很好的借口。

周艳虹反杀何万里,完全是一个偶然。我不想把自己卷进去,所以就没有告诉警方我和周艳虹的特殊关系。而且,这也跟案情无关。

我沉吟了一会儿,然后说,那封爆料邮件的内容,肯定是何万里提供的。何万里只有在一种情况下才会说出这些秘密,那就是面临死亡威胁。何万里是在洋槐公馆被杀死的,在他死之前,你和周艳虹最有可能给他带来这种威胁。

不一定吧,说不定他哪天喝多了,向某个情人透露过这些秘密,结果被情人的老公晓得了。为了报复他,那个情人的老公就给鹿芳发了那封爆料信。

不能否认,陈野的解释从逻辑上是说得通的。

我再给你说一个秘密吧。陈野一脸神秘兮兮。

我洗耳恭听。

你仔细看看,这个背影像谁?他朝画作努了努嘴。

我端详着画作上的背影,确实有点眼熟。很快,我想起来了,是袁凤珠。

他眼里像突然点了根火柴:

对,就是她!她很快要过生日了,我打算把这幅画送给她。

这算啥子秘密?

我想追问,这算秘密吗?

我一怔。

如果你还把我当朋友,就不要把我和周艳虹,还有郭雨晴的关系告诉袁凤珠,我不想她心里有疙瘩。

我大惑不解,你为啥子想让她做你的女朋友?她丈夫可是害死了你同父异母的妹妹!

是姓何的害死了我妹妹,跟她无关。

我冷冷地说,欧阳素梅的死也许跟她有关,只是没有证据。你愿意找一个有杀人嫌疑的女人做妻子?

嫌疑不意味是事实,再说了,我还真的杀过人呢!

我无语了。我再次点燃打火机,这次火苗没有被风吹灭,但这细微的亮光在黑夜中显得是如此孱弱。

真的,第一次见到袁老师就把我惊艳到了!她成熟、古典、优雅,跟我见到的其他女人都不一样。这么跟你形容吧,她就像雾都的夜色,流光溢彩、饱满丰盈,还有一点点寂寞,一点点忧伤,一点点高冷。她的每个角落都充斥着神秘、诱惑和想象力。他自我解嘲地笑了笑,格老子,我发现自己陷进去了,出不来了。

他真的是与众不同,居然会用夜色来赞美一个女人。

你觉得她会接受你吗?

有难度,但我会努力。

说话时,他嘴唇微微张开,就像一头隐没在黑暗中的小兽露出尖细的牙齿,闪烁着一种让人难以捉摸的寒光。我心中突然一凛,他曾经想杀害袁凤珠,而且付诸了行动,只是因为发生了意外才没有成功,他怎么可能爱上一个自己想杀的女人?难道他追求袁凤珠另有目的?是想继续实施他的杀人计划?

我不相信你会爱一个你仇恨的女人,除非你精神分裂。

我从来没仇恨过她。对了,何万里也不是我杀的,周艳虹是正当防卫,你说的那些只是你自己的臆想。

不是臆想,是事实!

有证据吗?

没有,你完美地谋杀了何万里。

我看过一本刑侦心理学,上面说,每破一个案子,都是一次解剖灵魂的过程。长此以往,刑侦人员容易陷入精神上的虚妄、空想、焦虑和抑郁,甚至产生幻觉,需要心理干预。老同学,有空去新硚医院看心理门诊吧,记得挂专家号。

我说,犯罪不一定会留下证据,但一定会留下痕迹。

这句话好像在哪里听说过。他盯着我,带着思索的表情。

刚进大学那年,系主任方老师跟我们说的。完美的犯罪确实存在,找不到任何证据,但一定会有痕迹。这种痕迹有时不是肉眼可见的,而是无形的。它是一种暗黑的能量场,会影响罪犯的心理和生理,同时还会波及罪犯最亲近的人,改变他们的生活。

有点印象。不过,我觉得这个世界需要一种暗黑的能量场,黑暗并不意味着邪恶。他把目光投向山脚,感叹道,夜色让雾都如此美丽。

你错了,不是夜色,恰恰是灯光让这个城市变得美丽。

灯光是夜晚带来的副产品,没有夜晚,灯光就不存在。

我们就像两个哲学家,站在一棵野苹果树下交谈。

你最好终止你的计划。

我不明白你的意思。

我相信你很明白。

我的计划是好好学厨艺,结业后开个小饭馆,娶妻生子,过平庸浅薄的生活。

这好像不是袁凤珠喜欢的生活。

能不能抱得美人归,我不抱奢望,她太优秀了。说老实话,我缺乏自信。所以我暂时不会把她放在我的计划中,我按照我自己的节奏去生活。就算她不能接受我也没关系,偷偷喜欢一个人是愉悦的……

我看着他,他现在像一个诗人。

从古到今,赞美月亮的诗歌比赞美太阳的多得多。晓得为啥子?因为黑暗让月亮充满诗意!

我无力反驳他,于是岔开话题:洋槐公馆的那个案子,从法律层面上来说,已经结案了。但对我个人来说,还没有结案。

你执念太深了!何万里是个人渣,早就该下地狱。你看看舆论就晓得了,每个人都在诅咒他。法庭是用来审判罪犯的,不是审判制裁罪犯的好人。如果连这种起码的是非观念都没有,身为执法者,你不觉得羞愧吗?执法不要拘泥于那些条条框框,罪犯作案是从来没有底线的。

犯罪没有高尚和卑鄙之分,触犯了法律,都是犯罪。我说。

我们对犯罪的定义是不一样的,为惩治坏人而触犯法律,那不叫犯罪,叫赎罪。看见别人犯罪不闻不问,我们的灵魂会有罪孽。只有制裁犯罪的人,我们自己的灵魂才能得到救赎,变得安宁祥和。康德有句名言——世间最奇妙的是我头上的灿烂星空和内心的道德准则。每个人都有自己的星空和准则,不必苟同。

我能这样认为吗——你谋杀何万里,就是为了救赎自己的灵魂?

不可以,我再说一遍,我没有杀他。

不管你承认不承认,我都相信是你谋杀了何万里,这是改变不了的事实。说实话,我也很解气,按照这龟儿子犯下的罪行,他足够被枪毙好几次。我很佩服你,就像八年前,因为那三枪,你的形象突然在我心目中光芒四射起来。我甚至有点崇拜你,以你为骄傲。你是我大学时代的一个神迹,真实存在的神迹!当我们还活在晦暗迷茫中时,你已经像一道光灿烂无比。我相信很多人的青春都被你照亮了,惊醒了,然后开始模仿你,追赶你,也希望自己变成一道光。但是,光也是要受约束的,一个没有秩序的世界很快会走向末日。就像地球,如果不按照自己的轨道运转,就会和别的天体碰撞,或者被黑洞撕碎、吞噬,宇宙也是有法则的。从现在起,你是我锁定的犯罪嫌疑人,但也是我的好朋友,这并不矛盾。我会努力寻找你犯罪的证据,也许,一辈子都找不到。有没有结果已经不那么重要了,重要的是过程。正如你说的,看见犯罪不闻不问,灵魂会有罪孽感。作为执法者,这种罪孽感会更强烈。寻找证据的过程,也就是自我救赎的过程。

虽然我认为这种执着毫无意义,但还是尊重你的决定。他的目光追逐着一只飞蛾,每个人都有自己需要捍卫的东西。

即使袁凤珠能接受你,我也不认为你们会幸福。

为啥子?就因为她是何万里的妻子?

很难说清楚,一种直觉吧。我抽着烟,吐出的烟雾跟夜色融为了一体。

我对幸福的理解可能跟你不一样。幸福有时不是快乐,而是一种满足感、征服感。就像爬上了一座很高的山,筋疲力尽,可能还会受伤,身体是不会有多少愉悦的,但心理上有极大的快感,这就是幸福。说句玩笑话,占有仇人的妻子,不是很爽吗?

你难道是想通过占有袁凤珠的方式报复何万里?我凝视着他,这有点心理变态吧。没有爱情的结合都是不道德的,以占有和报复为目的的结合更是自私、狭隘,甚至可以说是卑劣。

都跟你说了,是开玩笑。我发现你跟我以前认识的你不一样了,凡事都喜欢较真,还有点钻牛角尖。这不好,会活得很压抑,很累,你看看你,比你实际年龄至少大了三岁。

没办法,较真是种职业病。

我追求袁老师不是为了报复何万里,我是真的很喜欢她。我想要早晨跟她一起喝杯咖啡,坐在窗前,让晨光照在我们脸上,跟打了蜡似的。中午我们在森林里散步,听她唱几段川剧,倦了困了,我们就睡在午后暖和的阳光里,做一个古典的梦。晚上我们并肩坐在山头看星星看萤火虫,欣赏这座城市最迷人最诱惑的一面。这就是我向往的生活。

你好像在说一个童话,这个世界是不存在童话的。我不相信你恁个幼稚,从我认识你的那天开始,我就晓得,你比我们所有人都成熟,都深刻。

这说明你并不真正了解我。这也不奇怪,了解一个人比了解一个世界还要难。

我点点头,我确实对你一知半解。你跟夜晚一样,有太多东西藏在黑暗中了,我看不太清楚。

他笑了,有秘密的灵魂才是有趣的。

陪他走回洋槐公馆后,我开车从白鹤山上下来。但我总觉得他还在注视着我,我看了一眼后视镜,他并不在里面。我突然明白了这种感觉来自何方,我似乎又走进了他的夜画中,这座城市的悲伤和妖娆,还有那些五彩斑斓的爱情和奇形怪状的灵魂,好像都是他用画笔勾勒出来的,甚至我,也是他画出来的。

我突然觉得无比惊悚!

# 第六章　地狱使者

回到 B 地,我把手机里的一段录音反复听了两遍,这是我和陈野今晚在白鹤山上的对话。我偷录的。入睡前,我把这段录音发给了陶笛。然后,我把去黔江和丰都调查的经过陈述了一遍,录下来,跟这段录音一起,分别发给了菜头和鹿芳。做完这些,我如释重负,倒头就睡。

我梦见自己变成了一粒尘埃,挣脱地心引力的束缚,冲破大气层,以光速穿行在浩瀚的宇宙中。我的周遭全是暗黑的物质,我被包裹在一片混沌中。我本身也是暗黑的,但我有一个明亮的尾巴。我所到之处,都会留下一条熠熠生辉的轨迹。尽管我带来的光线是如此微不足道,甚至可以忽略不计,但我体验到了那种横扫黑暗世界的快感。这是一种比性高潮更强烈更持久的快感,能融化我的孤独和失重,让我的灵魂变得无比轻盈而透明。我明知是梦,却沉醉其中,不愿从这个奇幻的梦里醒来。我放任自己飞行,不断有其他尘埃吸附在我身上,我的体积越来越庞大,轨迹越来越灿烂。当我穿越太阳系,到达银河系时,尘埃落定,我发现自己竟然悬浮在空中,成了猎户座的一颗小行星。

我不知道这个梦意味着什么,我不相信梦的解析之类的鸡汤文,那些所谓的解读都是生搬硬套牵强附会。我更相信梦是一门高深的宇宙学,包含了物种起源的奥秘。梦不属于物质世界,而是属于意识世界,它能在瞬息间突破三维空间的限制,进入更高层次的维度。梦也可能是一种量子纠缠,是灵魂粒子互动的产物。一个人的灵魂是由许多粒子构成的,它们拥有不同的物理和化学特性,能活跃在不同的时空中,不断组合和分裂,让人具备多重人格。这种灵魂粒子的互动会以梦的形式表现出来,我们在梦里经常会做一些现实中不敢做的事,比如,杀人和探险。也会做一些超越现实能力的事,比如,隐身和飞翔。能把梦解析透彻,宇宙的很多奥秘也会迎刃而解。其实人本身也是一个宇宙,每个细胞都可能是一个星系,我们的身体内存在无数的未解之谜。梦,或许就是一把解谜的钥匙。

第二天中午,我在槿色的阳光中醒来,木槿的暗香在房间里充盈。吃完方便面,我下楼开车,准备去局里。菜头打来电话,说我在高坑岩水电站,你过来一趟吧。我没有问为什么,直接驱车前往高坑岩。让我稍稍有点意外的是,我发现鹿芳也在那,她的沃尔沃就停在磨滩瀑布前——她前天下午被绑架的地方。她今天的打扮很时尚——卡其色的风衣搭配淡蓝色的灯芯绒裤,还穿着一双棕色的高筒马丁靴。在水电站粗犷的背景衬托下,她浑身散发着一股野性柔情。

见了面,我们仨互相笑了笑,没有说一句多余的话。

这是一个颓败的地方,四野无人,磨滩瀑布发出野兽似的吼声。破烂的老房子被茂盛的荒草包围着,像在守护一个秘密。

最近累惨了吧?菜头给我发了一根中华,改天约上麻杆,还有菠菜,一块到这钓钓鱼,就地搞个烧烤。老子都流口水了。

行啊,好久没聚了。我点着了中华,惬意地抽了一口,但这几天不行,手头还有点事。

别忙活了,给自己放个假吧,陪我去额济纳看胡杨林。鹿芳抽着自己的薄荷烟,明天就可以出发。

额济纳?太遥远了。我的目光落在一栋门窗倾斜的老屋上,轻笑道,旅行是要心情的,你觉得我现在有心情去游山玩水吗?

大成集团制贩毒品的案子,缉毒队已经接手了。菜头说,追捕邓忠发也是老周他们的事,我们不用管了。

我说的是周艳虹和王宇凡的案子。我弹了一下烟灰。

不是已经结案了吗?鹿芳问,她靠在红色沃尔沃车头上,很像个车模。

还有些谜团没解开。我说,我再深入一下。

这两个案子不要再查了,你发的录音我已经删除了,就当没听过。菜头瓮声瓮气,你娃省省心,该干啥子干啥子。

查案子就是我该干的事。我看见一只黄鼠狼从老屋的墙头跑过。

菜头站在一棵野柿子树下面,表情困惑地盯着我,阳光透过树叶缝隙细细碎碎地落在他肩头,像撒了一层头皮屑。他问:

你忘了郭队是啷个死的了?

郭雨晴从十三楼跳下来,你晓得她有多痛吗?我妹妹恁个有才华,你晓得她死得有多不甘心吗?鹿芳补充了两个问题。

我记得,也都晓得。我弹了一下烟灰。

那你娃还查个锤子!菜头叫道,你闲得蛋疼就去耍个女娃儿,不想耍就多灌几壶马尿,醉不死你瓜娃子!

我晓得你们不想我查,现在这个结果皆大欢喜,该申冤的申了冤,该下地狱的下了地狱。如果是八年前,我的想法跟你们一样。陈野那三枪打得真的大快人心,荡气回肠,他就像是佐罗重生,帅呆了!毫不夸张地说,他就是我大学时代的偶像,羡慕嫉妒恨的那种。谁跟我说他的不是,我会跟谁急。对了,我记得麻杆后来在学校食堂吃饭时说了句——陈野真是个瓜娃子,想出风头想疯了!我当时就跟他翻脸了,把一盆热饭扣在他头上。日他先人个板板,要不是菠菜拉住老子,我肯定把那龟儿子胖揍了一顿。但现在我明白了,拯救这个世界不能靠佐罗式的侠客,那些大道理我就不说了,听起来太假大空。何万里和王宇凡确实都该死,但他们的生命应该被一场公正的审判终结,而不是死于一场谋杀。

如果陈野跟这个案子无关,你爱查谁查谁去,老子不管!菜头满嘴烟气,但你娃不能查陈野!

我不是针对陈野,我查的是这个案子,不管当事人是哪个,我都会查。

你这不是废话吗?菜头瞪着我,像只被激怒的袋鼠。

陈野也是我的好朋友,以前他睡我下铺,我们无话不谈。论感情,我们老铁,绝对的!陈野坐牢后,我瘦了十几斤,每晚看着那个空空荡荡的下铺,郁闷得要死,甚至还躲被子里掉过眼泪。我自我解嘲道,格老子的,我人生中第一次哭竟然是为了一个男人。不晓得的,还以为老子性取向有问题。

菜头一把将我嘴里叼的香烟夺下来,在自己肥硕的手掌心里摁灭。他脸色阴沉地说,别扯这些没用的,今天老子把话撂这儿,你娃要是敢查他,我跟你绝交!

我的目光落在磨滩瀑布激起的水雾上,在太阳的折射下,升腾的水雾透着彩色的光晕。

鹿芳也把目光投向了那片水雾,她问我,如果王宇凡确实是被陈野毒死的,他为啥子要拿王宇凡当这个替死鬼,而不是别人?

我说这很好理解,因为陈野从我那里了解到王宇凡的一些底细,觉得他很适合当这个替死鬼。陈野犯罪也是有原则的,不会伤害无辜。

你不理解!鹿芳大声说,他是在为我妹妹报仇,也是为了解开我们俩的心结!

我的脑袋像是被什么东西击打了一下,有点蒙。

他想让我们重归于好,你晓得吗?鹿芳几乎是叫了起来。

陈野如果想要让袁凤珠感染上狂犬病毒,他完全没必要杀王宇凡。菜头阴阴地说。

我重新点了支烟,认真地思索了一下。的确,以陈野的智商,让袁凤珠感染上狂犬病毒有很多种方式。比如,趁她吊嗓子时,假装抢劫,把她打伤;趁她切菜时,假装不小心碰她一下,让她被菜刀切破手指……然后他用被狂犬病毒污染的纱布给她包扎伤口,他就可以达到自己的目的了,根本不需要杀人这么麻烦。

他是在帮我们!鹿芳哽咽着,他晓得我们是为啥子分手。

说句你娃不爱听的话,当初陈野要是没去坐牢,鹿芳跟谁好上还不一定呢!老子早看出来了,你们是三角恋。菜头刻薄地说,论才华,你不如陈野;论长相,你没他帅;论个子,你比他矮至少两公分。但最后被你小子捡了个大便宜!陈野从牢里出来后,一口醋都没吃过,还是把你当好兄弟。他冒着杀人偿命的风险做这个案子,图啥子?就是想成全你和鹿芳!你娃不领情也就算了,还要查他,你还有良心吗?

我凝视着一只穿越瀑布水雾的叫天子,目光有些迷离。

鹿芳说,既然菜头把话说穿了,我也摊开了讲几句。在你和陈野之间,我一开始倾向于陈野。倒不是因为他比你更高更帅,而是我觉得他比你更沉稳。也许,还因为他有种忧郁的气质吧。女孩子都喜欢看上去有点淡淡的忧伤的男生,特别是在那个爱做梦的年龄。

我的自尊心并没有受到伤害,我早就知道这一点。八年前,鹿芳看我的眼神,跟看陈野的眼神是不一样的。

如果陈野没有坐牢,我的选择确实会不一样。当然,这种选择也不一定是最终选择,两人能走多远要看缘分。可以说,是他坐牢成全了我们,让我有机会发现你的优秀。现在,又是他把我们心里头的那个刺拔掉。我觉得这就是命运,他是我们俩生命中的贵人。

这无关良心,也无关命运、爱情,或者别的。我深吸了一口从磨滩河上飘过来的水汽,对我来说,这只是个案子。

别把自己说得恁个清高,你娃不就是想升迁得快一点,神探的名声大一点吗?菜头朝地上重重地吐了口唾沫,踩着朋友的尸体往上爬,我呸!

清凉湿润的水汽吸进我的肺里,我却感觉有点火辣辣地疼。

如果你是因为菜头说的这个去查案子,我会鄙视你!如果你缺钱,你说个数,我给你。如果你愿意回到我身边,我现在拥有的所有财产,有你的一半,这是你当一辈子警察都赚不到的钱。鹿芳目光炯炯地看着我,真的,只要你同意,我们明天就可以去拿结婚证,然后去额济纳度蜜月。

别一根筋了,行吗?菜头拍了拍我的肩膀,算我求你!

如果我真的找到了陈野的杀人证据,我会辞去副队长的职务。我给上面打个报告,申请调到宣传科去。以后不玩枪杆子了,就耍耍笔杆子,我觉得我这个人更适合坐办公室,写写材料。老子从来没指望靠查案子升官发财,要是有这个心思,当年也不会去学刑侦,学金融多好。我有个高中同学,每次考试成绩比我差一大截,读了商学院,还只是个二本,现在年薪上百万!

鹿芳和菜头对视了一眼,显得有些迷惑。阳光炽热,河水温柔。磨滩瀑布发出哗哗的响声,一只大鸟从天空飞过,留下了白色的轨迹。

老子要是早晓得陈野会做那两个案子,我也会阻止他。这个哈儿,太疯狂了!菜头说,但生米已经煮成了熟饭,只能把这口烫嘴的饭吞下去了。这事儿你不说,我不说,鹿芳不说,还有你那个女徒弟不说,就没别个晓得,就把它当成秘密吧。

我的目光再次落在那些残败的老屋上,干我们这一行的,不是为了保密,是为了解密。

难道你想让一个好人替两个人渣陪葬吗?鹿芳的眼里充满悲愤,你要是查到了证据,有罪的不是陈野,而是你!

人与自然是有感应的,那些断壁残垣让我的心里也有了些许荒凉。我沉默了一会儿,然后说,如果我不作为,也是在犯罪,包庇罪!

你以为把陈野送进了监狱,你就会心安了?鹿芳冷笑,不,你会被口水淹没,舆论会把你送进另外一座监狱,道德的监狱!

不仅我会跟你绝交,群里的同学都会跟你绝交。菜头说。

你体验到的滋味,不会比陈野坐牢的滋味更好受。

鹿芳点了薄荷烟,一脸轻蔑。

我承认他们说的都很对,还没有查到陈野犯罪的证据,我的心已经开始沉重了,像是灌注了一大桶水泥。如果我亲手把陈野推进牢房,甚至送上刑场,我想,我的灵魂这一辈子都不会安宁。

不要以为就你娃看出来那两个案子有问题,我也早就看出来了。菜头冷哼道。

我"哦"了一声,确实没想到菜头也看出了端倪。这厮平素大大咧咧的,我总臭他应该去学兽医。但他看出问题居然没有露出丝毫口风,颇让我意外。

菜头在一个锈迹斑斑的水泵上坐下来。他说,洋槐公馆案发那天,我在周艳虹家的书架上发现了一本诗集,叫《野鸢尾》,是露易丝·格丽克写的,今年她得了诺贝尔文学奖。诗集的第六十八页夹了一张书签,我一眼就认出来了,这本书是我买的。不怕你们笑话,当年我暗恋过中文系的一个女生,叫冯筝,她喜欢写诗,还是古体诗。我在书店买了这本诗集,还在网上定做了一枚像风筝的书签。书签的式样是我自己设计的,全世界独一无二!我把书签夹在诗集里,悄悄放在冯筝上晚自习的课桌上。原本想着给冯筝一个惊喜,事后再告诉她是我送的。

但那个晚上不巧,我阑尾炎发作,连夜住进了校医院,这一住就是五天。等我出院时,我发现那本诗集摆在陈野的床头。他说是中文系的一个女生送给他的,还在里面夹了一首情诗和一枚像风筝的书签。我那个郁闷啊,又不好意思说诗集是我送给冯筝的,那多丢脸,只好自认倒霉。但陈野不解风情。我猜,应该是陈野放假的时候把《野鸢尾》这本诗集带回了丰都,后来就一直搁在家里。他从牢里出来后,又把这本诗集送给了住在楼上的周艳虹。陈野并不喜欢诗歌,他把诗集从丰都带到雾都,肯定是特意要送给周艳虹,这说明两个人的关系不简单。但陈野当时跟我们说,他和周艳虹就是点头之交,明显在撒谎。对了,我后来又去了案发现场一次,很奇怪,那本诗集不见了。

我摩挲着 Zippo 打火机的金属外壳。我并不奇怪,我想陈野可能也发现这个漏洞,所以偷偷把诗集拿走了。

周艳虹家厨房里的筷子,跟陈野用的筷子,花色和式样完全相同。只是周艳虹的那双用得久,更旧一些。要我说,他们俩不光是认识,可能早就好上了。还有,王宇凡的那个案子,看上去板上钉钉——化装成流浪汉,强奸袁凤珠未遂,在车内欲火难消,吸毒发泄,结果中了毒,一命呜呼。王宇凡的父母身体不好,是他表弟来认的尸。我跟他摆龙门阵的时候,听他说王宇凡有洁癖。一个有洁癖的人啷个会化装成流浪汉?他不嫌邋遢吗?当然,那龟儿子为了不让警方怀疑到他,故意这样做也是有可能的。反正,我就当作没听见他表弟说的话,死的又不是啥子好人,龟儿子活着就是浪费粮食。再去深挖这个案子,是浪费警力,浪费纳税人的钱!是不是觉得老子没觉悟?不好意思,我就这德行,改不了。对了,还有一个细节。我查过了,案发当天下午三点多钟,王宇凡因为胃疼,去诊所打过点滴,他有胃炎。诊所的大夫说,他的点滴打了差不多一个小时。他是下午五点钟开车上白鹤山的,也就是说他刚打完点滴就上山潜伏,伺机作案,而且是强奸案,这可能吗?龟儿子不至于恁个饥渴吧,还带病作案。

再说说麦兜——那条流浪狗。麦兜被你轧死的头一天清早,我在白鹤山上看见了它。我不是去找陈野,是跟一个女娃儿去森林公园晨跑。那女娃儿是邻居介绍的,在税务局工作,长得有几分像尹恩惠,喜欢健身。她约了我那天早晨去爬白鹤山。在白公馆后面,我看见了麦兜,趴在一棵枫树下,要死不活的样子。我带了火腿肠,就想去喂它吃。以前麦兜见了我虽然不亲,但也不凶,好歹是老熟人。但那天我刚靠近麦兜,它就朝我龇牙咧嘴,叫个不停。麦兜站起来的时候,我看见它肚皮上吊着一个注射器的针头。我当时想,可能是被哪个虐待狂给扎的,真手欠。我想把针头给麦兜拔下来,它却差点咬了我一口,跟疯了似的。那女娃儿催我走,说还要上班,我就没管麦兜了。对了,从白鹤山上下来,我跟那女娃儿就拜拜了。晓得为啥子吗?下山的时候,她说有点饿,我就把火腿肠拿给她吃。她很生气,说这根火腿肠是我刚才喂麦兜的,对她很不尊重。格老子的,麦兜又没吃,她嫌弃个铲铲!太作了!

晓得麦兜有狂犬病后,我就想是不是跟那个针头有关。但死的是一条狗,又不是一个人,我也没往心里去。袁凤珠疑似狂犬病发作后,我就想到了那个针头,是不是有人给麦兜注射了狂犬病毒,然后麦兜又咬伤了袁凤珠?但谁会恁个做呢?最有可能的当然是陈野,他最容易接近麦兜,又有恨何万里的理由。袁凤珠是何万里的老婆,陈野报复她的动机是存在的。不过,没有证据,我也不能乱说呀,何况陈野还是我的好朋友。麦兜被轧死时,我下车看了下,它肚子上的针头不见了。想判断麦兜是不是被人注射了狂犬病毒,已经不可能了。恁个大座白鹤山,上哪找那个针头去?就算找到,也不能证明啥子。犯罪嫌疑人能想到用这一招作案,肯定是高智商,注射时必然戴了手套,不会在针头上留下指纹,而且我查了资料,狂犬病毒暴露在空气中,很快就会被灭杀。我没把这件事汇报,不是我想包庇陈野,那时我还真没这个想法。主要是无凭无据，而且袁凤珠也没啥子事，就是被吓出来的癔症，没必要浪费大家的时间去调查一条狗。再说了，疑罪从无，免得节外生枝，弄个冤假错案出来。

菜头望着水电站荒废的机房，抽着烟，继续说：

不要以为就你娃有原则，老子也有！如果何万里和王宇凡都是守法公民，就算凶手是陈野，老子也会抓他，该哪个判就哪个判，没得二话说！但死的是两个人渣，老子就不多管闲事了。就按证据办案，证据说谁是凶手谁就是凶手。如果明面上的证据都指向陈野，我也不会徇私枉法，该抓就抓。问题是，现在谁都不能证明凶手就是陈野，你娃非要挖空心思去找啥子证据，这就不厚道了！

一口气说完这些，菜头从水泵上站起来，如释重负地长吁了一口气，仿佛把积压在心头的一堆石头全部倒了出来。我第一次发现他比我想象的要睿智，居然能从一些很小的细节上来推理案子。但他说的那些只能算作疑点，不能当成实证。菜头这厮鬼精鬼精的，应该也深谙这一点，所以毫无顾忌地向我透露，不用担心被我当成指控陈野犯罪的证据。菜头说的那个冯筝我也认识。这厮以前的审美观跟现在完全不同，那时候他喜欢小清新，对熟女无感。邓丽君和林青霞都是他的偶像，冯筝长得就是这种类型，又甜又嗲。

我说你娃当时就应该把这些告诉我，如果案子跟陈野有关，也好早点劝他收手。

菜头没吭声，狠狠地抽着烟。

我又看着鹿芳，说道：

你也不应该瞒着我。

她的反应有些不自然，眼睛没看我，望着野柿子树。她说，你是不是有妄想症，我瞒你啥子了？

我顺着她的目光望向那棵树，孤独瘦高，像是一个忧郁的诗人。我说,你刚开始收到那封爆料邮件的时候,应该不晓得是陈野发的。但后来,陈野应该告诉你。促使他自曝身份的有两个原因,第一,他担心你不敢把爆料的内容发出来,所以干脆向你承认自己就是爆料人,然后把整个事件的来龙去脉告诉了你;第二,他需要晓得大成集团的人啥子时候去找你,这很关键。来找你的,肯定是邓忠发的心腹,他要在那些人的车上安装防盗定位器,以便查明制毒窝点的方位。请原谅我用技侦手段查了你的手机,在大成集团派人去《雾都晨报》社围堵你那天,你给陈野打了电话。你打电话给他的时间,比你打电话给我和菜头的时间还早,你是在告诉他,大成集团的人到了报社。绑架那件事应该也是你和陈野共同策划的。把你解救出来后,我让人仔细搜查了你的这辆沃尔沃,竟然没有在车里发现采访本和单反,如果你是到这里来挽救一个要自杀的女娃儿,我相信你会带上采访本和单反,这是你的一贯做法。当然,你也可以说事发突然来不及带。但事后我检查过粘贴在你嘴上的封口胶,上面有很鲜艳的口红。骗你来这里的那个家伙说,你接电话时声音懒洋洋的,好像在睡觉。既然在睡觉,那肯定是卸了妆的。但你出门前却化了妆,这说明你晓得不是去救人,而是演戏,所以从容不迫。

就凭这些就说我和陈野合谋策划了绑架案,未免太牵强了吧?鹿芳弹了弹烟盒,抖出一支薄荷烟,潇洒地用一个粉色的打火机点燃。她说,那天我给陈野打电话,是因为害怕,想让他过来替我壮胆。之所以一开始没告诉你和菜头,是担心你们出面不太方便。但陈野说,没啥子不方便的,这些地头蛇只服警察,所以我才给你和菜头打了电话。被绑架前,接到那个男人的电话时,我很着急,担心那个女娃儿跳河。我一口气跑出客栈,忘了拿采访本和单反。还有,出门前我哪有时间化妆,我是在双碑街等绿灯时化的妆。打电话的那个男人说,他女朋友是我粉丝。在粉丝面前,我当然得注意点形象,这再正常不过了。

我冷冷地注视着她,绑匪从后面捂住你的口鼻时,你啷个一下就晕倒了?

鹿芳依然没有看我,她说,我被偷袭时,还没来得及害怕,脑袋里就一片迷糊,然后就啥子都不晓得了。

你迅速进入昏迷状态,那就是说绑匪捂住你的口鼻时,使用了麻醉剂之类的药物,对吧?我问她。

她终于扭头看我了,一缕烟从她嘴里缓缓地吐出来,像是一条蜿蜒的小路。她说,你是警察,这个问题你不应该问我,应该去问绑匪。

警方抓捕毒贩时,你跟着采访,摔了一跤。我让那个见习生陪你去新硚医院接种了破伤风疫苗。当时医生抽了你的血,说要化验一下,看看是否有细菌感染。其实这只是个借口,是我吩咐见习生让医生这样做的。化验结果表明,你体内根本没有任何麻醉剂的成分。也就是说,你绑架时晕倒,跟药物无关。

鹿芳不再平静,她惊讶地看着我,忘了弹已经结了很长的烟灰。

我也默默地看着她,我读出了她心里的慌张和不知所措。我把视线转移到磨滩河上,水波柔滑得像女人的肌肤。

菜头在旁边干咳了一声:

这个也好解释,这叫神经性晕厥。我听说过这种案例,因为事发时受害人过于紧张,出现了晕厥症状。这跟袁凤珠得的狂犬病恐怖症一样,也是一种癔症。

有了菜头的这个解释,鹿芳放松了许多,她对着沃尔沃的车外后视镜,整理额前的发际,还拿出一支玫瑰色的口红往嘴唇上抹了抹。

当时我晕倒是事实。她收起口红,淡然一笑,至于绑匪有没有用药物,等你们抓到他后自己去问。

你的确可以自圆其说,我相信陈野也晓得这一点,所以他不用麻醉剂也不用担心露馅。

你娃为啥子非要跟陈野过不去？菜头的目光有些狰狞。

我看着一条在草丛中若隐若现的小路，想了想，然后说，我不是跟他过不去，是跟我自己过不去。

说完这句话，我上了自己的车，点火，掉头。菜头和鹿芳都没有阻拦我，他们站在水雾浮荡的野柿子树下，神情木然，像在看一场沉闷乏味即将散场的露天电影。我知道，有些黏稠的物质从我们的体内慢慢流失，正是这些物质曾经让我们几个人的生活、命运和灵魂紧紧地黏合在一起。

快到瓷器口时，我打了个电话，接通后，一个温柔的声音传出来：

喂，哪位？

我是重案队的，想跟你聊聊。

是赵队长吧？她听出了我的声音，我正在给客人做推拿，半小时后才有空。

我在"图兰朵"喝了杯咖啡，又翻了翻几本旅游杂志，一抬头，周艳虹已经坐到了我对面。前几次见到她时，她都是处于羁押状态，有些紧张和胆怯，现在完全恢复了正常，整个人的精气神就不一样了。她其实算得上是个美女，小家碧玉式的，眉眼俊俏，身材苗条。穿着很朴素，也没化妆。

我问她要喝点什么，她说不需要，白开水就好。但我还是给她点了杯咖啡，这种咖啡有个罗曼蒂克的名字，叫情人的眼泪。

你现在住哪里？我放下手头的旅游杂志。

刘哥要我暂时住店里。她说，我正在找房子，找到合适的就搬出去住。

出来后，生意受影响了吗？我帮她在咖啡杯里放了两块方糖。

没有，反而比以前好了很多。她显得有点不好意思，好多顾客点名找我做推拿，刘哥还给我涨了工资。

我笑了,因祸得福呀。

算是吧。她用勺子搅拌着咖啡,还得谢谢你们替我主持公道。

我突然问,那本《野鸢尾》是陈野送给你的吧?

她的手立即抖了一下,金属勺子碰在咖啡杯上,发出清脆的响声。她急忙分辩,不是!是我自己买的,在,在南坪的一个旧书摊上。我刚到雾都的时候就买了这本诗集,没事时看一看,有时也写几句。

那本诗集呢?我问。

不晓得,从看守所出来后,我回洋槐公馆拿行李,发现那本诗集不见了。

我点了一支烟,我昨晚去找过陈野了。

哦。她低头抿了一口咖啡,我好久没看见陈哥了,他还好吧?

即使是白天,"图兰朵"的光线也有些晦暗,我在朦胧的灯光中注视着她。我记得案发当天去现场时,随意打开她家的冰箱看了一下,里面有些剩饭剩菜,还有几个杏仁饼。我以为杏仁饼是她自己买的,但后来在陈野家的冰箱里,我发现了杏仁和核仁,还有黄油、富强粉,我上网查了一下,这都是做杏仁饼的食材。她吃的杏仁饼很可能是陈野做好了送给她的,就像菜头所说,两人很可能是情侣。所以,我根本不相信陈野会爱上袁凤珠。

我说,他好不好你应该比我更清楚。

我跟陈哥真的不熟。她双手摩挲着咖啡杯。

我相信昨晚我走后,陈野给你打过电话,甚至有可能来找过你。

没有,我晚上九点多才下班,在外面吃了个宵夜就回店里了,没见任何人。

来找你之前我就晓得,凡是涉及陈野的事,你都不会说实话。我能够理解,换了我,可能也会恁个做。你父亲跟我也算是同行,还是前辈。虽然他没有被评为烈士,但我还是把他当英雄。这是我的真心话,不是所有的英雄都有勋章的。不管陈野做了啥子不该做的,从某种意义上来说,他也是英雄。我敬重他,佩服他,但并不认同他采取的方式。惩治犯罪有很多手段,他采取了最激烈也最另类的那一种。我很希望自己只是一名吃瓜群众,站在旁边看热闹,就像看一台川剧,戏里面的人生跟我无关。但很不幸,我是执法者,所以不能睁一只眼闭一只眼。我必须把那些隐秘的真相查个水落石出。

您今天来找我,是啥子意思?她吃了一颗我点的坚果。

你肯定掌握了一些我不晓得的秘密,比如,何万里被杀当天到底是哪个回事。你早点交代,对你,对陈野,都有好处。如果是被警方查出来,性质就不一样了。但我也晓得,你主动交代的可能性微乎其微。没有关系,我可以等,等你想通了随时联系我。

她看着台灯散射出的橙黄色的光线,有点恍惚地说,我听不懂你在说啥子,从看守所出来前,我该说的都说过了。

我重新拿起旅游杂志,漫不经心地翻阅着:好吧,那我们随便聊聊。

她看了一眼手机,只能说二十分钟,我还有几个预约的顾客要做推拿,要是放了鸽子,刘哥会扣我工资的。

我不会耽误你上班的。我在杂志上翻到了法国巴士底监狱遗址的介绍,你哥哥回国了吗?

没有。他好不容易订到机票,听说我没事了,就把票退了。是我要他退的,机票太贵,是以前票价的好几倍。现在欧洲疫情严重,坐飞机也不安全。回来还要隔离两个星期,食宿费都好贵,没必要花这个冤枉钱。我哥在那边读书很花钱的,他过得很节省,每次跟我视频,他都是穿着我在瓷器口给他买的那身旧衣服。不过这学期他拿了奖学金,可以自己养活自己了。

你有个好哥哥,他也有个好妹妹。我说。

谢谢。她眼圈突然一红,要是晓得我哥怎个有出息,我爸妈肯定高兴坏了。

我有些动容,他们会晓得的,我看过一篇科学报道,子女和父母之间,还有爱人之间,有一条神秘的心灵感应通道,类似于第六感。

她点点头,我也相信这个。有一次我梦见我妈说她住的房子破了,好冷。清明回去扫墓时,我发现我妈的坟头有个黄鼠狼洞。我把这个洞堵上的当晚,就梦见我妈说,房子修好了,暖和多了。

你们打算啥子时候在一起?

她愕然地看着我,你说啥子?

我微笑着重复了一遍刚才的话。

我还没有男朋友,跟谁在一起?我也没有谈男朋友的打算,等我哥毕业后再说吧,我现在只想多挣点钱。

我索性挑明了,我说的是你和陈野。

您真会开玩笑,我和陈哥啷个可能嘛。听他说要开饭馆,他一个当老板的,啷个会看上我这个打工妹。

我想,果然是陈野调教出来的,说话滴水不漏。

但我注意到,她脸上有一种稍纵即逝的娇羞。

我从旅游杂志上抬起头,说道,我没开玩笑,你可以不回答这个问题。我是真心希望你们能在一起。陈野是个好男人,结了婚他也会是个好丈夫,你们会很幸福的,这点我深信不疑。就算他犯了罪,我也不会把他当成坏人。法律意义上的罪犯,在法律之外有可能是真正的谦谦君子。同样道理,没有触犯过法律的所谓谦谦君子,有可能是个真正的人渣。不管你们啥子时候结婚,我都会来吃喜酒。我那时候要是还打光棍,一定给陈野当伴郎。

她默默地喝着咖啡,眼里有一种类似陈野那样的忧郁气质。这是跌宕起伏的人生造成的,她和陈野,就像一道从峡谷里穿过的风,磕磕碰碰,不断撞击在那些坚硬的岩石上,痉挛着呻吟着疼痛着。

二十分钟后,我和周艳虹从"图兰朵"出来,在瓷器口下午的光影里,她沉静得像一棵黄桷树。我毫不怀疑她和陈野在一起会生活美满,他们的气场是契合的。对于陈野这样的浪子来说,她就是家,就是温柔的故乡。

我正要跟周艳虹说再见,手机突然响了,是陶笛打来的。"图兰朵"门口有点吵,我开了免提。陶笛说,昨天把大成集团制贩毒品的案子移交给缉毒队时,她在案件通报里发现邓忠发有五个情妇,其中有个叫岳小雯的美容店老板,跟她住同一个小区,她还到岳小雯开的店里做过美容。下午她回家拿手机充电器,发现岳小雯正从小区里面走出来,后面跟着一个戴口罩、穿亚麻色夹克的男人。两人似乎不认识的样子,隔着好几米远。但走到小区外面的一个隐秘角落时,岳小雯停下来拿出小镜子化妆,等后面那个男人走过来,两人嘀咕了几句什么,然后那个男人就上了一辆出租车。她觉得两人鬼鬼祟祟的,就打了辆出租车跟了上去,她怀疑那个男人是在逃的邓忠发。

我连忙问她,那辆出租车是往哪个方向行驶?她说往白鹤山方向,已经快到山脚下了。我叫她不要跟得太紧,以免打草惊蛇,我马上过来!周艳虹等着跟我道别,还没有离开,她听见了我跟陶笛的对话。她问我,邓忠发是不是报上说的那个毒枭?我边往停车的地方走边说,就是那个龟儿子!她紧跟着我,说他不会是去洋槐公馆吧?我心里一沉,马上加快了脚步。我刚打开车门,周艳虹就坐进了副驾驶。我说你跟着去干啥子?她说我担心陈哥!

我的目光跟她的目光倏地碰在了一起,电光火石间,她内心的秘密毫无掩饰。我来不及多说,发动车子朝白鹤山疾驰而去。我握着方向盘,拿起手机,把陶笛的发现告诉了菜头,叫他马上赶过来。我没有通知更多的人,情况还不明确,陶笛跟踪的那个男人戴着口罩,不一定就是邓忠发。

周艳虹的目光一直紧盯着前方,每当车速慢下来,她就显得很焦虑,似乎恨不得车子能像变形金刚一样从车流中快速通过。阳光灼热,雾气氤氲,整座城市在这种奇诡的气象中显得阴晴不定。每个人都行色匆匆,似乎在赶赴一个重要的约会。有多少人知道,生而为人,就是在和死亡约会,那些最绚烂最激动人心的时刻不在终点,而在熟视无睹的路边。我不知道周艳虹为什么焦虑,邓忠发并不知道是陈野导致了自己的毒品帝国一夜之间覆灭,就算要报复他也不会找陈野。但邓忠发找袁凤珠算账是有可能的,因为鹿芳曝光的那些内幕,除了邓忠发和自己的心腹,只有何万里知道。既然他和心腹都没泄密,那肯定是何万里生前说出去的,他迁怒于何万里的妻子,完全有可能。

车开到白鹤山脚下时,我突然一阵心慌,我很难形容这种感觉。我似乎走在一片无垠的旷野中,四周全是凛冽的大风和窥伺的猛兽。又好像是掉进了一处深不见底的沼泽,腐臭的淤泥压迫住了我的胸膛。很奇怪,一路上的景物也变得虚幻起来,我像是行驶在一个梦境中,精神有些恍恍惚惚。

离洋槐公馆还有五百米的时候,我看见了站在野苹果树下焦灼不安的陶笛。她飞奔过来,说搭载那个男人的出租车已经空返了,她拦下来问了司机,司机说乘客在洋槐公馆前下了车。我叫她上车,然后一脚油门朝那栋老房子开过去。车还没停稳,我就被眼前的一幕震惊了——那个穿亚麻色夹克的男人站在何万里的奥迪A8前,拿着一把手枪,顶在袁凤珠的头上,叫她上车。他已经摘下了口罩,正是被通缉的邓忠发!陈野伫立一旁,正在劝说邓忠发不要伤害袁凤珠。

我要周艳虹待在车上,千万别下去。我让陶笛马上呼叫增援。然后我跳下车,命令邓忠发放下枪。这一天,已经是深秋,我竟然听到了蝉的嘶鸣。小时候外婆告诉我,发现反季节的东西,一定不要好奇,那都不是啥子好兆头。老话说,事出反常必有妖。

看见我出现,邓忠发的情绪变得激动起来,他威胁说,如果我敢过来,就马上打死袁凤珠。他还大骂何万里当初不听他劝告,非要找个戏子结婚,红颜祸水,把他也给害惨了。他说今天来这里有两个目的,他任选其一,要么杀死袁凤珠泄愤,死也要拉个垫背的;要么让袁凤珠当人质,送他离开已被警方严密布控的雾都。袁凤珠神情惊恐,她抓着反光镜的支架,不肯上车,双方僵持着。

我非常清楚,袁凤珠即使送邓忠发安全离开雾都,她也不会活下来,邓忠发肯定会要她的命。我没有带枪,我点了支熊猫,冷冷地打量着邓忠发。这种场面我经历过多次,只有在狙击手布置到位后,才能有效地谈判,我现在要做的,就是等待增援。

陈野看着邓忠发,他说,何老师在的时候,我见过你,你到这来过。朋友妻不可欺,你怎个对待袁老师,不合适吧?

你是谁啊?邓忠发斜睨着陈野。

我是袁老师的邻居,住对门。陈野说。

是有点印象。小子,别在这多管闲事,滚一边去!邓忠发挥舞着手枪叫嚣,把老子惹毛了,连你一块崩了。

袁老师是我朋友,我不能不管。陈野很执着。

朋友?是隔壁老王吧?邓忠发狞笑道,这臭婆娘,老公才死几天,就守不住寡了。

我和袁老师的关系,没你说的怎个不堪。我很欣赏袁老师,她的气质、美貌和才情,都让我着迷。她是我见过的最完美的女人,没有之一。袁老师虽然是演艺界的明星,光彩照人,但没有一点架子,非常有涵养。每次见了我这个小人物,都会很热情地打招呼。袁老师还挺有爱心,经常照顾流浪狗,听说她资助了不少失学儿童。兄弟,这么好的一个女人,你伤害她于心何忍?

关你屁事!邓忠发叫道。

当然跟我有关！兄弟，不怕你笑话，我爱上了她，说暗恋可能更贴切吧。袁老师身上的光环太耀眼了，让我不敢直视。对我来说，她站在高高的神坛上，是女神一样的人，让我膜拜得五体投地。不过，我很有自知之明，我不奢望这种爱有啥子结果，在心里默默喜欢就行。这些话以前我从来没在袁老师面前说过，我不好意思说，怕丢人。因为我和袁老师的差距太大了。这种差距，说隔着一座白鹤山都不为过。所以，兄弟，我要感谢你，感谢你让我有勇气把这些心里话说出来，就算是我对袁老师的一次表白吧。

袁凤珠吃惊地看着陈野，她做梦肯定都没有想到过，在这种地方这种时刻，陈野居然向她表白。

袁老师您听了我说的这些别介意，我没有冒犯您的意思，我只是想让您知道我的心意，仅此而已。对了，明天就是您生日，我网上查到的。我给您画了一幅画，准备送给您当生日礼物，希望您能喜欢。虽然我不是画家，画不值钱，但再值钱的艺术品也没有我这幅画有灵魂，一颗爱你的灵魂。这幅画的名字叫《结局》，我们每个人都有自己的结局，或悲伤，或遗憾，或美好，我希望袁老师的人生能像画上的那片夜色一样灯火辉煌。

袁凤珠的嘴唇嚅动了两下，似乎想说什么，但最终什么都没有说。在枪口下，她似乎丧失了语言功能。

兄弟，你现在应该明白我对袁老师的感情有多深了吧，我长恁个大没喜欢过女人，袁老师是第一个，也一定是最后一个，我绝不会容许任何人伤害她。兄弟，你有啥子要求可以商量，有话好好说嘛，千万不要动刀动枪。特别是在女人面前，动这玩意儿不好，让人耻笑。

陈野的这番话让我颇感意外，难道我之前的判断错了，他真的迷上了袁凤珠？我看了一眼坐在车内的周艳虹，隔着挡风玻璃，我看不清她的表情。她和陈野都一样，总让我有种雾里看花的感觉。我不知道自己看到的到底是本真,还是幻象。

少废话！邓忠发吼道,今天要么我跟这婆娘一起走,要么同归于尽！

你为啥子非要跟袁老师过不去？陈野问。

她把她老公,还有我,都给卖了,是她自己找死！邓忠发恶狠狠地说。

我觉得滑稽,这家伙竟然认为袁凤珠是爆料人。

袁老师没有出卖任何人。陈野说,你冤枉她了。

你懂个锤子！邓忠发咬牙切齿道,老子恁大个产业,一夜之间全没了。老子还上了通缉令,有家不能回,都是这臭娘们害的！我没把她剁成肉馅喂狗,已经是心慈手软了。

告密对袁老师有啥子好处？陈野问。

她名声已经被她老公搞臭了,说不定连戏都唱不了。她爆料是想举报立功,然后咸鱼翻身。邓忠发推理道,但她手头又没有证据,所以就化名向报社爆料。把老子搞垮以后,拿到了证据,她就可以站出来往自己脸上贴金了。

不,这事跟袁老师一点关系都没有！陈野说。

你哪个晓得？邓忠发阴森森地看着陈野。

写那篇爆料文章的是《雾都晨报》的一个女记者,叫鹿芳。陈野的语气很平缓,这件事我从头至尾都很清楚,袁老师完全不知情。

袁凤珠感激地看着陈野,像落水的人看见了一根救命稻草。

不是这个戏子告密,那个女记者哪个会晓得那些事？邓忠发恶毒地说,姓鹿的那个臭婊子我迟早会弄死她！

记者就是吃这碗饭的,到处挖内幕,打探隐私,晓得一些秘密也正常。

陈野继续替袁凤珠辩护。

不可能！那些事没几个人晓得。邓忠发的枪口戳在袁凤珠的太阳穴上，肯定是何万里喝多了马尿告诉她的。姓何的龟儿子，西门庆转世，没有婆娘和酒就活不下去，难怪死在婆娘手里，活该！

我静静地听着陈野和邓忠发的对话，没有插嘴，此时此刻，他的身份比我更适合安抚这个随时可能狗急跳墙的毒枭。

好吧，话都说到这个份上了，我就告诉你真相。本来我是不想说的，为了袁老师，我顾不得恁个多了。那些事情是何万里自己说出来的，他告诉了周艳虹——就是杀他的那个女娃儿。有一次，周艳虹想要把何万里强奸她的事告诉袁老师，何万里满不在乎地说他不怕，如果袁老师敢出去乱说，就弄死她。他还说自己制贩毒品赚了很多钱，几辈子都花不完。如果周艳虹听话，就保证她一辈子衣食无忧。酒醒了后，何万里很后悔，也很害怕，他警告周艳虹不要多嘴，不然啷个死的都不晓得。周艳虹杀死何万里后，向警方交代了这些事。警方认为可信度很高，何万里很可能跟你们大成集团勾结，秘密制贩毒品。为了获取证据，警方故意让那个叫鹿芳的女记者爆料，先打草惊蛇，再引蛇出洞，你们果然中计了。

我不得不佩服陈野的临场应变能力，子虚乌有的事都能被他编得有模有样。就跟他的那些画作一样，让人有强烈的代入感。

骗老子嗦！邓忠发冷笑，你又不是警察，这些事你是啷个晓得的？

周艳虹告诉我的。陈野淡淡地说。

邓忠发眯眼看了看坐在车内的周艳虹，又看了看陈野，一脸狐疑。

周艳虹放出来后，有一次我去她店里做推拿。我们以前是邻居，本来关系就不错。做推拿的时候，她把这件事告诉了我。她还说袁老师很可怜，跟一个变态狂结了婚，现在事业也被何万里连累了。我当时不相信她说的，男人拈花惹草还能理解，这是道德品质问题。但杀人、制贩毒品就太毁三观了，何况还是连杀四个人。周艳虹看我不信，就叫我过几天看《雾都晨报》，说有个叫鹿芳的女记者会故意把这件事曝光，这是警方的秘密安排。对了，她还要我务必保密。

没错，就是我告诉陈哥的！周艳虹突然从车上下来，大声说，这件事跟袁老师没有半点关系。

狗日的何万里！邓忠发瞪着袁凤珠，早晓得你老公嘴巴恁个不稳当，老子肯定弄死他！然后又怒视周艳虹，原来告密的是你，等老子过了这道坎，再来收拾你个黄毛丫头！

兄弟，你现在可以放了袁老师了吧？陈野问。

放了她？凭啥子？邓忠发满脸戾气，就算不是她告的密，这仇也有一半要算在她头上，是她老公嘴欠把老子给毁了。夫债妻还，老子不找她找哪个？再说了，警察到处找我，我得弄张护身符才能出城。

你把她放开，我跟你走，我会开车。

陈野的话一出口，我就看见周艳虹浑身一震，像是被针扎了一下。

袁凤珠的眼里闪烁着泪光，她似乎完全被陈野感动了。

我越发怀疑自己之前的判断——陈野追求袁凤珠是别有用心。

如果陈野真的想报复袁凤珠，他完全可以激怒邓忠发借刀杀人。但现在，他一再劝邓忠发放下武器，并且甘愿用自己替换袁凤珠当人质。如果不是出于真爱，他怎么可能愿意冒这么大的风险？

这婆娘好歹是个名人，你算老几啊？邓忠发怪笑道。

陈野看了我一眼，问邓忠发，认识这位警察吗？

重案队的，姓赵，烧成灰老子都认得！害过老子的，一个都走不脱！

邓忠发的声音像是从地狱里传出来，阴森森的。

赵队是我大学同学，一个寝室的，关系老铁了。我以前也学刑侦，因为失手杀了人，坐了八年牢，所以没能当上警察。我不怨谁，这都是命。兄弟，你好好想想，如果我不是赵队的哥们，周艳虹哪个敢把警方的秘密安排告诉我？所以，你拿我当护身符比拿袁老师有用多了，警察不给我面子,好歹得给赵队一个面子,对吧?再说了,我是坐过牢的,只要你听老弟一句劝,放了袁老师,我就把这些干货都告诉你,保证安全送你离开雾都,一根汗毛都不会掉。兄弟,我们能在这里见面,也是有缘,交个朋友,以后青山不改绿水长流,后会有期。

邓忠发的眼神开始闪烁,枪口脱离了袁凤珠的太阳穴。

我知道,这个家伙被陈野给说动了。

好!邓忠发看着陈野,你既然恁个喜欢这婆娘,那老子就成全你,放了她。不过我把丑话说到前头,你娃要是敢耍啥子花招,别怪老子手黑,我一扣扳机,你脑袋就开瓢了!反正老子被警察抓到了也是个死,不在乎多杀一个人。你要是老实,我保证你平安无事,活着回来见这婆娘。我还会记你一个人情,今后我邓某人要是重新发达了,绝不会忘了你。你现在过来吧,到车里面去!

陈野慢慢朝袁凤珠走过去,袁老师,车钥匙呢?

袁凤珠从口袋里摸出奥迪的车钥匙,颤抖着手,递给了陈野。

送您的那幅画在我家里,如果我没回来,您自己去取,预祝您生日快乐。

陈野凝视着袁凤珠,瞳孔晶莹发亮,像是被太阳照射的玛瑙。

你一定会回来的!袁凤珠的声音有些哽咽,我等你!

陈野点点头,然后问邓忠发,袁老师现在可以走了吗?

邓忠发把枪口转向了陈野,当然,老子说话算数的!

袁凤珠快步从奥迪车旁离开,站到了洋槐树下,浑身还在瑟瑟发抖。陶笛望着我,我没吭声,我继续观察局面,现在还不是动手的最佳时刻。

陈哥!周艳虹突然叫道,她的声音在发抖,像是一颗石子从水上漂过。

陈野回头朝周艳虹看了一眼,笑了笑,目光温柔得像一团棉花。

这时,警笛声由远而近。我甚至感觉地面都在震动,像是有一群野马奔腾而来。对警察而言,不管人质是谁,都会同样重视。但是,对我而言,我宁愿邓忠发拿袁凤珠当人质。这倒不是因为我有私心,担忧老同学的人身安全,而是我不知道陈野刚才的话里有多少真实可信的成分。毫无疑问,陈野具有丰富的反侦查经验,是我见过的最难对付的犯罪嫌疑人。如果他真的出手相助,邓忠发是有可能逃脱警方的追捕的。

邓忠发催陈野快点上车,并且帮他拉开了驾驶室一侧的车门。陈野上车前伸手掰了一下后视镜,似乎是想调整到一个最佳角度。突然,我看到后视镜的镜面闪烁出一道耀眼的亮光,正好照在邓忠发的眼睛上,他下意识地眯住了眼。我立即明白了,陈野是故意借后视镜的反光来让邓忠发暂时性失明。我趁机朝邓忠发冲过去,陶笛回过神来,也跟着我往奥迪车前跑。

陈野反应更快,他抓住邓忠发握枪的右手,拼命往上推,使得枪口向上。啪啪两声枪响,子弹飞上了天。我看见一只秋蝉从洋槐树上振翅而起,如同一个隐没在秋天深处的寓言。就在我和陶笛快要跑到奥迪车跟前时,邓忠发的左手突然从裤兜里摸出了一枚已经拧开了盖子的手榴弹,他一口咬掉导火索,歇斯底里地叫道:不让老子活,你们也都活不了,都给老子陪葬去吧!

增援的警力赶到了,菜头和鹿芳也赶到了。他们纷纷跳下车。

邓忠发的手榴弹咻咻地冒着白烟,我和陶笛停下了奔跑的脚步。

所有人都惊呆了。

陈野最先反应过来,他放弃了夺枪,吼道,还愣着干啥子,都闪开!

我和陶笛迅速后退,我拽着周艳虹,陶笛拽着袁凤珠,全都躲到了洋槐树后面。菜头也拽住鹿芳躲在了一辆防暴车后面。我以为陈野也会跑开,但他没有,而是奋力把邓忠发连人带手榴弹一起推进了驾驶室。并且用自己的身体压住了拼命挣扎的邓忠发。轰隆一声巨响,手榴弹爆炸,奥迪车燃成了火球。

周艳虹叫了声"陈哥"就晕厥过去。

就像八年前的那个夏天,阳光如血。

我跌坐在地上,背对着那团火球,好像生怕烈焰灼痛我的视网膜。我听见了鹿芳的痛哭声,听见菜头扯着沙哑的嗓子骂,陈野你个瓜娃子,哈戳戳的,你啷个不跑嗉?我看见钟杰带着几个医护人员跑过来,把昏迷的周艳虹抬上救护车。我点了支烟,蜷缩在麦兜经常打瞌睡的那棵洋槐树下。我突然发现洋槐公馆是倾斜的,树是倾斜的,远处站的人是倾斜的,天空是倾斜的,云朵是倾斜的,地面是倾斜的,整个世界好像都是倾斜的。这是怎么了?难道一颗手榴弹就让地球的轨道发生了位移吗?还是我的视野出现了问题?我感觉我的体内有什么东西在汹涌澎湃,如海水一样咸腥。难道我的身体内藏了一片辽阔的海吗?我的心脏,我的肠胃,我的食道,我的口腔,甚至我的五脏六腑,我的每一个细胞,全都被大海掀起的滔天巨浪冲击着,一遍又一遍。我难受得要死,想吐却吐不出来。格老子的,人到中年,我生理上从来没有这样痛苦过,真的,从来没有!

我早就说了,你那些推理都是臆想。一个声音在我耳边说。

我左右张望,身边并没有任何人。离我最近的人是袁凤珠,她正蹲在地上哭,陶笛在旁边安慰她,两人离我都有几米远的距离。而且,跟我说话的分明是个男声,是了,就是陈野的声音,只是有点变形,似乎被火烫过了一样。

风从白鹤山的森林里吹过来,九曲回肠,似乎带着川剧的声腔。

那个声音继续说,我要不是真心喜欢袁老师,啷个会以身相救?

我沉默着,我发现我用推理堆砌起来的那栋大厦,在渐渐崩塌。

我虽然痛恨何万里,但袁老师也是受害者,我不恨她,我甚至很同情她。他叹息了一声,跟一个恶魔做夫妻,她太不幸了。

你相信袁凤珠是无辜的?

我望着从云端射下来的一道光线,像是在自言自语。

无辜?他轻笑道,这个世界上谁是完全无辜的?生而为人,都是有罪的,我们活着就是为了赎罪。区别只在于,罪孽的多少。

我抽着烟,再次无话可说。

你这个人,就是喜欢生活在过去里。他说。

我有吗?烟圈从我嘴里吐出来,像是一个句号。

不要自欺欺人了,了解自己比了解别人更难。很多人对别人看得很透彻,但对自己一知半解。或者说,不愿意去了解自己。你纠结鹿芳对你的背叛,纠结她的婚姻史,还纠结你们俩那些不愉快的过去,你很难重新接纳她。但你仍然爱她,不舍得放手。你患得患失,优柔寡断,所以你活得很痛苦。

也许吧。我深吸了一口烟,我承认,你比我更了解我。

你很清楚,你那个女徒弟喜欢你。我看出来了,你应该也是喜欢她的。你很难在她和鹿芳之间做个取舍,她们是两种不同类型的人,没有可比性。对你来说,那个小姑娘最大的优势是没有过去。但是,我要提醒你,没有过去,并不等于过去不存在。从来没有哪个人能永远生活在当下。现在是过去的延伸,就像一条路,过去是起点,现在是途中,将来是终点,缺一不可。有时我们看不见别人的过去,是因为那段路被荒草给掩埋了。藏得越深,说明那条路越是不堪回首。

我明白你的意思。

我相信鹿芳和你那个女徒弟也很痛苦。为啥子有那么多抑郁症患者,大部分人不是因为自己遭遇了多少苦难,而是被别人传染了痛苦。很多负面情绪都是具有传染性的,这个世界充满了暗示,人类经常被那种非器质性的精神疾病所折磨。对这种病,谁都没有免疫力,只是症状轻重程度不同。我总觉得世界是被某种超自然的力量牢牢控制,人性的许多弱点是与生俱来的,迷惘、痛苦、绝望和毁灭都是宿命。

你就一点都不在乎袁凤珠的过去吗?我问。

我为啥子要在乎?她的过去跟我有啥子关系?既然没有任何证据表明她跟何万里犯下的罪行有关,那就忽略这些所谓的嫌疑吧。人类之所以痛苦,很重要的一个原因就是好奇心太重,喜欢挖掘秘密。本来日子可以过得很简单很愉快,就因为背负着那些秘密,生活变得复杂沉重了。这就跟蜗牛一样,之所以爬得慢,是因为走到哪里都背着一个壳。假如人类不去探索宇宙的秘密,到现在还认为嫦娥住在月亮上,多浪漫呀。当人类得知月球原来是一个暗黑世界,到处都是难看的陨石坑,毫无生气,还能激发出诗意的想象吗?肯定不能!很多秘密是不需要去揭开的,解密对生活没有好处,只有坏处。其实人类起源就是一个巨大的秘密,达尔文的进化论已经被越来越多的科学家所抛弃。人类本身就是带着秘密来到这个世界,当我们有一天通过解密晓得,我们的祖先是外星人流放到地球上的罪犯,或者就是外星人设置的一个巨大的野生动物园,人类会做何感想?除了绝望,就是恐慌!你想想看,每年世界各地恁个多不明飞行物目击事件,为啥子各国政府总是出来辟谣,因为忽视或掩盖秘密,比解密更重要。

那你和周艳虹到底是啥子关系?我又问。

就是因为上一辈的关系,认识了,然后成了朋友,没有你想的恁个复杂。也可以恁个说吧,我把她当妹妹看,比一般的朋友感情要深一些,但并非男女朋友。她很单纯,很善良,家庭变故给她造成了很大的心理创伤。你娃不要再把她跟啥子犯罪扯到一起,这太残忍了,也会打扰沉睡在地下的她父母的灵魂。我还是那个意思,让秘密成为秘密,让过去成为过去。

我突然发现,从云端射下来的那道光线渐渐暗淡,然后消失。

与此同时,他的声音也听不到了。

天黑了。

陶笛走过来,师傅,你在这里坐了两个多小时了,你没事吧?钟哥刚才来电话,周艳虹已经醒过来了,没什么大碍,只是身体比较虚弱,精神有些恍惚,正在吊水。陈哥的遗体送到殡仪馆去了,碳化比较严重,齐哥正在那边办一些相关手续,他叫你和鹿芳姐最好不要过去。

我摇摇晃晃地站起来,陶笛想扶我一把,被我闪开。

我径直朝洋槐公馆里走去,陈野的房间亮着灯。

推开虚掩的房门,我看见袁凤珠站在客厅内,在端详一幅油画,那是陈野送给她的生日礼物。她不知端详了多久,早已泪流满面。

你会珍藏吗?我问。

她擦了下眼泪,点点头,对我来说,这不是一幅画,而是一颗心。他把这颗心交给了我,我必须温柔善待。其实,我没有他说的恁个好,他也没自己说的恁个差。如果我们相处的时间再长一点,也许,我会爱上他。他身上有艺术家的纯真,有学者的睿智,还有慈悲心和血性,这都是我非常欣赏的。

我看着他把这幅画完成的。我说。

我还是有一定鉴赏力的。她说,就画作本身而言,有很高的艺术天分。这幅画看似写实,其实有很多抽象的隐喻。宝通寺的轮廓、嘉陵江的弧度、瓷器口的形状,还有那些灯光的明暗度,跟现实中是有出入的,他似乎在暗示啥子。但我现在还琢磨不出来,优秀的作品是需要长时间鉴赏的。他说这幅画叫《结局》,肯定不仅仅是为了表现美丽的夜色,那就太浅薄了,画的主题应该是有深刻含义的。也许,他是在用一种抽象和现实相结合的手法来表现他理解的人生或者命运。我没见过把夜色画得恁个好看的,极具视觉冲击力。我发现他所有的画都是夜景,他的艺术思维太独特了,想象天马行空,如果他从这方面发展,肯定能成大器!

他还画了你。我说。

我看到了,他画的是我的背影,这也应该是有隐喻的。也许,他是想告诉我,他一直在背后偷偷地观察我,喜欢我。有时候,我觉得他是个害羞的大男孩,挺可爱的。如果在少女时代遇见他,我很可能会对他一见钟情。对了,有些事我也需要跟你说说。我晓得你们还在怀疑我跟我丈夫的事有关,尽管没有证据。我重申一下,我丈夫犯的罪跟我没有任何关系。明天我会在报上发个声明,如果有任何媒体或者个人,散布关于我涉案的不实言论,哪怕是影射,我都会采取法律手段追究到底!如果没有必要,也希望你们警方不要再打扰我的生活。这段时间,我想好好调整状态,特别是梳理一下我的感情。我发现自己好像真的喜欢上你那个朋友了,可能还谈不上爱,只是单纯的喜欢。对我来说,这是一种从没有过的情感体验,跟身份和名利都无关。这种感情透明得像一个玻璃容器,很奇妙,也很愉悦。这似乎就是爱情的本身,是我少女时代在梦里追求的。当下的爱情,已经只是一个壳,里面包裹的都是跟爱情无关的物质,比如欲望、金钱和地位。但谁都不去把这层壳戳破。不光是爱情,这个世界的很多东西都有一个跟内核不符的壳。我们眼睛看到的大多是表象,是不真实的。但陈野不一样,他没有壳,他的内心和外在是统一的整体,至少他对待爱情是如此。这一点让我特别珍视,也特别动心。我很后悔,以前忽略了他。我会努力弥补自己的过失,在回忆中珍惜他。也许,这一生,他都会生活在我的回忆当中。这也是一种陪伴,精神的陪伴,可能比那种肉体的陪伴更长久。这幅画,我会珍藏一辈子。不,也许不止,在我生命终结的那一天,这幅画会随我而去。下辈子,我希望我和他不再错过,而是有一个美好的结局。

祝福你和你回忆中的他。

说完这句话,我转身离开,陶笛在黄桷树下的暗影里等我。

我又听见了秋蝉的嘶鸣。

我还看见了许多萤火虫，在白鹤山上鬼火似的游荡，就像打着灯笼来给亡魂引路的地狱使者。

　　我浑身的毛孔一下子张开了，全都往外透射着惊惶。

　　如同从这座城市的隐秘角落里，透射出的古怪的灯光。

# 第七章　诡画

生命中有太多意外猝不及防。就好像雾都的天气总是说变就变,上午还艳阳高照,下午就可能大雨滂沱,而且事先没有一点征兆。所以,从某种意义上来说,这座城市就是一座大戏台,你永远不知道剧情会如何发展,一切转折皆有可能。

再次见到袁凤珠是在新硚医院血液科的病房里,她患了再生障碍性贫血。是鹿芳打电话告诉我的,她刚刚得到爆料,准备去医院采访,问我要不要一起。我很震惊,半年前,袁凤珠身边发生了那么多惊天动地的事,她都没有倒下,现在竟然被疾病给打倒了。暮春的阳光透过窗玻璃照在她没有血色的脸上,她安静地躺着,毫无活力。她浑身的血肉好像被什么可怕的怪虫给掏空了,曾经曼妙的胴体迅速干瘪了下去,单薄憔悴得就像一个纸人。

她住的是单人病房,整整一面墙全堆放着各种各样的礼物,来探望她的粉丝应该不少。床头挂着她昔日演出的大幅海报,上面那个风情万种的川剧花旦,跟眼前苍白孱弱的她判若两人。生命、名望和美貌在病魔面前都是脆弱不堪的,说碎就碎。人类世界其实没什么东西可以不朽,至少在物质层面上是这样的。肉体的生命,包括名望和美丽都是一种物质形态。想到这一点,我就有些悲哀,我们终究都是任凭命运摆布的傀儡,连剧本都是提前写好了的。谁都不知道自己什么时候出场,不知道搭档是谁,对手是谁,也不知道自己的演出什么时候会突然终止,更不知道自己的这一生是以悲剧还是喜剧收场。一切都是那根神奇的魔棒说了算,我们永远看不见魔棒的存在,它却无处不在,如影随形。

鹿芳比我先到,她本来想采访袁凤珠,但这个可怜的女人已经虚弱得说不出话来,她只好去采访主治医生。我一个人在病房里,和袁凤珠对视着,我能从她的目光里读出感激。我把一些水果和营养品放在墙角,她的嘴唇翕动着,似乎想说什么。我连忙安抚她,什么都不要说,好好卧床休息。争取早日康复出院,我要去看她演出的川剧。

陈野出事后,我花了好几个月来研究这位梨园名角,不仅仅研究她的人,也研究她唱的戏。我想知道她到底有什么魅力让陈野如此痴迷,甘愿为她付出生命。研究中最大的发现是她有个不堪的童年。她父亲是个赌鬼,母亲是个失足妇女。她从小就喜欢唱戏,九岁时已经能唱许多川剧名段,都是对着电视机自学的。她还有个叛逆的少女时代,她十五岁就离家出走流浪街头,靠卖艺维生。

后来她在媒体的帮助下考入戏曲学校,终于有了一个安身立命之所。戏曲学校还没毕业,她的父母就在贫病交加中相继去世。我仔细比较过她和欧阳素梅的演出,总体而言,两人的水准在伯仲之间。但如果细细揣摩,就会发现袁凤珠的扮相更惊艳,唱腔更华丽。也就是说,她比欧阳素梅更符合年轻观众的审美趣味。

从外形来看,袁凤珠和欧阳素梅都是天生的美人坯子,五官和气质都充满了古典的韵味。但袁凤珠的古典中透着性感,她是那种男人多看几眼就会产生本能冲动的女人。这不仅是因为她有着婀娜的身段,还因为她有着一双迷人的眼睛。她的眸子是会唱戏的,里面都是台词。你会不由自主地被诱惑,等你想从戏里面出来时,已经欲罢不能了。

让这样一个人在剧团坐几年冷板凳实在不应该,她足以跟欧阳素梅平分秋色。在梨园确定自己的江湖地位之前,她一直在失去,失去童年的欢乐,失去亲人的关怀,失去应该受的教育,失去少女的梦想,失去各种出演 A 角的机会。也许,还失去爱情。按照心理学,一个人失去的越多就越想获得补偿。为了得到她应该得到的,她采取一些激烈的手段是有可能的。至于这些手段是否涉及犯罪,已经无从查证了。

从病房出来,我和鹿芳在住院部楼下的花园里站了一会儿。鹿芳说主治医生告诉她,要想治好袁凤珠的病,只有做骨髓移植手术,她会在报上呼吁为袁凤珠捐献骨髓。主治医生断言,如果做不了这个手术,袁凤珠活不到夏天。我问她病因是什么,啷个好好的突然得了这个怪病。她说问过医生了,目前医学界对这种病的起因还不明确,存在多种可能性——药物诱发、化学物品污染、各种电离辐射物质、病毒感染、病人的造血干细胞缺乏、自身免疫力低下和遗传因素,这些都可能导致再生障碍性贫血。

鹿芳说,她本来不喜欢袁凤珠,但自从陈野出事后,她突然改变了看法,觉得这个女人似乎没么讨厌了,她还特意去看了袁凤珠的几场演出。我知道她为什么有这种心态,因为袁凤珠的命是陈野用自己的命赎回来的,袁凤珠的肉身有两个影子,一个是自己的,一个是陈野的。

鹿芳要赶回报社写稿,我们在医院门口告别。她依然单身,我也没找女朋友。我无法准确地界定我和她的关系——我们一个礼拜至少会见两次面,一起吃饭、逛街、打网球、看电影,有时也会叫上菜头这个电灯泡。偶尔还会互发几条有点暧昧的微信,但我能肯定我们不是恋人,至少,我们还没滚过床单。她暗示过很多次,我都视而不见。每当我身体有那种澎湃的冲动时,就会打开笔记本电脑写点什么,把荷尔蒙全都转化为文字。那些肉欲的气息一沾上冰凉的电脑屏幕，就会冷却下来。鹿芳也不再追问我们还有没有将来，她在给我时间思考。有很多人给她做介绍，她也去相过几次亲，每次都叫上我作陪。对方条件都不错，至少在长相和经济方面强过我，但她不这样认为。每次都笑着说，还不如你呢，本姑娘总不能越找越没品位吧？那人生也太失败了！

我依然隔三岔五去金刚碑，在"有风来"喝喝茶听听川剧。茶馆都是些老主顾，知道我的身份，经常跟我套近乎摆龙门阵，想从我嘴里刺探一些关于各种案子的八卦。在不违反保密纪律的情况下，我有时会给他们讲讲案子背后的故事。每一个案子都不是看上去那么简单，都有着不为人知的隐秘。这些在暗黑角落里隐秘生长的东西才是最真实的，也是许多案子发生的原始动因。

但大部分时候我什么都不做，就对着窗外的黄桷树发呆。很多往事会顺着记忆的羊肠小路缓缓爬上来，爬进我那台老旧的笔记本电脑里。

我和菜头经常去高坑岩水电站钓鱼，就坐在那棵野柿子树下，对着轰鸣作响的磨滩瀑布。鱼获多少不重要，我也不爱吃鱼，重要的是享受那份闲淡的心情。这个遍地荒芜的地方，似乎从来没有发生过什么大事。我每次来这里，都会发现野草把我上次留下的痕迹全部湮没，好像我从没来过一样。

菜头已经找到了女朋友，鹿芳做的媒，是《雾都晨报》社的一个女编辑。那女娃儿长得一点都不像尹恩惠，但她和菜头一见面就对上眼了。菜头多次在我面前口吐鸡汤——真正的爱情是没有标准的，只有流水线上的产品才有标准。那些批量制造的东西都是大路货，好用、耐看，但缺乏珍藏的价值。这厮还经常宣扬唯心论，说宝通寺的签真灵。他特意和那个女编辑去庙里还愿，这次比上次多捐了几块香火钱。他的个人形象比以前清爽多了，下巴每天都刮得寸草不生，就像撒哈拉沙漠。他一张嘴不再满口烟臭,也学会了嚼口香糖。还一天换一种口味,要么柠檬,要么草莓,要么橙子,跟开水果店似的。

这厮重色轻友,有了相好就不再随叫随到。有时正跟我在磨滩河边钓鱼,那个女编辑电话一来他就屁颠屁颠地跑了。落单的时候,我会叫上陶笛,这女娃儿现在已经是重案队的在编民警了。她还是对我那么好,局里没有人敢打她的主意,但听说外面追求她的人能组成一个足球队。

在一个小雪天,我和陶笛又去了一次丰都的社坛小镇。

我们去看陈野的孃孃,坐在院子里喝了一会儿茶。陈阿姨苍老了许多,她说对不起妹妹,也对不起父母,没把陈家这个唯一的男娃儿照顾好。我甚至觉得陈家那座老宅子也比去年破落了不少,连两尊彩绘门神的目光都不再炯炯有神。据说宅子是要人养的。房间要是长时间空置,就会很快坏掉。家里的重要人物走了,也会影响宅子的风水。风水败了,凝聚在宅子上的精气神就泄了。那些木头就只是木头,砖雕就只是砖雕,没有了灵魂。如同一个人没有了灵魂,就会成为行尸走肉。宅子没了灵魂,就会日益颓败,离坍塌不远了。

那次,我和陶笛还去了陈野的墓地,在一个山坳里。墓碑上镶嵌着陈野的照片,笑容孤独而温和。旁边有棵马尾松,一只野鸢兀立在枝头,用奇怪的眼神看着我们。我没有惊动这只大鸟,我开了两罐啤酒,点了支烟,告诉陈野一些事——袁凤珠病情稳定后不打算出国了,她还住在洋槐公馆里,你娃住过的那套房子,被她租了下来,一直空置着。她经常去那套空房子里坐一坐,看看书,打扫一下卫生,有时还会在里面唱几段川剧,是唱给你娃听的。你送给她的那幅油画,被她装裱好了,挂在卧室里,用的还是名贵的黄花梨画框。我想,她是真的爱上你了,被一个红透川剧界的花旦爱上,你娃就嘚瑟吧。对了,这些都是我从她发的微博里晓得的,我现在也是她的粉丝了。

周艳虹还在刘二按摩店上班，有时我和菜头也会去推拿几下，老胳膊老腿的，到处都是毛病。蒋副局长去看过周艳虹，格老子，他平时凶巴巴的，我没少挨他的训。但见了周艳虹，他居然掉了眼泪。他还对周艳虹说，你爸欠了我一块钱饭票，到现在都没还。恁个多年了，利滚利该有十块钱了吧？周艳虹说，你们是警察，最讲证据，空口无凭，我不认这个债。两人都笑了，我站在旁边却有点想哭。

哦对了，菜头名草有主了，女朋友是报社编辑，鹿芳的同事。我预感这龟儿子以后会得妻管严，现在症状已经很明显了。菜头的父母见过未来的儿媳妇了，很满意。但那个女编辑的父母嫌菜头体重超标，还没明确表态把女儿嫁给他。为了博取未来岳父岳母的欢心，菜头正在拼命减肥，一天只吃两顿，一顿只吃半饱，便前便后都要称体重，整天饿得哇哇叫。但这龟儿子减肥效果不理想，根据我的目测，他的体重不仅没有减轻，好像还比以前多长了几两肉。他现在嚷着要去做抽脂手术，我说你娃有一半脂肪是从我这里榨取的民脂民膏，一天到晚蹭吃蹭喝。

……

那天的雪越下越大，我和陶笛在陈野的墓地前坐了一个下午，像两个雪人。从向晚的墓园出来，那只野鸢尾一直沉默地跟着我们，不高不低不紧不慢地就在头顶盘旋，像在送别。我突然想起了露易丝·格丽克的那首《野鸢尾》——

  在我苦难的尽头
  有一扇门
  听我说完
  那被你称为死亡的
  我还记得
  ……

我的眼泪在那一瞬间流了下来。

陈野出事后,我再也没有去过洋槐公馆,连白鹤山都没有上去过。仿佛那是一段尘封的令人不忍卒读的记忆,我再也不愿翻阅。而且,对洋槐公馆反杀案和王宇凡离奇死亡的案子,我也没再深入调查。陈野爱上了袁凤珠,这完全颠覆了我的判断,以至于我对自己之前所有的推理都产生了深深的怀疑。我想,也许确实如陈野所言,我只是在臆想。

鹿芳采访袁凤珠的文章发出来后,引起了很大反响。

为了挽救这位川剧表演艺术家的生命,许多人自愿捐献骨髓,但很遗憾,无一例配型成功。果然如医生所料,袁凤珠没有活到夏天。在立夏的头一个晚上,她在睡梦中走了。

是护士查房时察觉她的。

护士还在袁凤珠的手机上发现了一条微信,已经输入了文字,但还没有来得及发出,接收人是我。于是,护士马上通知了我。

袁凤珠没有亲人,卧病期间,照顾她的是护工和医护人员,还有粉丝。我去抢救室见了她最后一面,其实那时候她的心脏已经停止跳动,没有了抢救价值,但医生仍然在尽力。鹿芳、菜头和陶笛,还有金海岸剧团的罗团长和同事,以及一些粉丝都闻讯赶来了。抢救了一个多小时,她还是没能睁开眼睛。

她走得很安详,像一块凝固在时光中的琥珀。

很多粉丝当场失声痛哭,还自发地唱起了她生前的代表作品。

那天晚上,我和菜头去了白鹤山。

袁凤珠在最后一条微信里告诉我,她家的钥匙在她枕头下。到了洋槐公馆,我们没有马上进去,坐在洋槐树下抽了一会儿烟。凌晨三点半的白鹤山起了雾,被夜色和迷雾包围的洋槐公馆宛如一个睡美人。我想房东刘二真的是要欲哭无泪了,不到一年,这里就死了三个人。

不,把邓忠发加上,是四个,还不包括一条叫麦兜的流浪狗。洋槐公馆成了真正的鬼宅了,估计免除房租都没人敢入住。但我相信要不了多久,就会有很多奇怪的人前来这里探险。每座城市都有些这样的家伙——波澜不惊的生活让他们感觉性冷淡,他们的高潮是在恐怖和刺激中达到的。而我恰恰相反,那些血腥的场面让我越来越厌倦。我渴望生活的湖面波平如镜。渴望住在一个远离都市的小木屋里,吃着亲手种的蔬菜,喝着自酿的黑莓酒。等着邮差每天敲门给我送来一封纸质的书信,告诉我关于故乡和爱人的消息。

让刺激和快感都见鬼去吧!

这下子两人可以搭台唱戏了,夫妻对唱,日子过得又安逸又热闹。

菜头叹息一声,烟头在他嘴上忽明忽灭,像是深夜的汽车尾灯。

我突然有种感觉,陈野比袁凤珠更能唱戏。袁凤珠是照本宣科,陈野是自导自演。八年前,陈野唱了一台令人叹为观止的"三枪"。八年后,他又唱了一台血色大戏,让无数观众泪奔。

他天生就是演员,唱主角的。我说,跟他比起来,我们都是跑龙套的。

菜头说,小蓉本来想请袁凤珠到我们的婚礼上唱一段,看来只能放唱片了。

小蓉就是那个女编辑,她也热爱川剧,还要菜头找袁凤珠要过签名照。

放啥子唱片!我说,到时我上台给你娃唱一段《刀铡陈世美》,保证把全场的气氛搞起来。

说实话,研究袁凤珠的时候,我还真的学唱了几段川剧。我录下来发送给金海岸剧团的罗团长,让他指点一二。他说我唱得有板有眼,是个可造之材。当然,这可能是客套话。不过,他确实给了我一些指点,让我获益匪浅。但多唱了几次后,我就放弃了。我发现唱戏很容易让人沉浸在剧情中不能自拔,也就是所谓的入戏。那些台词似乎具有某种心理暗示,能让演员渐渐地融入到角色中,把角色的悲喜当成自己的悲喜。每次唱完,我都会有一阵恍惚,不知道自己是在戏内还是在戏外。

菜头说,你娃这一招太阴险,我和小蓉还是不举行婚礼了,旅行结婚也不错。

我擦去一滴落在脸上的夜露:你们打算去哪里度蜜月?

黔江,濯水古镇。小蓉说那里有座风雨廊桥,相爱的人如果从桥上牵手走个来回,一辈子无风也无雨,能白头到老。

我在心里苦笑,那座风雨廊桥我和鹿芳牵手走过许多个来回,最后还是散了。但我没把这话说出来,也许是被陈野洗脑,我越来越觉得揭开真相不一定都是好事,有时候,谎言会让岁月看上去更加静好安稳。

天边慢慢露出了玫瑰色的微光,山上的寂静被欢腾的鸟声打破,白色的雾气开始消散。我和菜头终于从洋槐树下起身,用钥匙打开了袁凤珠家的房门。我摁亮电灯,很难想象,这是一个男女主人都已不在世上的家。房间里很干净,家具上几乎没有浮尘,一切都在该在的位置,显得井井有条。似乎主人只是出去遛了个弯,马上就会回来。客厅窗台上有一盆三色堇,芳香弥漫,像是有一群紫色的蝴蝶张开翅膀栖息在草丛里。留声机旁有杯喝剩下的咖啡,一张川剧唱片还搁在唱针底下,似乎随时会从那个黄铜喇叭里传出高亢华丽的唱腔。

一本书摊开在沙发上,我拿起来一看,竟然是露易丝·格丽克的《野鸢尾》!

我和菜头相视一惊,这本从周艳虹书架上失踪的诗集怎么在袁凤珠家里?但我很快明白了,是陈野藏起了这本《野鸢尾》。他出事后,袁凤珠整理他的房间,发现了这本诗集,于是带回了自己家。

但我没在诗集中发现那枚风筝书签。

我想，陈野把诗集从周艳虹家拿走时，可能把书签掉在地上了。但菜头坚称不可能，他说当时为了找这本不翼而飞的诗集，把周艳虹家翻遍了，就差掏耗子洞了，根本没发现地上掉有书签。

不过这已经不重要了。

连人的命运都无法把握，何况一枚薄薄的书签。

对了，我还没有交代袁凤珠把钥匙交给我的原因。

在她生前没来得及发出的那条微信中，她说她有种不好的预感，自己熬不过今晚。如果她明天早晨没有醒来，就麻烦我来一趟医院，在她枕头下拿走房门钥匙，然后去趟洋槐公馆，把她挂在卧室墙上的那幅油画取下来烧掉，她要把画带到另外一个世界去。

我在卧室里找到了那幅画，就挂在床头，袁凤珠每天一睁眼就能看见，可见她的珍爱程度。黄花梨的画框把油画衬托得很高贵，像是某位大师的作品。毫不夸张地说，陈野的画确实有大师风范，倒不是他的画功有多了得，而是他的审美视角非常独特，这使得他的画具备了一种奇异而魔幻的色彩，让人眼前一亮并且印象深刻。在壁灯橘色的光线下，我仔细端详着这幅画。这并不是我第一次看到，今天看的感觉却跟以前有些不同。我发觉画面上方似乎悬浮着一层淡淡的雾气，我以为是幻觉，菜头说不是，他也看到了，还说雾气是浅绿色，新生嫩芽的那种绿。我把顶灯打开，卧室里顿时亮堂了许多，浮荡在画面的那层诡谲的绿色也随之消失不见了。我突然意识到那层雾气可能只是壁灯造成的一种视觉效果，而非真的有什么神秘的雾气。

把这幅油画从墙上取下来时，我发现房间里的氛围似乎起了一些微妙的变化，但具体是什么变化，我说不清楚。也许是我的心理作用在作祟，也许是装饰的格局变了——墙面没有了画，显得空旷而寂寥。我把油画连同装裱的木框一起带到洋槐公馆外面——就在陈野去年出事的地方。菜头打开我车子的油箱，弄了点汽油出来，洒在画上。我用打火机点燃,一股烈焰喷薄而出,然后火苗迅速弥散开来,就像无数条金蛇在狂舞,它们争先恐后,贪婪地吞噬着油画。

快看!菜头突然用手指着燃烧的油画大叫起来,那层雾气又出来了,还是绿色的,比刚才更绿一点!

我也看到了,果然就是之前在卧室里看到的那种古怪的雾气。

在火光的映照下,雾气显得更浓郁,也更诡谲。

但雾气稍纵即逝,紧接着,一件更惊悚更不可思议的事情发生了!

当火苗开始吞噬画中袁凤珠的背影时,那个背影竟然回过头来,露出了一张脸,这是一张女人的脸,唇红齿白,但不是袁凤珠的。我隐隐觉得这个女人的面孔似乎在哪里见过,但一时想不起来。这张脸非常恐怖,眼球凸出,五官扭曲变形,脸部布满了蛛网状的血痕,如同一块将破未破的挡风玻璃。画中的这张碎脸还朝我们笑了一下,笑得极其诡谲。我甚至还看见她眨了几下眼睛,露出一种难以捉摸的神色。我和菜头几乎是弹跳起来,一连往后退了好几步,差点跌倒。与此同时,这张碎脸被一群身体抽搐的火蛇吞没了。不到一刻钟的工夫,整张油画连同黄梨木画框都化成了灰烬。

我和菜头面面相觑,惊魂甫定。如果只是我一个人看见,我肯定会觉得是自己眼花了。但菜头笃定地说他也看见了——画上的袁凤珠确实回头了,但脸是别人的。

我和菜头上了车,正要掉头时,我无意中发现袁凤珠家的那盆三色堇竟然谢了!紫色的花瓣落满了窗台,而我进门时,这盆花还开得非常茂盛。我无法解释这些神秘现象,对我来说,洋槐公馆越来越像一个谜。

从白鹤山上下来,我还在想那张碎脸。菜头坐在旁边刷手机,袁凤珠去世的消息已经上了热搜,许多网友纷纷留言纪念。菜头说,有粉丝把她的病逝跟当年欧阳素梅的香消玉殒相提并论,感叹名伶薄命。在清晨的阳光里,我遍体的汗毛陡然竖了起来,仿佛一股电流从我身上穿过。我终于明白了那张碎脸是谁,就是欧阳素梅!菜头搜索欧阳素梅的照片,也肯定地说就是她!

画的背影明明是袁凤珠,啷个一回头就成了欧阳素梅?画上的人啷个又会回头、还会笑、还会眨眼睛?那层绿色的雾气又是啥子?

菜头大惑不解,连珠炮似的发问。

我回答不出,这也是我想知道的。

我现在有些后悔烧掉了这幅画,应该多保存一段时间,搞清楚了画里的秘密再处理。在瓷器口吃完早餐,回到局里,我特意找到程良请教,身为法医,他坚决否认有什么灵异。听我说了早晨在洋槐公馆发生的那些怪事后,他解释说,你们进袁凤珠家之前,门窗长时间紧闭,保持了一个恒温恒湿恒氧的环境,三色堇适应了这种环境,能够生长开花。当你们进入后,这个三恒系统的平衡突然被打破,三色堇不能适应,凋谢也就理所当然了。这在考古学上很常见,一旦打开封闭的墓穴,很多原本保存十分完好的文物会在瞬间碳化毁掉。

程良重点解释了那幅油画——很多绘画颜料是由有色的矿物质或化学合成物制作的,在某种光照或高温条件下,能发生物理和化学反应。比如发光、变形、雾化、燃烧,等等。我和菜头看见的那层绿色的雾气,应该是一种类似于手表夜光灯之类的荧光。好比晚上看路灯,会觉得外面有层黄色的雾,那并不是真正的雾,是灯光造成的错觉。在大火中,画上的人物似乎变活了,那也是错觉,其实是颜料在高温烘烤下产生了某种特异反应。画中的背影并没有回头,很有可能原本就在画中人物的后脑上画了一张脸。但画家用颜料做了某种特殊处理,必须在高温条件下才能显影出来。

也就是说,欧阳素梅的那张脸原本就在画上?我问。

应该是这样。程良说,好比用米汤在纸上写字,肉眼不可见,但酒精灯一烤,字就能显影出来。以前的特工传递情报都用这种密写方式。

为啥子是张碎脸？菜头还是疑惑不解。

听完我和菜头对那张恐怖面孔的描述,程良说当年在欧阳素梅坠崖现场勘验尸体的法医是他同学。他当即跟那个同学打电话,要来了几张现场照片。

这是欧阳素梅伏尸崖下的惨烈现场。

其中有张照片是脸部特写,整张脸破碎不堪,完全就是我和菜头在画上看到的那张人脸的翻版！我震惊了,但更多的是迷惑,陈野是怎么知道欧阳素梅的现场状态的？他出于什么目的,要把这张令人毛骨悚然的碎脸隐藏到那张油画上？画是送给袁凤珠的,难道他是想暗示什么？

我突然不寒而栗——袁凤珠可能做梦都没有料到,欧阳素梅那张可怕的碎脸无时无刻地都在画上盯着自己,而她每晚居然都在这种阴鸷的目光中入眠。我这才惊觉,陈野送袁凤珠这幅油画,绝不是为了祝她生日快乐,希望她有一个美好的人生,而是在暗中诅咒她。

但问题又来了。

陈野不是声称自己很爱这个女人吗？为什么要用这种恶毒的方式来诅咒她？难道陈野认为袁凤珠跟欧阳素梅的死脱不了干系？但是,为了解救袁凤珠,陈野付出生命都甘之若饴,他怎么可能采取这种隐秘的手段报复袁凤珠？除非他是个精神分裂患者。

程良说,现在绘画很少有矿物质制作的颜料了,因为一些矿物石有放射性,对身体有害,甚至能引起血液方面的疾病,比如白血病。

我和菜头几乎是同时一怔。

我要菜头马上联系专业的检测人员,前往洋槐公馆勘查。

上午剩下的时间,我都在办公室里听川剧,袁凤珠的,欧阳素梅的,两个女人同台飙戏,两种不同的唱腔在我耳边交替回响。我就在这种声音中进入了冥想,仿佛自己来到戏台上,成了某个不起眼的角色。我内心无比抗拒,却别无选择。我甚至觉得这个戏台就是陈野画的,我和我身边的所有人都生活在他的连环画中。我们的悲欢离合生死荣辱,我们的高潮和颓靡,全都被他牢牢地掌控。

换句话说,陈野就像一把沉默的利刃,我们都是被他劫持的对象。他以手术刀式的犀利剖开生活的假象,让我们在溃烂的伤口中看到了最隐秘最暗黑的部分。

直到菜头进来,才打断了我的冥想。

他说专业检测人员已联系好了,因为要调试设备,对方下午两点后才能出发。

有好一会儿,我和菜头相顾无言,默默地抽着烟,听着川剧。听着那些古老的声音从嘉陵江上飘来,从黄桷树上飘来,从那个动荡不安的秋天飘来,从某个幽深的角落里飘来。我知道,我们已经接近真相,但是,我们并不激动,甚至都有点忐忑。

下午,菜头他们出发的同时,我驱车来到瓷器口。

刘二按摩店正在营业中。

我刚走进店里,周艳虹就迎上前来,说我晓得你今天会来。我很诧异,问她哪个晓得?她说,陈哥生前告诉我的。我彻底蒙了,陈野在去世前竟然就算准我今天会来找周艳虹,难道他有特异功能?

鹿芳姐当时在《雾都晨报》爆料的内容基本属实,只有一处不准确,欧阳素梅坠崖前遇到的不是何万里,而是袁凤珠。周艳虹在一个小包厢里跟我说,那罐下了药的红牛饮料也是袁凤珠亲手递给欧阳素梅的,但毒药是何万里亲手配制的。

我震惊得一时说不出话来。

这都是陈哥告诉我的。周艳虹凝视着墙上的一幅夜景画,那是陈野的手笔。她说,陈哥还告诉我,袁凤珠死后,如果你找不到他,就肯定会来找我。今天早晨看手机,我发现袁凤珠去世了。

他为啥子恁个说?

我也看着那幅画,画的是瓷器口的道观文昌宫,在暮色中透着一种玄机。

不晓得。她扭头看窗外,我没问。

那封爆料邮件是陈野发给鹿芳的,对吗?

我看着她的侧影,她身材比以前丰腴了,凹凸有致。

她摇摇头,这我就搞不清楚了。

我突然在包厢的沙发上发现了一本诗集《野鸢尾》。

拿起来一看,里面夹的正是菜头说的那枚风筝书签。

我有些迷惘,怎么又冒出来一本《野鸢尾》,到底哪本才是陈野送给周艳虹的?我问周艳虹,你不是说这本诗集不见了吗?

这本是我刚买不久的,以前那本没找到。她说。

这枚书签呢,难道也是刚买的?我说,我记得以前在那本诗集里见过一枚书签,跟这枚一模一样。

她笑了,书签还是以前的。是刘哥后来在我以前住的房间里找到的,他说就掉在书架下面。

我记得菜头在袁凤珠的家里跟我说过,他曾经在周艳虹住的房间里到处找那本失踪的《野鸢尾》,根本没发现地上掉有书签。

那刘二又是啷个找到的?

但我没有问这个问题。

刘哥对我挺好的,我们,准备下半年结婚。她羞涩地说。

你要跟刘二结婚?我很吃惊。

她点点头,刘哥说他喜欢我很久了。他比我大十几岁,很会照顾人。碰到有不规矩的客人骚扰我,他都会替我出头。

他年龄恁个大了,啷个还没结婚?你了解他吗?我有些担心。

她闪烁其词,他,他被拘留过,所以,一直没找到对象。

因为啥子事被拘留?

她的脸涨得通红,他爬澡堂子偷看女人洗澡,那时他才十八岁,不懂事,现在早就改好了。

我笑了笑,浪子回头金不换。

似乎是为了证明刘二的好,她说,刘哥对我还有救命之恩呢!

救命之恩?你出啥子事了?我问。

搬到店里来住后,我还有些存书在以前住的房间里。有天下班后,我去洋槐公馆里取书,那时,陈哥已经不在了。我进房间没多久,突然胃疼,疼得我在地上打滚。偏偏那天我忘了带手机,刘哥突然来了,开车把我送进了医院,医生说我是胃穿孔,再晚来一会儿就没命了。那次要不是刘哥发现及时,我可能就死了。

他哪个晓得你突然发病了?我觉得奇怪。

她的脸红了,刘哥说是心灵感应。有一天晚上我正准备睡觉,刘哥打电话提醒我关好窗户,说当心坏人。我问他哪个晓得我没关窗户,他也说是心灵感应。

这是啥子时候的事?我不动声色地问。

陈哥还没从牢里出来的时候。她说。

我刚离开按摩店,菜头就打来电话,说现场检测表明,袁凤珠家里的放射性物质剂量严重超标。特别是卧室悬挂那幅油画的地方,超标数百倍。他转述程良的话——人体长时间处于这种辐射环境,DNA的复制会受到干扰,造血干细胞数量减少,骨髓微环境被损害,容易患上比如再生障碍性贫血、白血病和贫血性心脏病之类的疾病。初步怀疑放射性物质来源于那幅已经被烧毁的油画,但具体是什么矿物需要做进一步的鉴定。

菜头还让我宽心:

老程说我们接触那幅画的时间很短,不用害怕,就等于是多做了几次 CT。

真相终于大白——

一个正常男人是不会去追求一个有谋杀嫌疑的女人的。

为了使自己追求袁凤珠有合理的动机,在发给鹿芳的爆料邮件中,陈野故意把给欧阳素梅递红牛饮料的人写成是何万里。他根本就不爱袁凤珠,他只是打着爱情的幌子接近袁凤珠,让她接受那幅油画,并且视若珍宝,悬挂在离自己最近的地方。这样的话,画中的放射性物质就能最大程度地发挥作用。

他采取的是一种杀人于无形的报复手段!

至于那些含有放射性元素的矿物质来自何方,还需要深入调查。

陈野舍身解救袁凤珠是出于疾恶如仇、见义勇为的本能。在那个时刻,他救的只是一个人质,一个女人,至于这个人是谁并不重要。救人和杀人对他来说是两回事,哪怕这是同一个人。

袁凤珠死了,他再次策划了一场没有任何证据的完美反杀。

难怪那幅画的名字叫《结局》,袁凤珠被画杀死就是她的人生结局。

我在电话中吩咐菜头,彻底检查一下,看看袁凤珠家,还有周艳虹以前住过的那套房子里有无隐蔽式摄像头。

菜头问,啥子意思?

我说,叫你查就查,别废话!

他说你娃吃枪药了!

我挂了电话。

半个小时后,菜头来电话,说在袁凤珠家的客厅、卧室、卫生间,都发现了隐蔽式的摄像头。周艳虹以前住的房子里也有两个,分别在床头和卫生间。

他沉声说,都是我找到的,老程他们还不晓得,你娃想清楚后果,真的要公开吗?

我没有回答,再次挂了菜头的电话,关机之前,我给陶笛发了条微信。

我不知道自己是怎么走到宝通寺的,耳旁钟声隐隐佛音缭绕,香炉里的青烟以一种古怪的几何图形盘旋而上,就像从所罗门魔瓶中逃逸出的那个妖怪,悬浮在大雄宝殿的琉璃屋顶,冷冷地斜睨着这座潮湿多雾的山城。

我从阳光灿烂的午后一直晃悠到暮色苍茫的黄昏。

站在杂草丛生的塔檐上,我看见刘二按摩店前面警灯闪烁。

我打开手机,陶笛的微信跳出来——查过刘二的电脑硬盘了,里面全是他在洋槐公馆偷拍的视频,何万里被杀的整个过程被完整地录下来了……

天就在这个时候迅速地黑了,像是有人突然拉下了一块巨大而严实的幕布。

空灵的诵经声恍若天籁,欲望让夜晚的雾都显得如此妖冶和性感,这座城市到处弥漫着麻辣烫与荷尔蒙的气息。毛月亮幽冥似的挂在白鹤山上,就像巨大而虚妄的谶语在偷窥人间。嘉陵江沉默地流向一个不可预知的陷阱,那是我们遥远的扑朔迷离的未来。灯火辉煌的瓷器口欢腾得如同一幅年画,但我,再也没有那种行走在夜画中的奇异感觉了。

我知道,我终于走出了他的画。

这一刻,我如释重负,转过身去,却泪如雨下。

# 尾 声

经过审讯，刘二对自己在洋槐公馆安装隐蔽摄像头，偷窥袁凤珠和周艳虹的违法行为供认不讳。他也承认自己通过摄像头目睹了何万里被杀害的全部经过，他没有报警，是因为他很喜欢周艳虹，不希望心上人坐牢。我看了刘二在案发当天偷拍的视频，持刀杀人的是陈野。自始至终，周艳虹并没有伤害何万里的身体。在确凿的证据面前，周艳虹交代了她和陈野谋杀何万里的犯罪事实，以及陈野杀害王宇凡和袁凤珠的整个作案过程，基本跟我之前推理的一致。她还承认陈野就是那个神秘的爆料人，并且是他故意绑架了鹿芳，引导警方顺藤摸瓜，捣毁大成集团的制毒窝点。

周艳虹被捕后，鹿芳主动到重案队投案自首，她承认自己按照陈野的吩咐，故意用文学手法把何万里和大成集团的黑幕公之于众，以达到打草惊蛇的目的，诱使毒枭邓忠发自乱阵脚。鹿芳还承认，在陈野策划的那起所谓的绑架案中，她是知情者，也是配合者。不过，鹿芳否认自己有意隐瞒洋槐公馆杀人事件的真相。她说，自己当面问过陈野，何万里和王宇凡是不是他谋杀的，但陈野不置可否，她也没有追问下去。因为答案对她来说并不重要,重要的是这两个人渣终于得到了报应。

因为被害人何万里有严重过错,加上周艳虹并没有参与谋杀袁凤珠和王宇凡,而且,在警方的缉毒行动中,周艳虹起了一定作用,所以,她被从轻判决,获刑十三年;刘二因为侵犯他人隐私、包庇他人犯罪事实,被判入狱一年半;鹿芳协同陈野策划了虚假的绑架案,属于严重的犯罪行为,但考虑到事出有因,而且她协助警方破案有功,所以被免于追究刑责。重获自由后,鹿芳从报社离职,在瓷器口开了一家叫"野渡"的小咖啡馆。用她自己的话说,是换一种活法。

我、菜头和陶笛经常去"野渡"喝咖啡,麻杆和菠菜偶尔也会来。周艳虹和刘二都在榆州监狱服刑,菠菜说,两人在狱中表现都不错。特别是周艳虹,服刑没多久,就用心肺复苏术救了一个突发心梗的犯人,属于立功表现,她获得减刑是肯定的。菠菜还笑道,刘二这瓜娃子挺痴情,他声称非周艳虹不娶,不管周艳虹坐多久牢也要等她。

一天中午,我正在局里的健身房打沙袋,突然接到菠菜的电话,叫我马上过去一趟,他说周艳虹要检举揭发一条重要的犯罪线索。我当即叫上也在健身的陶笛,驱车直奔榆州监狱。在审讯室见到周艳虹时,我发现她身上已经没有了打工妹的青涩,看上去比之前成熟了不少,或许高墙内的生活使她的精神和肉体都得到了淬炼。

说吧,你要举报啥子犯罪线索?我点了支烟,问周艳虹。

关于钻山猴的,我晓得他在哪。

周艳虹的这句话很轻柔,却让我浑身一怔,陶笛也惊讶地张大了嘴巴。

捣毁大成集团制贩毒品组织时,警方缴获了一批枪支弹药。那个姓姚的副总交代,其中部分枪支是从一个绰号叫钻山猴的男子手中购买的。根据照片辨认,他说的钻山猴就是陈野之前的那个狱友,真名叫孔贵祥。出现在何万里被杀现场的那支五连发,就是魏彬从钻山猴手中进的货,但案发后,钻山猴一直在逃,踪迹全无。

你在牢里,哪个晓得钻山猴的下落?我在烟雾中凝视周艳虹,有些疑惑。

周艳虹说,昨天下午,在公共澡堂洗澡时,跟我同监舍的马翠莲和另外一个女犯人发生了争执,两人大打出手,马翠莲吃了亏。回到监舍后愤愤不平地说,等出狱后,要找猴哥借枪干掉那个女犯人。

你怎么知道猴哥就是钻山猴?陶笛忍不住插了一句嘴。

我听陈哥提起过这个人,贵州的,外号叫钻山猴,道上也有人叫他猴哥,以前拐卖人口,现在贩枪。周艳虹解释道,马翠莲也是贵州人,因为拐卖妇女进来的。所以,我估摸她说的猴哥就是那个钻山猴。

我抑制住激动的心情,问道,马翠莲认识钻山猴?

周艳虹摇摇头,我套过她的话了,她不认识猴哥,但她认识猴哥的一个姘头,叫马小凤。她和马小凤是一个村子的,两人合伙拐卖过妇女。

马小凤在哪?我迫不及待地问。

就在瓷器口,开了家烤鱼店,离宝通寺不远。我还去吃过,叫"小凤烤鱼店"。周艳虹轻吹了一下额前的刘海,继续说,有一次马翠莲到店里借宿,在床底下发现了一把手枪。马小凤说是猴哥的,要马翠莲千万别声张,不然猴哥会杀了她。

我弹了弹烟灰,钻山猴跟马小凤在烤鱼店同居吗?

周艳虹说,我找马翠莲打探过了,猴哥平时不在烤鱼店,但每个月都会有几天到店里来过夜。

马翠莲怎么会把这个秘密告诉你?陶笛半信半疑。

周艳虹微微一笑,我骗她说,出狱后,也想找猴哥借枪杀了自己的仇人。

我摁灭烟头站起来,你又立功了,而且是大功!

临回监舍前,周艳虹突然回头对我说,昨晚我又梦见陈哥了,他要我好好改造,争取早点出狱。她的眼角似乎闪烁着点点星光,这里有陈哥的味道,特别是阅览室的书上。

我张嘴结舌,想说点什么,却什么都没说出来。

紧接着,我又提审了马翠莲,抵赖了几句后她就坦白交代了,跟周艳虹说的差不多。我和陶笛驱车返回局里,准备向蒋局汇报这条重大犯罪线索。半路上我接到菜头的电话,说我小子不厚道,连今天是鹿芳三十岁生日都忘记了,他要我赶紧滚过去给寿星庆生。

其实我没有忘,早几天前我就买了一条镶嵌着绿松石的银项链,打算今天下午去"野渡"咖啡馆送给鹿芳。但在榆州监狱待了几个小时,我一直没抽出空。我把周艳虹检举的线索告诉了菜头,要他去"小凤烤鱼店"秘密侦查一下,看看钻山猴是否在店里。我叮嘱菜头,千万不要打草惊蛇,最好叫上鹿芳,两人乔装情侣一块去。菜头听说抓住钻山猴就能给周艳虹争取到减刑机会,顿时热情高涨,连声说现在就过去。

不到半小时,菜头就打来电话,说他在"小凤烤鱼店"发现一个疑似钻山猴的男子进入二楼。烤鱼店的店面在一楼,二楼是老板娘马小凤的卧室,菜头不方便跟过去查看,只好和鹿芳在店里边吃烤鱼边蹲守。

我担心夜长梦多让钻山猴逃之夭夭,于是临时改变主意,不回局里了,我用电话召集重案队火速赶赴"小凤烤鱼店"执行抓捕任务。我还没挂断电话,陶笛已经拉响警笛,把车开得跟闪电一样快,直奔瓷器口。无论在工作上还是生活中,这丫头都跟我越来越默契,我和她的男女朋友关系也越来越明朗化,连蒋局都问我什么时候吃喜糖。但是,我很清楚,我和陶笛之间还隔着一层纸。

一层看似很薄却很坚韧的纸。

二十分钟后,陶笛把车开到了"小凤烤鱼店"附近,车还没停稳,我就看见两个女人在烤鱼店门口扭打,其中一个正是鹿芳,另外一个想必就是马小凤了。同时店内传出激烈的厮打声,许多人在附近围观。后来我才知道,异常狡猾的钻山猴对正在吃烤鱼的菜头和鹿芳起了疑心,准备溜走时,被菜头拦腰抱住。这天菜头休假,没带枪也没带手铐,他仗着人高马大,很快就在搏斗中占了上风,把钻山猴死死地压在身下。马小凤一看情况不妙,丧心病狂地打开了液化气罐,拿着打火机,威胁要引爆。当时店内还有其他顾客就餐,菜头担心造成无辜者伤亡,就放开了钻山猴。钻山猴起身后,抡起啤酒瓶砸在菜头的脑门上,当即鲜血直流。鹿芳见状,冲上去夺下马小凤手中的打火机,两个女人从店内一直扭打到店外。菜头也再次跟钻山猴打在了一起,但因为受伤体力不支,他渐渐落了下风。

　　鹿芳到底是在缉毒队实习过的,有些经验,她最终将一身蛮力的马小凤制服。但就在这时,将菜头打昏在地的钻山猴冲出烤鱼店,掏出一把手枪对准了鹿芳。千钧一发之际,我跳下车,飞身将鹿芳扑倒在地。与此同时,枪声响了,我感觉胸口一阵钻心的疼痛,然后眼前一黑,什么都不知道了。

　　我醒来已经是半个月之后,医生告诉我,那条放在我胸前口袋里的银项链成了我的护身符——子弹先是打中了镶嵌在银项链上的绿松石,发生了偏移,然后进入我的胸腔,离心脏只有一根筷子粗的距离。

　　钻山猴呢,抓住了没有?我问坐在病床前削苹果的菜头。

　　龟儿子被小笛子当场击毙了。菜头擦了擦水果刀上的苹果汁,马小凤那泼妇被抓了,估计得把牢底坐穿。

　　我吃着菜头削的苹果,鹿芳没事吧?

　　她没事。菜头给我倒了杯白开水,这段时间都是她服侍你,我今天才过来替她的班。

　　她今天干吗去了?我似乎在病房里闻到了鹿芳留下的气息。

菜头目光闪烁,她去机场送小笛子。

我讶异地问,小笛子去哪?

菜头从口袋里掏出一封信,你自己看吧。

我展开信纸,只看了几眼,刚刚痊愈的枪伤处再次隐隐作痛起来。陶笛在信中说,跟我相处时,她发现我的感情就像一朵无根的蒲公英,犹豫和彷徨不定,让她有些无所适从。直到我替鹿芳挡住那颗致命的子弹,她才明白,我真正奋不顾身去爱的那个女人是鹿芳。所以,她选择了退出。在我脱离危险期后,她找蒋局办理了调动手续,回到老家温州继续当一名刑警……

床头柜的花瓶里插着一大把花,有康乃馨、木槿、玫瑰和君子兰,白的红的黄的紫的,颜色搭配得非常和谐,给人一种心旷神怡的感觉。很显然,这是陶笛的杰作。我拨打她的电话,系统提示音响起:对不起,您所拨打的电话已关机。

我不顾菜头的劝阻,起身走到窗前。此刻外面正下着雨,整座城市模糊不清,宛如一首意义晦涩的朦胧诗。医院距离机场至少有五十多里,我却似乎听到了飞机腾空而起时巨大的呼啸声,甚至,我的耳膜都快被撕裂了。我知道,有些东西已经消失在云端之上,一去不复返了。人生中有许多奇幻的旅程,只售单程票。

我突然记起,陶笛来重案队报到的那天也下着雨,莫非这场雨就是从认识她的那个时候下过来的?

雨滴落在洁净的窗玻璃上,缠绵婉转,柔曼幽远,如同小笛子老家唱的昆曲,我竟然听了整整一个下午。

就好像时间锈成了一把锁,我被封闭在一个透明的容器里。

【全书完】

图书在版编目（CIP）数据

沉默之刃 / 赵小赵著. -- 武汉：长江文艺出版社，
2024.4
ISBN 978-7-5702-2997-0

Ⅰ.①沉… Ⅱ.①赵… Ⅲ.①长篇小说－中国－当代
Ⅳ.①I247.5

中国国家版本馆CIP数据核字(2023)第016738号

沉默之刃
CHENMOZHIREN

| 责任编辑：胡金媛 | 责任校对：毛季慧 |
| --- | --- |
| 封面设计：小 一 | 责任印制：邱 莉 王光兴 |

出版：长江出版传媒 长江文艺出版社
地址：武汉市雄楚大街268号　　邮编：430070
发行：长江文艺出版社
http://www.cjlap.com
印刷：湖北新华印务有限公司

开本：880毫米×1230毫米　　1/32　　印张：8.625
版次：2024年4月第1版　　2024年4月第1次印刷
字数：230千字

定价：45.00元

版权所有，盗版必究（举报电话：027—87679308　87679310）
（图书出现印装问题，本社负责调换）